とらわれ花姫の幸せな誤算

仮面に隠された恋の名は

青田かずみ

22940

角川ビーンズ文庫

contents

とらわれ花姫の幸せな誤算

ユリウス・エリシャ・
ノア・オルガ
オルガ帝国第四皇子。
白い仮面を着けている
ルーティエ・
フロレラーラ
フロレラーラ王国第一王女。
「花姫」の異名をもつ
とらわれ花姫の幸せな誤算
人物紹介

アレシュ王国

レイノール・アレシュ

アレシュ王国
第一王子。
ルーティエの一度目の
結婚式の相手

ロザリーヌ・フィッテオ

アルムートの婚約者

クレスト

ルーティエとユリウスの護衛。
アーリアナの弟

オルガ帝国

サーディス・エリシャ・ケト・オルガ

オルガ帝国の皇帝。
ユリウスの父親

アルムート・エリシャ・ヘル・オルガ

オルガ帝国第一皇子

アーリアナ

ルーティエと
ユリウスの侍女。
優秀だが突飛な
ところがある

フロレラーラ王国

テオフィル・フロレラーラ

ルーティエの兄

イネース・フロレラーラ

ルーティエの弟

本文イラスト／椎名咲月

プロローグ

天窓で丸くくり抜かれた空には澄んだ青い色が広がり、開け放たれたままの窓から吹き込む風は優しく頬を撫でる。そして、耳に届くのは明るさに満ちた祝福の声。

今日という一日はルーティエ・フロレラーラにとって、間違いなく人生で一番の幸福と輝きに満ちた日となる。否、幸福と輝きに満ちた人生の、その始まりとなる日だ。

真っ白な壁で覆われた教会の中、両開きの扉から白地に灰色の波模様が刻まれた大理石の床が祭壇へと続いている。祭壇の上部には色とりどりの花をかたどったステンドグラスが飾られていた。柔らかな陽光が着色ガラスを通して降り注ぎ、すべてを祝福するかのごとくきらきらと光の粒を舞い散らしている。

ヴェール越しにステンドグラスを見上げていたルーティエは、鼻に届いた瑞々しく甘い香りに視線を手元へと落とした。自然、口紅が塗られた唇には笑みが刻まれる。

白と青、ルーティエが好きな色で作られた繊細で、とても美しいブーケ。兄と弟が半年以上も前から構想を練って作り上げてくれた世界でたった一つ、ルーティエのためだけのブーケだ。

もっとも綺麗に咲く頃を綿密に考えて作られたブーケは、頭や首元を飾っている宝石よ

り も更に美しい輝きを発している。束ねられた花々は温かな優しさをその身にまとい、緊張で強張っていたルーティエに穏やかさをもたらしてくれた。

ブーケ越しに視界へと入ってくるのは、この晴れ舞台のために両親が用意してくれたウェディングドレスだ。胴から足元まで幾重にも重なったフリルは、八重咲きの艶やかな白い花を髣髴とさせる。胸元には蔦を思わせる繊細な刺繍が施され、華美になり過ぎない絶妙な配分でビーズが埋め込まれており、腰には大きな白いリボンが付けられていた。長く伸びた背中側のスカートの裾には、白いバラがいくつも飾られている。

繊細で落ち着いた雰囲気を持つウェディングドレスを一目見た瞬間、ルーティエは思わず泣いてしまった。言葉などなくても、両親が自分のことをどれほど深く愛してくれているのか、容易に理解できたからだった。

我がことのように喜んでくれている貴族や高官といった参列者の人々、そしてここにはいないが、連日お祭り騒ぎで祝ってくれている国民。大勢の人々に祝福されたこの結婚は、間違いなく幸せに満ちたものになる。

「ルー」

すぐ隣から聞こえてきた声に、幸せを噛みしめていたルーティエは視線を横へ向ける。明るく、優しさに満ちた声の主。ルーティエのことを愛称の「ルー」という名で呼ぶ人物は、家族を除けば彼一人だけだった。

「レイ」

にっこりと笑って名を呼べば、隣に立つ白いタキシードに身を包んだ長身の相手、レイノールは、嬉しそうに目を細めて笑い返してくれる。金色の髪はステンドグラスから舞い落ちる光で輝いていた。強い意志を感じさせる瞳が印象的な顔には、いつもの少し子どもっぽい陽気な表情ではなく、優しさと喜びに満ちた笑みが浮かんでいる。

心から自分を愛してくれていることを感じさせる彼の笑顔に、ルーティエの胸には一層幸せな気持ちが湧き上がってくる。視界の端にはにこにこと微笑んでいる両親と兄弟の姿が映る。ルーティエよりもはしゃぐイネースの姿を捉え、無意識に笑みがこぼれ落ちた。彼らの顔からは、一様にルーティエの幸せな未来を信じてやまないことが感じ取れた。

半年ほど前、彼に好きだと、結婚して欲しいと言われたとき、ルーティエはすぐには返事をすることができなかった。レイノールのことが嫌いなわけではない。むしろ、長年一緒に暮らしてきたレイノールに、実の兄に対するものと同じような親愛の気持ちを抱いていたからこそ、結婚することなど正直考えたこともなかった。

戸惑うルーティエの背中を押したのは、両親たちだった。ルーティエのためにも、そしてフロレラーラ王国のためにも、レイノールと結婚するのが最善なのだと語った。兄も弟も諸手を挙げて大賛成をした。

特に弟のイネースは、レイノールと結婚することを当人であるルーティエよりも喜んでくれた。レイノールだったら大切な姉を絶対に幸せにしてくれる、安心して任せることができると、悩むルーティエの背中をぐいぐいと、有無を言わせない態度で押し続けた。

そうしてルーティエはレイノールとの結婚を決めた。最初は困惑していたものの、徐々に受け入れられるようになってきている。今はまだ恋を知らなくても、愛がわからなくても、共に過ごしていくうちにいずれ夫となった人を恋い慕い、愛することができるだろうと考えるようになった。

今日から、レイノールはルーティエの新しい家族になる。不安や戸惑いも確かにあったが、それ以上の喜びに満たされていた。家族や民に祝福され、一途に自分を愛してくれる人と結婚することが、ルーティエにとっての一番の幸福なのだろう。

「では、この国、フロレラーラ王国を守護する花の女神、フローティアに誓いを捧げてください。夫となる者、アレシュ王国第一王子、レイノール・アレシュ。汝は妻となる者を愛し、慈しみ、共に人生という名の美しい花を咲かせていくことを女神に誓いますか？」

フロレラーラ王国での結婚式の際に使われる口上を、祭壇の前に立つ神父が威厳を伴った口調で告げる。レイノールはルーティエを一瞥して柔らかな笑みをこぼした後、真剣な表情で神父へと視線を移す。

凛とした瞳には、王子という立場に相応しい強い光が宿っていた。彼が小さく頷くと、顎の辺りで切り揃えられた金髪が揺れ動く。

「はい、誓います」

涼やかな音色が、静寂に満ちた教会に響き渡る。迷いなど一切感じられなかった。

神父の視線がレイノールからルーティエへと移動する。ブーケを握り直したルーティエの顔からは、いつの間にか笑みは消えていた。

「妻となる者、フロレラーラ王国第一王女、ルーティエ・フロレラーラ。汝は夫となる者を愛し、慈しみ、共に人生という名の美しい花を咲かせていくことを女神に誓いますか？」

はい、誓いますと頷こうとして、けれど、意思とは反対に体は動かず、声も喉の奥から出てこなかった。今頃になって一気に緊張があふれ出てきたのだろうか。

どうしてと、声にならない疑問が頭の中を駆けめぐる。不安なんて感じる必要性はない。新しい道、困難はもちろんたくさんあるだろうが、それでもレイノールがいれば大丈夫だと信じていた。彼が一緒ならば、絶対に幸せになれる。不安なんてない。

だが、本当にそうだろうか。不安など欠片もなく、ルーティエはこの先幸せになれるのだろうか。

何かを、誰かを簡単に傷つけてしまえるような能力を持つルーティエが、幸せになれるのだろうか。いや、大切なものを壊し、大切な人を傷つけたことのあるルーティエが、当たり前のようにこのまま幸せにしてもらっていいのだろうか。

ぐるぐると頭の中を嫌な感情が回っていく。開いた口からは望んだ言葉が出ず、ただ浅い呼吸が繰り返されていた。静寂が耳を打つ。

大丈夫、緊張しているだけだ。変なことを考える必要などない。頭の中で自分にそう言い聞かせたルーティエは、胸の奥底に突如湧き出た黒い感情を吐き出すように深呼吸を一度してから、努めて平静に声を紡ぐ。

「はい、誓い――」

　誓います。そう告げようとしたルーティエの声は、本心と裏腹に最後まできちんと紡がれることはなかった。二度と、そして永遠に。

大きな音を立てて、閉められていた教会の扉が外から開け放たれる。祭壇に向けられていた視線が、一気に音の発生源へと移る。ルーティエもまた、半開きだった口を閉じて扉へと顔を向けた。

扉を開けて入ってきたのは、フロレラーラ王国の騎士団の人間だった。ルーティエには名前はわからなかったものの、四十半ばほどの騎士の顔は王宮の中で幾度も見かけたことがある。

遠目だが、険しい顔をした騎士は全身に怪我を負っているように見えた。ふらふらとした足取りで教会の中に入ってくると、すぐに床へと倒れ込む。小さな悲鳴があちこちから上がった。

「一体何の騒ぎだ？　その怪我はどうしたんだ？」

床に倒れ込んだ騎士に誰よりも早く近付いた国王は、神聖な教会の結婚式を遮ったことを咎めるよりも彼の怪我をまず心配する。全身傷だらけ、顔や体を血で染めた騎士は、よろよろと上半身を起こして最後の力を振り絞るように言葉を紡ぐ。

「突然、国境に帝国の兵士が……押し止める間もなく……王都まで……」

がくりと、騎士の体が床に頽れ、そのまま動かなくなる。教会内から再度悲鳴が上がるよりも、扉から一気に兵士がなだれ込んでくる方が早かった。

黒い鎧で体を覆った兵士たち。それがフロレラーラ王国と山脈を隔てた位置にある隣国、オルガ帝国の兵士であることは、誰の目から見ても一目瞭然だった。

大勢の兵士があっという間に教会の中に侵入し、参列者を次々に拘束していく。

「フロレラーラ王国は、今この瞬間をもってオルガ帝国の属領となった。今後はオルガ帝国皇帝、サーディス・エリシャ・ケト・オルガ様がこの国を支配する」

武装した兵士の一人が高らかに告げた言葉に、教会の中に大きなざわめきが発生する。

そんな馬鹿な、ありえない、信じられない、悪夢だ。口々に発せられる声に、「抵抗するな！」と叫ぶ兵士たちの怒声が被せられる。

父や兄、弟の声が遠くから聞こえる。参列者の悲鳴と騒音とで、教会内は一気に騒然となる。先ほどまでの幸せな空気など、すでに跡形もなく消え去っていた。

「ルー、早くこっちに！」

不意に横から焦った声が投げられる。慌てて視線を向けると、そこには動揺した様子のレイノールの姿があった。彼の手がルーティエの腕を掴もうとして、しかしそれよりも早く素早く近付いてきたアレシュ王国騎士団の数人がレイノールを取り囲んだ。彼の護衛として結婚式に参加していた者たちだ。

「レイノール王子、すぐにこの国から脱出を！」

「急いでください。オルガ帝国にあなた様が捕まるようなことは絶対に避けなければ！」

「わかっている。だが、ここにいる人たちを放っては行けない。全員が無理でも、せめてルーだけでも俺と一緒に連れて行かないと！」

「残念ですが、ルーティエ様のことは諦めてください。我々はあなた様が第一です。失礼ながら、足手まといになる者を連れては行けません」

きっぱりと告げた騎士に言い返そうとしたレイノールを、騎士たちは「失礼します」と半ば抱えるような形で引きずり出す。レイノールは抵抗するものの、大柄な騎士数人に力では敵わず、あっという間にルーティエから引き離されていった。

悔しそうな、悲痛に歪んだレイノールの口が小さく動く。

――絶対に、何があっても絶対に、俺が君のことを助ける。この国のことを、絶対に救ってみせるから。

声にならなかった言葉。返事をすることも、頷き返すこともできず、レイノールは騎士たちに引きずられ、逃げ惑う人々の中へと消えてしまう。

「姉様！　ルー姉様！」

耳に飛び込んできたイネースの叫び声に、レイノールが消えた方向を見つめていたルーティエははっと意識を取り戻す。兄とイネースが自分の名前を呼ぶ声が聞こえてくる。視線を向ければ、こちらに駆け寄ろうとしていた二人が、帝国の兵士に拘束されている姿が見えた。

両親の姿は見えなかったものの、どうやら教会の中で暴力が振るわれている気配はない。

兵士たちはみな武装しているが、この場にいる人間をできるだけ穏便に拘束するよう指示されているのだろう。

あのとき神父の問いかけにすぐさま「誓います」と頷いていれば、この先の人生は違ったものになっていたのだろうか。怒声と悲鳴とが耳を突き刺す中、ルーティエはぼんやりとそんなことを考える。

逃げるという選択肢はない。王族が敵に背中を見せて逃げることなど許されない。何より家族を、国民を捨て置いて逃げることなどあってはならない。だが、そんな第一王女としての自負だけが理由ではなかった。

ルーティエのすぐ傍、先ほどまでレイノールがいた場所には、真っ黒なローブを頭から足元まですっぽりと隠すように身に着けた人物が立っている。こちらには向けられてはいないものの、手には剥き出しの剣が握られており、ルーティエが逃げ出そうとすればその切っ先が突き付けられることは容易に想像できる。

「……どうか抵抗しないでください、ルーティエ第一王女。素直に従っていただければ、あなたも、そしてあなたのご家族も傷つけることはいたしませんから」

レイノールよりは幾分高い、澄んだ静かな声色が黒衣の人物から発せられる。表情はローブに隠されていて見て取ることはできない。声から察するにルーティエと同じくらいの年齢の青年、否、まだ少年と呼んでも差し支えのない声音だった。

「この国の民のためにも、今もこの先も軽率な行動は取らないことをお勧めします」

ステンドグラスから照らされた光で、黒いローブを被った人物の手にある銀色の刃がぎらりと冷たい輝きを発する。丁寧な口調に反して声音はどこまでも無機的で、淡々としていた。感情の色がにじまない声は、ルーティエの心から温度を奪っていく。

何か言おうとルーティエが口を開いた直後、強い風が教会内を吹き抜ける。黒いローブがふわりと浮かび、隠れていた相手の顔が見えた。

目に飛び込んできたのは、白い仮面だ。

顔の上半分、目元を完全に隠した異様な姿にぎょっとして、けれどルーティエの半開きの口から悲鳴が出ることはなかった。

細い顎の上にある薄い唇は、横に引き結ばれている。仮面に隠された表情はわからない。だが、どうしてだろうか、ルーティエには相手が悲しんでいるように見えた。

いや、きっと気のせいだ。攻め入ってきた相手、幸せな結婚式を壊した人物の一人。泣きたいけれど泣けない、そんな自分自身の感情が勘違いをさせているのだろう。

いつの間にかルーティエの手の中から落ちていたブーケは、逃げまどう人々に踏みつけられ、無惨な姿を大理石の上に晒している。それはルーティエの一度目の結婚式を、最後まで行われることなく壊された結婚式を象徴しているかのようだ。

こうしてルーティエ・フロレラーラの一度目の結婚式は、最悪な形で幕を閉じる。

そして、この一週間後、人生で二度目となる結婚式を行うことになるなど、このときのルーティエには想像すらできなかった。できるはずもなかった。

第一章　二度目の結婚式

ルーティエ・フロレラーラにとって間違いなく人生で最悪、かつ、今後の暗い人生を如実に表した結婚式が始まったのは、ほんの数分前のことになる。

オルガ帝国では黒い色が吉兆とされているらしく、二度目のウェディングドレスは胸元から足の先まで真っ黒な代物だ。もちろん黒い色が嫌いなわけではない。だが、宝石や金の刺繍でごちゃごちゃと飾られた無駄に豪華絢爛なドレスは、ルーティエには趣味の悪いものにしか感じられなかった。

無言で手元に視線を落とす。ルーティエの右手には、黒百合と黒みを帯びた濃い赤バラで作られたブーケがある。花自体はとても美しいのだが、作り物めいた寒々しい雰囲気があった。

「……まるで死んだ花みたい」

無意識のうちにもれた声は、ルーティエの口中で消えていく。

両親が用意してくれた真っ白なウェディングドレスや、兄と弟が丹誠込めて育ててくれた花で作られたブーケ。それとは似ても似つかない代物に、気分は下降の一途をたどる。

これはただの形式的な結婚式。義務として行われるだけの、幸せなどとは無縁の結婚式だ。そもそも結婚式とは名ばかりのものでしかない。

ルーティエがいる場所は皇帝が住まう宮殿の最奥、謁見の間だった。祝福する参列者など一人もおらず、いるのは警護にあたる兵士と高官が数える程度で、結婚を祝う空気などまったくない。むしろぴりぴりとした冷ややかな雰囲気が漂っている。

「今この瞬間、二人が夫婦になったことをオルガ帝国皇帝、サーディス・エリシャ・ケト・オルガが認める」

感慨の欠片もない、冷たく素っ気ない声が熱の消え失せた空気を揺らす。声の主は謁見の間の奥、他よりも数段高い場所にある豪勢な椅子に腰かけている。気怠そうに頬杖をつき、長い足を無作法に投げ出しているのに、人の目を惹く華と気品があった。

年の頃は三十後半。ルーティエの父よりも大分若い、一見すると青年にも見える男は、黒を基調とした高級そうな服をまとっている。派手ではないが豪華な宝飾品も身に着けていた。肩の辺りまで伸びた黒髪に、無機質な光を宿す切れ長の黒い瞳。そして、氷のごとき冷たい表情が刻まれた端整な顔立ち。

(オルガ帝国の皇帝、サーディス。フロレラーラ王国の平穏を壊した、私の最も憎むべき相手……！)

ぎりっと、奥歯を噛み締めた音が鳴る。

はいと答えることも、頷くこともなく、サーディスの一言でルーティエと相手との婚姻は簡単に、呆気なく結ばれる。この先一生寄り添って人生を歩む夫婦になるはずなのに、二人の意思など完全に無視されている。

いや、初めから今回の結婚自体が単なる形だけのものでしかない。オルガ帝国がフロレラーラ王国を支配するための口実であり、王国の反逆を防ぐための人質を作るためでもあり。それがこの政略結婚のすべてである。

そもそも、ルーティエは夫となる人物のことを何も知らない。ちらりと視線だけ動かして横を見れば、ルーティエよりもほんのわずかに高い身長に、華奢な体軀をした人物の姿がある。

黒いマントを背に流し、飾り気のない黒い上着とズボン、ブーツを身に着けている。長く伸びた艶やかな黒髪は右耳の下で無造作に結ばれていた。真っ黒な、カラスを思わせる風貌だが、何よりも目立っているのは顔に着けられた仮面だった。

模様も飾りもない白い仮面が、顔の上半分を覆い隠してしまっている。両目の部分には穴が開いているが、瞳を見ることはできなかった。唯一顔の中で判別できるのは、細くとがった顎と薄く整った唇だけ、それ以外はまったくわからない。

(自分の夫の顔も見たことがないなんて、ね)

ルーティエは心の中で嘲笑をこぼした。とはいえ、相手の顔を見たいわけではない。たとえ見たところで、ルーティエが何かを感じることはないだろう。

むしろ顔が見えなくてよかったのかもしれない。この男もまた憎むべき相手、敵でしかない帝国の人間の一人なのだから、顔が見えない方が過ごしやすい。万が一にも、相手に情など湧くはずもないが。

（こんな無意味で趣味の悪い結婚式、早く終わってしまえばいい）

にこりとも微笑まず、硬い無表情を刻んでいたルーティエに、全身を凍らせるような絶対零度の声が突き刺さってくる。

「ルーティエ・フロレラーラ、いや、ルーティエ・エリシャ・ノア・オルガ。今日からそなたはオルガ帝国の皇族の一員だ。その立場をわきまえた行動をしろ」

威厳のある低い声に、ルーティエは視線だけを返す。値踏みするような冷たい目が注がれている。

「立場をわきまえた行動というのは、人質であることを常に忘れるな、という忠告でしょうか？」

「花を愛する国の王族だからと心配していたが、どうやらその頭の中までお綺麗な花で埋め尽くされてはいないようだな。そなたの考えている通り、フロレラーラ王国の人間がオルガ帝国に歯向かう行動をすれば、人質であるそなたの命はない」

「そして、私がオルガ帝国や皇帝であるあなたに害をなす行動をすれば、王国に残してきた家族や民を処刑する、ということですね」

サーディスの口の端が、ほんのわずかに歪む。それが答えだった。

ルーティエの手は無意識のうちにブーケを握りしめていた。ぐしゃっと潰れる音に、花の声なき悲鳴が混じっている気がしたが、手の力が抜けることはない。

（たとえ刺し違えることになったとしても、この男を殺すことができれば……！）

だが、もし失敗した場合、属領として支配されている王国の民の立場はより一層悪いものになる。殺すのならば、確実に遂行しなければならない。

放たれる威圧感に負けないよう、また奥歯を強く嚙み締めて睨み返す。

たとえ政略結婚で帝国の一員となろうとも、自分の心は愛するフロレラーラ王国の一員のままだ。絶対に心だけは屈しはしないと、ルーティエは弱気になりそうな己を何度も叱咤する。

無言で睨み合うこと数秒、ふっとサーディスが小馬鹿にしたような吐息をもらす。たかが小娘が。傲慢な皇帝がそう考えていることは容易に理解できた。

いくらルーティエが歯向かおうとも、サーディスは脅威すら感じはしないだろう。目障りになれば殺すだけ。たとえこの婚姻でサーディスの義理の娘になろうとも、そんなことはまったく気にせずに手を下すことは明らかだ。

事実、サーディスは自らに長く仕えた側近でさえも、表情一つ変えずに処刑したことが何度もあるらしい。彼の機嫌をそこねれば、どれほど有能な人物でも簡単に殺されてしまうのだろう。

「さて、せっかくの機会だ。フロレラーラ王国の王族のみが使えるという能力で、このバラの花を咲かせてみるがいい」

白バラが一本、ルーティエの足元に向かって投げつけられる。固い蕾の状態のバラを一瞥し、すぐに拒否しようと口を開いたところである考えが頭を過った。

今ここで、ルーティエが全身全霊で、持てる力のすべてを使って歌ったらどうなるのだろう。フロレラーラ王国の歴史の中でもごくわずか、数える程度の王族にだけ現れる『女神返り』と呼ばれるほど強い能力ならば、サーディスを、いや、この場にいる全員を確実に消すことができるのではないだろうか。

「どうした？　『花を咲かせる』という王族の歌は、王国では式典の折々に披露されるほど素晴らしいものなのだろう？　まさか、花の一本も咲かせられないのか？」

嘲笑するようなサーディスの言葉に、周囲の人間からも失笑がこぼれる。ルーティエだけでなく家族を、これまでの王族すべてを嘲笑うかのごとき言動に、わずかに開いたルーティエの唇が震える。

「ああ、それとも、この私の命令に従うことはできない、ということか？」

強い能力は周囲の人間だけでなく、自分自身をも容易に傷つける。必ず悪いことに利用される。だから、普段は決して表には出さず、秘密にしていなければならない。幾度となく繰り返された両親の声が頭に蘇り、すぐさま溶けて消えていった。

どうなろうと構わない。もう自分には幸福な未来なんて絶対に来ないのだから、ここで何もかも破壊しても問題ないはずだ。むしろ、きっとこのときのために、ルーティエには他の王族よりも強い能力が与えられたのだろう。

喉の奥底から熱く、どす黒い感情が湧き上がってくる。衝動のままルーティエが歌を紡ごうとしたそのとき、涼やかな音色が謁見の間に広がる。

「失礼ながら、皇帝陛下。我が妻は連日の忙しさで、心身共に非常に疲れております」

声はルーティエの隣に立つ人物のものだった。声音にはまだ幾分幼さが残ってはいるものの、口調には子どもっぽさなどみじんもない。

「どうか陛下の寛大なお心にて、本日は早めに休ませていただけないでしょうか？」

淡白で静かな口調だが、そこには確かに威厳と高貴さがにじんでいる。

淡々とした声は、頭に血が上っていたルーティエの気勢を殺ぐものだった。歌声の代わりに吐息がこぼれ、全身から力が抜けていく。

わずかなりとも冷静さを取り戻すと、軽はずみな行動を取ろうとしていた自分自身に対する怒りが生まれてきた。家族や国民のためにも、この場限りの衝動に駆られた行動を取るのではなく、もっと先のことまで考えなければならない。

——自分の軽率な考えで、大事な人を傷つけるようなことはもうしたくない。絶対に。

サーディスはどこかつまらなそうにふんと鼻を鳴らす。そこには怒りも何もなく、すでにルーティエから興味が失われていることを感じた。

残酷で無慈悲、空虚で冷酷、熱しやすく冷めやすい。それがフロレラーラ王国内でささやかれていたサーディスという名の皇帝の噂だった。

「私の四番目、最後の息子であるユリウス・エリシャ・ノア・オルガよ、自分の妻の手綱をしっかりと握っておけ。その娘が私に反抗したときは、そなたの立場も危うくなると思え」

「はい、わかっております。彼女がこの国や陛下に害があると判断すれば、自分が適切に対処します」

仮面を着けた横顔からも、澄んだ声からも、自らの夫となった人物が何を考えているのかを察することはできなかった。皇帝を敬った言葉を紡ぎながらも、そこには媚びるような色は見て取れない。

「ですが、相手はこの帝国では後ろ盾もない娘一人。陛下が危惧されるような事態にはならないかと思います」

皇帝に反抗的ではないが、従順でもない。自らの意思を感じさせる言葉だった。

「何事にも慎重なそなたにしては、随分と楽観的な考えだな」

「彼女の状況や立場から慎重に判断したつもりです。では、御前を失礼いたします」

深く腰を折って丁寧に、洗練された優雅な一礼をサーディスへと向けた後、真っ黒な服装の相手はルーティエの腕を軽く摑むと、謁見の間を出るべく足早に扉へと向かう。

摑まれた腕を振り払いたい衝動に駆られたものの、それよりも一刻も早くサーディスから離れたいという気持ちの方が強かった。ルーティエは腕を引かれるがまま、足早に彼の後に続く。

全身が重苦しくて一歩を踏み出すのも重労働だったのは、無駄に重いドレスのせいだけではなかったのだろう。背後で重厚な扉が閉まる音を聞いた瞬間、一気に緊張の糸がほどけてその場に座り込みそうになったが、腕を引く強い力に支えられて歩き続ける。

宮殿の廊下を無言で進むこと数分。人気のない場所で足を止めた相手は、ルーティエの腕を離すと白い仮面越しに視線を注いでくる。警戒心が湧き上がる。

「現在のあなたがどれほどの能力を持っているのか、正確なところは俺にはわかりません。ですが、あなたは『女神返り』と呼ばれるほど王族の中でも強い能力の持ち主。いえ、女性の場合は『花姫』と呼ばれると聞きました」

ルーティエは目を見開いた。どうしてと、驚愕で息を呑む。

家族以外では、レイノールしか知らないことだった。慎重に秘密にし続けてきたことを、何故オルガ帝国の人間が知っているのだろうか。

「フロレラーラ王国を守護する女神フローティアは、特に女性に強い加護を与えることが多いという話も耳にしています。だとすれば、『花姫』であるあなたの能力は非常に強いものだと予想できます」

驚くルーティエのことなど気にかけた様子もなく、相手は平坦な声を紡ぐ。そこにはルーティエに対する情など一切ない。

「これは助言であり、忠告です。この国で平穏に暮らしていきたいのならば、人前ではあなたの能力は決して使わない方がいい」

言うべきことだけを告げて去ろうとした相手を、とっさに引き留めようとした。しかし、意思に反して言葉が出てこない。そんなルーティエを一見し、相手は真っ直ぐに手を伸ばしてくる。

反射的に身を竦めたルーティエの手から、意外なほど優しい手付きでブーケが抜き取られる。

「あなたにとってはすべてが気に入らないことでしょう。ただ、花に罪はない」

言われて、ようやくルーティエは気付いた。ずっと強く握りしめ続けていたせいで、百合とバラはすっかりしおれ、力なく体を傾けている。その姿はとても悲しそうに見えた。

「ここで少し待っていてください。侍女に部屋まで案内させます」

マントを翻し、相手は足早に立ち去ってしまう。一人残されたルーティエは、空っぽになった手に視線を落とす。

「花に罪はない……そんな当たり前のことに、私は全然気が付かなかった」

抑揚のない、疲れ切った声がもれる。ルーティエの全身を覆う重苦しさが、より一層強くなった気がした。

「私は花の王国と呼ばれる場所で、ずっと花と共に育ってきたのに」

言われるまで、握りしめていたブーケのことなど頭から完全に抜け落ちてしまっていた。

気にする余裕などないと思う反面、気にしなかった自分が嫌になる。

たとえ敵国でも、花を愛する心を忘れるようなことはしたくない。

わずかに廊下に残った甘い花の香りに、目の奥が熱くなった。瞳からは涙が、喉からは嗚咽がもれそうになったが、必死に我慢する。

弱みは見せたくなかった。ここにいるのはルーティエにとって敵だけなのだから、弱い部分は絶対に見せたくない。

この先ルーティエが進む道は、バラのトゲよりも更に鋭いトゲで覆われた道のりになる。幸せなど欠片もない。憎しみと苦しみ、悲しみであふれた茨の道になるのだろう。

御年十六歳、ルーティエよりも一歳若いオルガ帝国の第四皇子、ユリウス・エリシャ・ノア・オルガという青年と少年の狭間にいる相手が、夫になった人だ。

父である国王から何度も何度も謝罪されながら「政略結婚をして欲しい」と告げられ、ほとんど着の身着のままの状態でフロレラーラ王国の王宮からオルガ帝国の宮殿へと連れて来られた。そして、口を挟む間もなく結婚式の準備が進められ、今日の午前中に名も知らない高官から「この方が結婚のお相手です」と紹介された経緯がある。

オルガ帝国の皇帝には四人の息子がいる。ユリウスは末の皇子で、聞いた話によると彼だけが皇后の子どもではなく、側室の子どもらしい。それならば今回ルーティエの結婚相手として選ばれたのも納得できる。

支配下に置いた国との政略結婚なのだから、息子の中で最も皇位が低く、なおかつ価値がないとサーディスが考えているユリウスという人物が選ばれたのだと想像できる。

綺麗に結い上げられていた薄紅色の髪をほどき、湯浴みをして濃い化粧を落とす。飾り気のない白い夜着に身を包んだルーティエがいる場所は、宮殿の三階、南側の一番端に用意された部屋で、そこが本日をもって夫婦となったルーティエたちの居室になる。

広い室内には何不自由なく調度品が調えられていた。淡い色で統一された家具や小物の数々は、どれも派手ではないが品がある。室内に設置されたランプが、柔らかな橙色を放っている。寝室の中央には、半透明の布が天井から垂れ下がった天蓋付きの大きなベッドがあった。

ルーティエはベッドの脇、光沢を放つ青色のカーテンで覆われた窓の傍にある椅子に腰かけ、深く重い息を吐き出す。

これから行われること、初夜の儀式に当たる行為のことを考えると、頭痛と同時に寒気がした。鳥肌が立った両腕を、自分自身を抱きしめるように体に回す。

(逃げたい、でも、逃げられない。逃げることは許されない。家族のために……フロレラーラ王国の民のために)

これはルーティエの王族としての義務だ。自分勝手な行動はできない。もしルーティエが衝動のまま逃げ出せば、きっと家族たちは更にひどい扱いを受けることになる。

ぎゅっと両目を閉じた瞬間、耳に届いたのは寝室の扉が開けられる音だった。それはルーティエにとって、死刑宣告のように聞こえてくる。

「で、私は新婚初夜のご夫婦の寝室で、何をすればよろしいのでしょうか?」

意を決して目を開けたルーティエの耳に飛び込んできたのは、想像とは違う声、幾分低めの若い女性の声だった。

「ああ、わかりました。お二人の気分が盛り上がるように歌を歌えばよろしいんですか、そうですか」

淡々として流暢な、しかし温かみの感じられる声が早口に言葉を紡ぐ。

「フロレラーラ王国の王族の方々は、花を咲かせるというとても美しい歌を紡がれると聞いております。そのようなお方の前で披露するのは少々気後れする部分もございますが、ここは自信を持って私の最高の一曲を歌わせていただきましょう」

息をする間もなく、次々に放たれる言葉の数々に、ルーティエは目を瞬く。思いがけない声にきょとんとするルーティエの視界には、扉を潜り寝室の中へと入ってきた二人の人物の姿があった。

「いや、君にそんなことは求めていない、アーリアナ。俺が一人で寝室に入ると彼女が怯えてしまうと思ったから、君に付いてきてもらっただけだ」

次に聞こえてきたのは覚えのある声だった。それはルーティエが予想していた人物、ユリウスの声だったが、穏やかさに満ちた声音を聞くのは初めてだった。ルーティエが耳にしてきたのは、どれも無機的な声で、感情の色などほとんど感じられなかった。

別の意味で驚くルーティエの視線の先で、使用人の服装、紺色のワンピースに白いエプロンを身に着けた侍女と思しき女性が、平淡な口調で答える。

「まあ、優秀な侍女としてはこのまま何もせずに下がるわけには参りません。大丈夫です、長いお付き合いのございますユリウス様のためですから、特別に代金はいただきません。ええ、特別に」

「アーリアナの歌はまったくもって、これっぽっちも必要ないが、特別じゃなかった場合は君の歌に代金を支払わないといけないのか？　君の歌に？」

冗談じゃないと、うんざりした口調が続く。仮面で表情がわからなくても、その声音だけでユリウスが辟易していることは容易に察することができる。

「もちろん冗談ではなく本気であり、当然のことでございます。歌は侍女としての仕事に含まれません。であれば、代金を請求するのが正当でございます。ただ、今回だけは無料で素晴らしい歌を披露いたしましょう」

口調は丁寧で、主人に対する敬意も存在している。だが、温かく親しみのある空気、まるで仲の良い友人同士のような気軽さも感じられた。

「ユリウス様の大切な初夜でございますから、乳母であった母の分も私が心を込めて歓喜の歌を歌わせていただきます」

侍女は女性にしては高い身長に、黒髪を頭の上でまとめて結い上げ、やや吊り上がった目元が印象的な綺麗な顔立ちをしている。年齢は二十代前半だろうか。にっこりともしない無表情は人形のように見えるが、朗々と放たれる言葉がそんな人形的な雰囲気を良い意味で壊している。

茶器が載せられた銀のトレーを持つ侍女の隣に並び、ユリウスは小さく首を横に振る。

仮面で見えないが眉間にはしわが寄せられているように思えた。事実、彼の右手は自らのこめかみに添えられている。

「もういい、ありがとう。君は下がってくれて構わない」

「そういうわけには参りません。私はまだ何もしておりません」

あくまでも無表情を貫く侍女に対して、主人の方は疲れ切った弱々しい声になってきている。

「いや、何もしなくていい。むしろ何もしないでくれ、頼むから。その茶器を置いて下がってくれないか。今すぐに」

君がいると落ち着いて話ができないと、ユリウスはどこかげんなりとした様子で言った。サーディス同様冷酷で感情のない人物だと思っていたのだが、侍女と接する姿には人間らしい温かみがある。

(いえ、温かみというよりも、にじみ出る苦労人の気配というか……。それにしても、随分と個性的な侍女がいるのね)

侍女を観察してしまっていたルーティエの傍に、茶器をテーブルに置いた彼女が足早に近付いてくる。思わず身構えたルーティエの顔をまじまじと見つめた後、侍女はユリウスを振り返る。

「見たところルーティエ様は具合が悪そうです。ここはやはり私の素晴らしい歌を披露して、元気付けるべきだと思います」

「むしろ君がこのままいる方が、間違いなく彼女の具合がより一層悪くなりそうだ」

「大丈夫でございます、心配はいりません。私の歌声を聴けば、誰でもころっと深い眠りに落ちることができます」

「いやいや、それは眠るんじゃなくて気絶するってことだろう。ああ、仕方がない」

何を言っても出て行きそうにない侍女の姿に、ユリウスはテーブルの上に置かれていた小さな呼び鈴を手にした。軽く揺らすと、ちりんちりんと可愛らしい音が響く。

「お呼びですか、ユリウス皇子」

ほどなくして開いたままの寝室の扉の外から声が放たれる。淡々とした低い声は、男性のものだった。

「遅くに呼び出してすまない、クレスト。手間をかけさせて非常に悪いんだが、早急に君の姉であるアーリアナをこの居室の外に連れて行ってもらえないか？」

ユリウスが扉の外に声をかけると、「失礼します」という一言の後、一人の男が寝室へと足を踏み入れる。

ユリウスよりも頭一つ分ほど背が高く、服の上からでも鍛えられていることがわかるがっしりとした体軀の人物だ。年の頃は二十前後。精悍な顔立ちには無表情が刻まれている。平時の簡素な兵士の服装に、腰には一振りの剣が備えられていた。ユリウスの護衛役だろうか。

クレストと呼ばれた兵士は大股で侍女に近付くと、問答無用で彼女の襟首を後ろから摑む。そして、ルーティエが驚く間もなく、「不出来な姉が失礼いたしました」という言葉を残し、まるで荷物を引きずるかのごとくずるずると侍女の体を引っ張り、寝室の外へと出て行った。

優秀な姉に対して敬意を払いなさい、不出来な身内に払う敬意はない、といった口論を残し、二つの声は遠ざかっていく。ばたんと遠くから聞こえてきた音からすると、ルーティエたちの居室から出ていったようだ。

寝室を含めて、部屋の中は一気に静寂によって包まれていく。嵐のごとき騒がしさに呆然としていたルーティエへと、テーブルを挟んだ位置に立ったユリウスが声をかけてくる。

「騒がしくして申し訳ありません、ルーティエ王女。彼女、アーリアナは俺が幼い頃から仕えてくれている侍女なのですが、人の話を聞かずにぺらぺらと際限なく喋るのが欠点でして。ですが、ああ見えて侍女としてはとても優秀な人物ですし、信頼もできる人間です。もし何かあれば気軽に彼女に申しつけてください」

ようやく静かになった寝室に、苦笑混じりの声が響く。一連の出来事に呆気に取られてしまっていたルーティエは、かけられた声に「はあ」と曖昧に頷いた。

予想もしない不意打ちを食らったせいか、つい先ほどまで全身を包んでいた気持ち悪さは完全に吹き飛んでしまっていた。ぼんやりと二人が出て行った方向を眺める。

「それから、アーリアナの弟であるクレストは、俺の護衛を担ってもらっていたのですが、本日をもってルーティエ王女の護衛役に就かせました。姉と違って口数が少なく、取っつきにくい雰囲気のある男ですが、剣術の腕は帝国一と言っても過言ではありません。ですから、どうか安心してこの宮殿で過ごしてください」

再びルーティエの口からは「はあ」という曖昧な声がもれる。毒気を抜かれる、というのは今の状態のことを指すのかもしれない。目の前の人物に抱いていたはずの敵意さえも、ルーティエの中から消えていた。

「もしよければ、ハーブティーを飲みませんか？　温かい物を飲んで落ち着けば、少しは気分もよくなるんじゃないかと思いますが」

ここ数日は色々なことが忙しなく立て込んで大変だったでしょうと、ユリウスの整った口からはルーティエを気遣う言葉が続けられる。ただし彼の声からは侍女と接していたときのような温かみは消え失せ、常の事務的なものに戻っていた。

わずかに迷った後、ルーティエは小さく首を縦に動かした。そんなものは必要ないときっぱり断ろうと思ったのだが、強烈な侍女の登場で頭が混乱している上、疲労で覆われた体は温かな飲み物が欲しいと訴えている。

ユリウスは無言で頷き、テーブルの上に置かれた茶器を使ってお茶を淹れ始める。皇子という立場ゆえ、本来ならばお茶は常に侍女に淹れてもらう側で、自分で淹れることなどほとんどないはずだ。だが、目の前のユリウスの手付きは危なげのない、優雅で手慣れたものだった。

茶葉を温めておいたティーポットに入れる手付き、沸騰したお湯を注ぐ手付き、蒸らす間にカップを温めておく手付き。ごつごつとした武骨な手なのだが、思わず見とれてしまうほど綺麗な動きをしている。

茶葉を蒸らし終えた後、カップにお茶を注ぎ、仕上げにはちみつを一滴落とす。鼻に届くのは甘いはちみつと爽やかなリンゴの香り。ほんのかすかにだがラベンダーの優しい香りも感じられる。

どうぞと目の前に差し出された白地に花の模様が施されたカップを手に取り、ルーティエは素直に一口飲んだ。

「──おいしい」

温かな液体をゆっくりと嚥下し、一息吐き出したルーティエの口からは自然とその一言がもれていた。適度な温もりのお茶が冷え切っていた全身を包み込み、緊張でがちがちに強張っていた体からゆっくりと重荷が取り除かれていく。

口中に広がる優しいカモミールの風味と、甘すぎないはちみつの味、後味は香ばしくすっきりとしている。普段はハーブティーよりも紅茶を口にすることが多いルーティエでも、癖のないこのハーブティーはとても飲みやすく、おいしく感じられた。

「お口に合ったようでよかったです。自分がブレンドしたものですが、ハーブティーが苦手な方も多いですから」

手元のカップの中、薄茶色の液体に視線を落としていたルーティエは顔を上げる。

「あなたがご自分で茶葉をブレンドしたんですか？」

「はい。アーリアナにはいつも嫌な顔をされますが、彼女に任せると非常に個性的かつ独特で、到底飲めない代物になってしまいますので」

「先ほどの侍女は茶葉の扱い方が下手で、紅茶をおいしく淹れることができない、ということですか？」

「いえ、先に述べた通り、アーリアナは一応優秀な侍女ではありますから、紅茶を淹れるのはもちろん、茶葉のブレンドも完璧にできます。が、あのような性格の人間ですから、まあ、型通りの平凡なやり方は気に入らないようでして、結果ひどいことに」

ごにょごにょと続く言葉の歯切れが悪くなる。呆れを含んだ口調ではあるが、それでも怒りや嫌悪の感情はない。

ユリウスは崩してしまった調子を取り戻すように、小さく咳払いをする。

「申し訳ございません、不要な話をしました。繰り返しになりますが、仕事はできる侍女ですので安心してください。あらかじめ用意してある茶葉を使わせれば、問題なくおいしい紅茶を淹れることもできます」

アーリアナという侍女と接したのはほんの数分だが、それでも彼女が好き勝手に作ればかなり個性的なハーブティーになるだろうことは容易に想像できる。ぜひとも飲むことは遠慮したい。

「弟もハーブティーが好きで、よく自分でブレンドしていました」

再び視線を戻した薄茶色の液面に、弟の姿が浮かぶ。ルー姉様、新しいブレンドができたから飲んでみてと、にこにこと笑う弟を思い出し、ルーティエの心は穏やかになっていく。家族の存在が、ルーティエにとって一番の支えだった。

「イネース・フロレラーラ王子ですか。王国内で接したのはほんの少しだけでしたが、あなたのことをとても慕っているのはよくわかりました」

イネースは最後の最後までルーティエとユリウスの政略結婚に反対し、ルーティエがオルガ帝国に行くことを阻止しようと奮闘していた。もちろんイネースの気持ちは嬉しかったが、最終的にはルーティエ自身も納得してオルガ帝国に来た。それが最善だと思った。

だが、イネースは決して納得しなかった。ルーティエがユリウスと共にオルガ帝国に旅立つ際、激しく暴れて父や兄に押さえ込まれつつ、呪詛のように吐き出した声が耳に蘇る。

——僕は絶対に認めない！　こんな結婚も、オルガ帝国の支配も、絶対に僕は許さない！　姉様や民の幸せは、僕が必ず守ってみせる！　どんな手を使っても、絶対に！

普段は素直で明るいイネースの、ぎらぎらとした鋭い瞳が忘れられない。何かおかしなことをしでかさないかと不安になるが、父たちがちゃんと見守ってくれているだろう。

「幼い頃から真っ直ぐで快活な子なんです。姉想いのとても優しい子で」

そうですかと、単調な相槌が戻ってくる。興味があるのかないのか、声だけではわからない。ちらりと視線を向ければ、慣れた手付きで使い終わった茶器を片付けている姿があった。白い仮面がランプに照らされて淡い橙色に染まっている。

ユリウスという皇子の人となりを、ルーティエはまだまったく摑めずにいる。皇帝を含め、他の三人の皇子は悪い噂がフロレラーラ王国でもよく流れていたのだが、ユリウスという四番目の皇子に関してだけは噂というほどの噂を聞いたことがない。

正直なところ、ルーティエはユリウスの存在を今回の結婚に至るまでまったく知らなかった。皇帝の息子はてっきり三人だけだと思っていた。噂に上らないほど無能な人物なのか、あるいは他の皇族や貴族に嫌われているのだろうか。

答えはわからない。聞くつもりもなかった。相手のことなど知らなくても、政略結婚で結ばれた形だけの夫婦生活は保っていけるだろう。

もう一口ハーブティーを飲んだルーティエは、口の中に広がる味にもしかしてと唇を開いた。

「この香ばしい風味……タンポポ、ですか？」

「お察しの通り、タンポポの葉と根を乾燥させて、刻んだものを加えています。タンポポには疲労回復や血行促進の効果があると言われていますから」

バラのような豪勢さや、百合のような高貴さはないかもしれない。けれど、温かな黄色い花は心を明るくしてくれる。タンポポは、フロレラーラ王国の各地に自生していた。道端に、庭の片隅に、そして――山や草原の中に。

ふと、ルーティエの脳裏にタンポポ畑の光景が浮かぶ。幼い頃によく遊んだタンポポ畑があった。見渡す限り鮮やかな黄色に染められた風景。しかし、あの美しい場所はもう存在していない。他でもないルーティエ自身が壊してしまったのだから。

思い出した景色に、不意に誰か、幼い子どもの小さな人影が浮かび上がってくる。

(そういえば、あの場所で誰かとよく一緒にいたような気がするわ)

共に遊びにいくことが多かったレイノールか、どこに行くにも大抵後ろを付いてきたイネースか。高熱を出して数日間寝込んだせいか、思い出そうとしても当時の記憶は曖昧になってしまっていた。

(……レイ。彼は今、何をしているのかしら)

オルガ帝国の兵士の目を盗み、無事にフロレラーラ王国内からアレシュ王国に帰国できたことだけは兄の口から聞いていた。しかし、その後どうなったのかはわからない。

ユリウスと結婚したことを彼は知っているのだろうか。知っているとしたら、どう思っているのだろう。もう結婚することは敵わないと考え、ルーティエのことなど気にしていないだろうか。いや、そんなことはありえない。レイノールという人は、そんな人じゃない。

ルーティエが実の兄のように慕っていた人だ。教会での別れ際に告げてくれたように、きっとフロレラーラ王国を助けるために動いてくれる。そう信じたい。

「もう一杯いかがですか？」

耳に入ってきた声に、自らの思考に深く沈んでいたルーティエははっと意識を取り戻す。

視線を向ければ白い仮面が見えた。

形式的には彼は今日家族になった相手だが、ルーティエにとっての家族はフロレラーラ王国にいる両親と兄弟だけ。穏やかになっていた心がまた波立っていく。

形ばかりの夫婦になったとはいえ、目の前にいる人物は敵に違いない。相手がどんな人となりであろうとも、そんなことはルーティエには関係なかった。重要なのはオルガ帝国の一員だということ。フロレラーラ王国を暴力で支配した国の一員だということ。

(——そうだ、目の前にいる男は敵。自分の、フロレラーラ王国に暮らす全員の敵)

ここでようやく、ルーティエは正常な思考を取り戻す。そもそも目の前にいる人物は、親しい人間しか知らないはずのルーティエの秘密を知っている時点で、他の誰よりも用心しなければならない相手だろう。たとえほんの少しとはいえ警戒心を緩めるなんてあってはならない。

いつの間にか空になっていたカップはテーブルの上に戻す。口の中に残った優しい味は、意図的に無視した。

「いいえ、もう結構です。それにしても、ユリウス様はこのような初夜の場でも、その仮面を外してはくださらないのですか?」

夫婦としての営みなど、もちろんしたいとは思っていない。知識としてはあるが、知らない相手、むしろ憎んでいる相手に抱きしめられるなど嫌でたまらない。

(でも、それがここにいる私のやるべきことだから)

再び震えそうになる体を押し止め、ルーティエは努めて平静を装う。

「お互いに望まぬ結婚とはいえ、一応私はあなたの妻になった身。素顔を見せてくださらないのは、あまりにも失礼ではありませんか？」

よくよく観察してみると、黒いマントを外してはいるが、ユリウスの服装は寝るようなものではなく通常のままだった。

「申し訳ありません。本来ならば仮面を外して素顔を見せるべきなのですが、幼い時分からずっと身に着けており、人と対峙するときは必要不可欠なものとなっています。失礼ながら今後も仮面を着けたまま接することをお許しください」

ゆっくりと、丁寧に頭を下げるユリウス。夫という立場で、しかも支配する側の皇子であるにもかかわらず、ユリウスの口調も仕草もルーティエを『王女』として敬うもので、見下すような素振りは欠片ほども見せない。だが、見下す気配がない代わりに、親身な様子もなかった。

彼のルーティエに対する態度は、一貫して冷淡で事務的、明らかに距離を置いたものだった。客人扱い、という言い方が最も適しているだろう。

「それから、しばらく、いえ、今後ずっと、俺は隣の部屋にあるソファーで寝起きをします。ですから、この寝室はルーティエ王女が好きに使ってください。明日以降は無断でここに足を踏み入れませんし、それでも不安ならば内側から鍵をかけて過ごしてください」

え？　という疑問の声は音にはならなかった。目をぱちくりと瞬かせるルーティエの様子に気付いているのかいないのか、ユリウスはこちらに背を向けると扉に向かって歩き出す。

「今後絶対に、俺はあなたには触れません。フロレラーラ王国の花の女神、フローティアに誓って、絶対に」

背中を向けているので表情はわからない。いや、たとえ向き合っていたとしても、仮面ゆえにユリウスの表情を見て取ることはできなかっただろう。

扉が閉まる静かな音が響き渡る。扉を隔てた向こう側でユリウスが何をしているのか、かすかな音すら聞こえないのでわからなかった。この寝室はしっかりと防音設備が整えられているらしい。

新婚の初夜、やるべきことを放棄した上に、新妻を残して寝室を後にした夫。その真意はわからなかった。一人残されたルーティエは寝室の扉を呆然と眺めてしまったが、頭の片隅では当然のことなのかもしれないと思う。

ルーティエにとって彼が知らない相手なのと同じように、ユリウスにとってもルーティエは数度顔を合わせただけの間柄。そもそも父である皇帝の命令によって、支配した国の王女と結婚させられたユリウスにだって、本来好意を抱いていた相手が他にいた可能性がある。

自分が今回の政略結婚の被害者ならば、彼だってそうなのかもしれない。

（……いや、違う！　そんなことはない！）

ルーティエは首を横に振った。

椅子から立ち上がり、扉の鍵をかけてからベッドに移動する。力なく座り込んだルーティエの体を、柔らかな寝台はしっかりと受け止めてくれた。綺麗に整えられた寝台からは、特段何の香りもしない。

　フロレラーラ王国ではどこにいても感じていた、甘くて優しい花の香り。オルガ帝国ではまったく感じることはなかった。この国で感じるのは鉄臭い、鼻を突く嫌な臭いだけで、生まれたときから傍にあった優しい香りはどこにもない。

（私は……一人だ。ひとりぼっち、誰も傍にいない）

　この国の中に味方はいない。愛した花の姿さえ、その香りさえも感じられない暗く冷たい国の中で、ルーティエはたった一人で歩いて行かなければならない。

　抑え込んでいた不安や悲しみ、苦しみが一気に胸の奥底からあふれ出てきた。一度外れてしまったたがはすぐには元に戻せない。瞳の奥が熱くなる。白い絹のシーツに、ぽたぽたと水の粒が落ちていく。

　冷えた涙が、とめどなくルーティエの目からこぼれていく。

（誰もいない、家族も、レイも、民も……大好きな花すらここにはない）

　嗚咽を口元に手を当てて抑え込む。いくら防音だといっても、大きな声で泣けば隣の部屋にいるユリウスに聞かれてしまうだろう。ほんの少しだけ残った王女としてのプライドが、帝国の人間に弱みを見せることを阻む。

（私は王女だから、フロレラーラ王国の王族だから。だから、弱音なんて吐けない、吐いちゃいけないってわかっているわ。でも、だけど――）

泣くのは今日だけにするから。次に朝日が空に昇ったら、もう二度とこんな弱い涙は流さないから。だから、今だけ、今だけはどうか許して欲しい。

（あそこに、フロレラーラ王国に帰りたい！　みんながいる場所に、家族のいる場所に戻りたい！　あの幸せだった日々に……！）

夜の帳が完全に世界を包み込んでいく中、ルーティエはただ一人嗚咽をもらし続けた。次から次に涙があふれ出て、白い夜着を濡らしていく。手の甲でいくら拭っても、涙は留まることなく流れ続ける。

支えてくれる相手も、慰めてくれる相手もいないルーティエにとって、ゆっくりと歩み寄る眠りの気配だけが、悲しみを和らげてくれるものだった。

がんがんと頭に響く鈍痛に、ルーティエは重い瞼を押し上げる。青いカーテンの隙間から差し込む強い光に目を細め、のろのろと寝台から体を起こした。

鈍痛は、思い切り泣き過ぎたことだけが原因ではない。扉を外から容赦なく叩く音も要因の一つだろう。

「おはようございます、起きていらっしゃいますか、ルーティエ様。失礼ながら時刻は間もなくお昼を迎えます。お疲れかもしれませんが、いい加減起きていただけませんか。じゃないと私の仕事が終わりません、非常に困ります」

扉を叩く音と大きな声とが合わさって、ルーティエの頭をずきずきと突き刺す。

「ルーティエ様、このままですと私は昼食を食べる時間がなくなってしまいます。非常事態です、一大事です。私は一食でもご飯を抜きますと力が出なくなり、いつもの半分以下の仕事しかできなくなってしまいます。ユリウス様や女官長にねちねちと怒られます」

頭は痛いし、瞳はごろごろするし、瞼は腫れぼったい。変な体勢で眠ったせいか、全身も痛かった。要するに最悪の目覚めであり、最悪の状態だと言える。

少しの間無視していれば、諦めて去ってくれるだろう。鍵はかけてあるので、無理矢理開けることはできないはずだ。

ベッドの端に腰かけ、こめかみに手を当てていたルーティエの耳に、驚くべき言葉が飛び込んでくる。

「あ、ちなみに扉を開けていただけなかった場合は、あと三十秒ほど経過したらぶち破らせていただきますのでご了承くださいませ。では、数えさせていただきます。三十、二十九、二十八」

淡々とした調子の声が、数字を数え始める。どんどん少なくなっていく数字。ルーティエは瞠目した。

(い、いやいや、まさか、そんな、ねえ)

扉をぶち破るなんて乱暴な真似を実行には移さないだろう。そもそもここは一応皇子と妃の寝室で、そこに何の許可もなく侍女が入り込むことなど普通に考えれば許されないことだった。

　しかし、とルーティエは数字を数える声が聞こえてくる扉へと視線を向ける。

（……昨日のあの調子ならば、当たり前のように扉を壊してしまいそうな気もするわ）

　いや、でも、いくらなんでもそこまで非常識な侍女ではないだろう。一応皇子付きの侍女だったのだから。

「さあ、残すところあと十秒です。これはもうぶち破ること決定でしょうか、楽しみです。では、九、八、七、六」

　残り三秒を切ったところで、ルーティエは慌てて立ち上がり、急いで鍵を外して寝室の扉を開く。開けた瞬間、「あら、残念でございます」という声が聞こえたような気がしたものの、空耳ということにしておいた。

「おはようございます、ルーティエ様。とはいえもう時刻はお昼前でございますから、おはようございますという朝の挨拶は相応しくないかもしれませんが」

　視線が合うと、にこりとも笑わない無表情が言葉を紡ぐ。ちくりとした嫌味が混ざっている気がしたものの、気付かない振りをする。

「ええと、おはよう、アーリアナ……さん」

　立場的に侍女にさん付けなどもちろん必要ない。けれど、どうにも調子を崩される目の前の人物に対しては、呼び捨てにすることにも抵抗がある。

「アーリアナで結構でございます。お召し替えをお手伝いいたします。ですが、まずはそのひどい顔をどうにかする方が先ですか、当然ですね。ご安心ください、どんなに涙で瞼が腫れ上がり、シーツの跡が頬に付いているような状態でも、私の腕ならば綺麗に化粧して誤魔化せますから。むしろ通常よりも何割か増しで美しく見せられます」

ルーティエの頬が知らず引きつる。

鏡を見ていないので自分ではわからないが、もちろんルーティエだって大泣きした翌朝の顔が綺麗とはほど遠い状態であることはわかる。しかし、優秀な侍女ならば気付かない振りをしつつ、さりげなく手を貸してくれるべきじゃないのだろうか。

「化粧も着替えも自分でするから結構よ。顔を洗うためのお湯を持ってきてくれる？」

「はい、ただいまお持ちいたします。朝食、いえ、昼食と言うべき時間ではございますが、とりあえず朝食と言います。朝食はいかがいたしますか？」

「……軽いものを少しだけもらえるかしら」

「かしこまりました。では、パンとスープをご用意いたします」

あっさりとした返答を残し、アーリアナはすたすたと寝室を出ていく。ルーティエの口からは知らずため息がこぼれ落ちていた。

非常に個性的な侍女だと思った。フロレラーラ王国の王宮で働いてくれている侍女たちはルーティエに親愛の情を抱いていてくれていたが、それでも主と臣下という一線を越えることなく仕事をしていた。

本来ならば侍女を数名、加えて護衛の騎士も数名伴った状態で嫁ぐのだが、

「無駄な王国の人間を宮殿に入れるつもりはない」

というサーディスの一言によって、ルーティエは本当の意味でたった一人でこの国に来ることになってしまった。

いつもだったら朝は侍女が来る前に自分で起きて庭の花の手入れをし、大好きな甘いパンケーキの朝食を食べた後に兄と弟に会って。苦手な勉強の時間はたびたび抜け出して、代わりに庭師と花について語り合い、新しい花の交配を考えて。そんな代わり映えのしない穏やかな日々が、ルーティエのすべてだった。

たとえレイノールと結婚しても、その日々が大きく変わるようなことはなかっただろう。こんな風に変わることは、絶対に。

ルーティエは頭を大きく振る。泣くのは昨晩だけにすると誓った。もう弱気にはならない、涙も見せない。フロレラーラ王国の王女として、威厳を失うことなく一人でもこの国の中で生きていってみせる。それがルーティエに残された唯一の反抗だった。

フロレラーラ王国から持ってきた水色の簡素なドレスに着替え、アーリアナが用意したお湯で念入りに顔を洗う。腫れぼったい瞼を隠すためにいつもはしない化粧を入念に施したルーティエは、寝室の隣の部屋でかなり遅い朝食、いや、先ほどアーリアナが言ったようにすでに昼食と呼ぶべき代物を口にしていた。

パンと刻んだ野菜のスープは豪勢とはほど遠い食事ではあるが、帝国に来てからのさして食欲も湧かない状態にはちょうどよかった。ただ、スープの香辛料が少し強く感じられ、慣れない味に軽く眉をひそめてしまう。食べられないほどではないが、おいしいとも感じられなかった。

予想した通り室内にはすでにユリウスの姿はない。食事をするルーティエと、給仕をするアーリアナだけの部屋は、広いせいかとても寂しいものに感じられた。否、広さは関係ないのだろう。フロレラーラ王国の王宮にある自室もこんな感じだったが、それでも寂しいと感じることはなかった。

あそこにはいつだって誰かの笑顔があった。侍女の、使用人の、そして家族の。優しい笑顔と明るい笑い声に満ちていた。

黙々とパンを口に運んでいたルーティエは、テーブルの真ん中に飾られた花瓶へと何気なく視線を向けた。藍色の美しいガラス細工の花瓶には、高価な風貌にはあまり似つかわしくない花が飾られている。

弱々しく頭を垂れた黒い百合と濃い赤バラ。どこかで見たことのある花だと思い、パンを喉の奥に押し込みつつルーティエは花瓶を見つめる。考えること数十秒、ようやく思い出した。

「ねえ、アーリアナ、この花なんだけど……」

花瓶に生けられているのは、昨日の結婚式でルーティエが持っていたブーケの花だった。強く握ってしまったせいで大分しおれてしまっていたものの、花瓶に入れられて若干元気を取り戻したようにも見える。

結婚式後、ブーケはユリウスが持って行った。その花がここにあるということは、彼が飾ったということだろうか。

「もしかしてお気に召しませんか？　それでしたらすぐに片付けますが」

淡々とそう言い、言葉通りすぐにでも花瓶を片付けてしまいそうなアーリアナに、ルーティエは慌てて口を開く。

「いえ、いいわ。そのまま飾っておいて」

かしこまりましたと答えるアーリアナの声が、不思議とほんの少しだけ明るい調子だった気がして、ルーティエは花瓶から彼女の顔へと視線を移す。しかし、そこには最初に見たとき同様感情のない面持ちがあるだけで、表情の変化は一切見て取れなかった。

気のせいだったのだろうと、再び花瓶の花に視線を戻す。結婚式のときは作り物めいた冷ややかな花に思えたのだが、不思議と花瓶の中で咲く姿は生き生きしているように感じられる。

花に罪はない。オルガ帝国の人間の言葉に素直に頷くのは気が進まないが、その通りだと思った。

バラと百合の花弁へと静かに手を伸ばし、乱暴にしてごめんねと心の中で呟く。かすかに漂う甘い香りが、声がなくてもルーティエのことを許してくれているように思えた。

頭の痛みも徐々に和らぎ、瞼の腫れぼったさも起きたときに比べると格段に良くなっていた。食欲があるにしろないにしろ、お腹に食べ物が入ると心身共に元気になれるらしい。

遅い朝食と花の姿で多少なりとも動く気力が湧き出てきたルーティエは、疑問に思っていたことをアーリアナへとぶつける。

「あの人……ユリウス様は何をしているの？」

「ユリウス様でしたら公務をされている時間かと思います。毎朝五時に起き、鍛錬をし、公務をこなし、その他諸々の雑務を片付け、夜の鍛錬を行い、勉学に励み、就寝。以上が基本的なユリウス様の一日です、面白味がまったくございません。もっと怠惰と笑いが必要だと思いませんか？」

いや、皇子の生活に怠惰と笑いは必要ないでしょう、という言葉は心の中だけに留め、ルーティエは「そう」と返事をする。

ユリウスが不在でほっとしたのも事実だが、同時にひどく虚しい気持ちにもなる。妻として何も求められていないのならば、一体この国で自分は何をすればいいのか。ただ人質としての役目を全うしていればいいのだろうか。

このまま周囲に流され続けていたら、状況は悪化の一途を辿るだけだとわかっている。だが、後ろ盾もなく味方も誰一人としていないルーティエが、フロレラーラ王国のためにできることなどあるとは思えない。むしろ、軽率な行動は逆に家族や民を苦しめることに繋がる可能性が高いだろう。

現状のまま何もせずに待ち続けていれば、いずれレイノールが助けに来てくれるかもしれない。フロレラーラ王国やアレシュ王国と同盟を結んでいる国々が、救いの手を差し伸べてくれるかもしれない。

（かもしれない、かもしれない、か）

ルーティエは手にしていたスプーンをテーブルの上に置き、ため息を一つ吐いた。すべて仮定の話だ。確実な話は何一つとしてない。

「パンとスープのおかわりはいかがですか？　ご希望があればクッキーやケーキといった食後のデザートも用意することができます。ちなみに私のお薦めは料理長お手製の木の実のパイです。あれならばぺろりと一皿いけます、いかがですか？」

ルーティエに薦めているというよりも、自分で食べたいからルーティエの命令という形で料理長に作らせようとしている。ような気がする。ものすごく短い付き合いのはずなのに、何故だか察することができてしまう。

呆れが半分、けれどもう半分は良い意味で肩の力が抜けた気がする。ルーティエは無表情のままだがどこか瞳がきらきらとしているアーリアナを一瞥し、失笑混じりの返事をした。

「ありがとう。でも、食事もデザートももういいわ。お腹がいっぱいだから」

目に見えての大きな変化はなかったものの、「そうでございますか」と答える声には残念そうな響きが含まれているように感じられた。ちょっと可哀想なことをしてしまっただろうかと思いつつも、いやいや侍女だろうが使用人だろうが帝国の人間のことなど気にする必要はないと自分に言い聞かせる。

このアーリアナという侍女だって、ルーティエにとっては敵でしかないのだから。

（……そうだ。忘れちゃいけない。ここにいるのは、みんな私の敵なんだから）

敵、敵、敵。周囲にいるのは全員敵、信頼できる人物は誰一人としていない。そう考えると、せっかく浮上しかけた気分は再び下降していく。こんなことではダメだと、ルーティエは椅子から立ち上がった。

「それでは食器を片付けます。ルーティエ様の今日のご予定はお決まりでしたでしょうか？　ご要望がございましたら、できるだけ叶えるようユリウス様からは申し付けられておりますので、できる限りのことは手配いたします。あまり面倒なことは避けていただけるとありがたい、なんて考えてはおりませんので、何でも仰ってくださいませ、どうぞ」

「……フロレラーラ王国にいる家族に手紙を書きたいの。便箋とペン、インクを用意してもらえるかしら」

もはや個性的を一気に通り越して、何と称すればいいのかわからない。意外にも食事の準備や片付けをする手際は素早く無駄がないので、ユリウスの言った通り侍女として優秀ではあるのかもしれないし、堅苦しいよりは彼女ぐらい変わっている方がいいのかもしれない。ものすごく好意的に捉えるとすれば。

ただ、ユリウスは人の話を聞かずに喋るところが彼女の欠点だと言っていたが、他にもたくさん欠点があるような気もする。彼女と話していると、幼い頃弟がくれたびっくり箱を開けている気分になる。

ルーティエはこめかみを押さえつつ、アーリアナに背を向けた。

「はい、かしこまりました。ですが、一つだけご忠告を。手紙の内容はすべて検閲されます。ですから、滅多なことは決して書かないようにお気を付けくださいませ」

ひやりとした響きを伴った声に、ルーティエは慌てて振り返る。視線の先には、食器を手にしたアーリアナがじっとこちらを見ている姿があった。

「あなた様がなさったことの責任は、すべて夫となったユリウス様が負うこととなります。それを常に念頭に置き、くれぐれもユリウス様の足を引っ張るような愚かな真似はなさらないでください。ユリウス様に害をなすと判断いたしましたら、私もそれなりの対処をさせていただくこととなりますので」

黒い瞳に冷たい光を宿し、射貫くような眼差しを向けてくる。無言で視線を交わすこと数秒、アーリアナは何もなかった様子で食器の片付けを再開させ、一礼をした後部屋から出て行ってしまった。

「……そんなこと、わかっているわ」

かすれた声が喉の奥から吐き出される。自然と、両手をきつく握りしめていた。

ユリウスは彼女が信頼できる人物だと言った。けれど、そんなことは不可能だった。信頼なんてできない、できるはずがない――この国の誰一人として。

あれほど泣いたはずなのに、瞳の奥には熱い塊が湧き出てくる。こんな弱い自分は大嫌いだった。もっと強くなりたい、ならなければいけない。フロレラーラ王国の人間なのだから、たった一人でも誇りを失わずに前を向いて生きていかなければならない。

しかし、意志とは反対に、心は暗いところをさ迷い続けている。自分がこんなに弱い人間だとは思わなかった。強くいられたのは、支えてくれる家族がいて、信頼できる人が傍にいて、ルーティエを決して傷つけない温かな場所だったからなのだと、今更ながらに痛感させられた。

ぎゅっと固く閉じた両目に映るのは、温かな花に囲まれた国の姿、優しく微笑む家族の姿だった。声にならない声で、大好きな家族の名を呼ぶ。もちろん答える声などありはしないとわかっている。

窓の外には薄い雲がかかった青空が広がっているのに、ルーティエの心の中には濁った灰色の暗雲がどすんと居座り続けている。その暗雲が消え去り、青空が広がる日はこの先永遠に来ないように思えた。

第二章　元王女は前途多難

「俺と結婚してくれないか？」

「結婚……誰と誰が？」

「ここにいるのは俺とルーだけなんだから、俺と君以外に誰がするんだ？」

　一拍置いて、ルーティエは「え？」と間の抜けた声をもらす。疑問符だらけの会話に終止符を打ったのは、先ほどまでの真剣な面持ちを崩したレイノールの苦笑だった。

「うん、そっか。やっぱりルーは気付いていなかったんだ。テオフィルとイネースの二人は、ずっと前から気付いていたのに」

　困惑して首を傾げるルーティエの前で、レイノールは苦い笑みを濃くする。

　一際強い風が丘を吹き抜け、乱暴に散らされた花弁が舞い上がる。ルーティエとレイノールがいるのは王宮の裏手、小高い丘になった場所で、水平線に広がる海を遠くに眺めることができる。様々な花が咲き誇る丘を吹き抜ける風は暖かく、甘く瑞々しい香りをまとっていた。

　国中のどこにいても甘い花の香りを感じ、一歩外を歩けば一年中鮮やかな花々を眺めることができる。フロレラーラ王国の大地は農産物、とりわけ花が育つのに向いていた。

「自分でも結構わかりやすかったと思うんだけどなあ。フロレラーラ王国に来たときはルーに他の誰よりも先に会いに行っていたし、本当は筆不精なのにルーにだけ頻繁に手紙を送っていたし」

そっか、気付かれてなかったのか、とレイノールはほろ苦い吐息をもらす。

「うーん、これは完全に失敗したな。恋愛ごとには疎いルーには、もっと直接的に伝え続けてくるべきだったか」

独り言のようにもれるレイノールの呟きは、ルーティエの耳を素通りしていた。

(……結婚？　私とレイが結婚するの？)

久々にレイノールと会えて浮かれていた気持ちが、戸惑いに侵食されていく。いつもならば心を穏やかにしてくれる花の存在も、今のルーティエにはゆっくりと感じている余裕はない。

「ごめん、正直ルーがそんなに驚くとは思ってなくて。俺のことを全然意識していなかったんだったら、突然求婚されて困惑するのは当然だ。でも、最近は国でやるべきことが増えてきて、こうやってルーに会いにフロレラーラ王国に来るのも難しくなってきているんだ。だから、今日の機会を逃したくなかった」

「ええと、ごめんなさい、待って、ちょっと混乱しちゃって。その、レイは私と結婚したいの？　どうして？」

「どうしてって、そんなのルーのことが好きだからに決まっているだろう」

「好き……レイが私を？　妹として、とかじゃなくて？」

ルーティエの口からは疑問しか出てこない。それほどまでに混乱が大きかった。

「確かに俺も、最初の頃はルーのことを妹のように思っていた。病弱だった俺が、フロレラーラ王国に療養で来たのは八歳のときだったかな。それから五年近く滞在している間、ルーはいつも俺の傍にいてくれただろう。具合が悪いときは看病してくれて、調子が良いときは色んな場所に連れて行ってくれた」

レイノールは両手を伸ばし、ルーティエの手を優しく握りしめる。病弱だった頃は大して変わらなかったのに、いつの間にかルーティエの手を包み込んでしまえるほど大きくなっていた。

時間の流れを痛感する。ルーティエもレイノールも、幼い子どもの時代はすでに終わってしまったのだ、と。

「いつからかはわからない。気付いたらルーのことを好きになっていた。ルーは俺のことをテオフィルと同じように見ていたと思う。でも、俺は結構前から妹としてじゃなく、ちゃんと一人の女性としてルーのことを見ていたんだ」

金色の瞳が、真っ直ぐにルーティエを見下ろす。出会った当初は同じぐらいだった身長も、レイノールが療養を終えて国に帰る頃にはすでに大きく差が開いていた。

暖かな日差しが青空から降り注ぎ、風に乗った花弁がふわりと舞う。視界の端を飛んでいく白い花びらを見つつ、ルーティエは繋がった手に視線を落とす。

(今はまだ想像もできないけれど、いずれ私も誰かと結婚するとは思う。でも、レイノールと結婚することは、これまで一度も考えたことがなかったわ)

嫌なわけではない。正直なところ、どう受け止めていいのかわからないというのが本音だ。

ずっと兄のように慕っていた人を、急に恋愛相手として、結婚相手として見るのはルーティエには難しい。

「こういうことを言うと打算的だってルーは気を悪くするかもしれないが、俺とルーが結婚することはフロレラーラ王国にとっても利益があることだと思う。二国の結びつきをより一層強くすることができれば、有事の際アレシュ王国がフロレラーラ王国を守りやすくなる」

レイノールとの結婚は、ルーティエ個人だけの問題ではない。アレシュ王国とフロレラーラ王国、今後の二国の未来にも大きく関わってくることは、政治に疎いルーティエにも容易に理解できた。

「フロレラーラ王国はとても豊かな国だ。気候は一年を通して温暖、雨季はあっても雪は一切降らない。山と海、たくさんの自然に恵まれた大地は肥沃で、資源や作物に困ることはほとんどない。正直、この国ほど豊かな国はないと俺は思っている」

フロレラーラ王国の最大の収入源は農産物の輸出と観光業で、国の財政は常に安定しており、自然に愛された心優しい国民性も相まって穏やかな治世が数百年以上続けられている。

「この国が花の王国、花の女神フローティアに愛された国、と呼ばれるのも当然だ」

フロレラーラ王国が輸出している農産物の八割を占めるのが種々様々な花だった。切り花、鉢植え、種の輸出も行っている。他にも花を使った加工品の類、たとえば長時間枯れないように特殊な処置を施した花の装飾品や、花びらと砂糖を煮詰めて作ったジャムなどの食品、花の根や茎を使って染めた衣料品と、その種類はとても幅広い。

「フロレラーラ王国はすごく恵まれている。だから、長年戦争とは無縁の穏やかな治世が続いてきた。もちろんそれは悪いことじゃない。ただ、そのせいで軍事力の整備はほぼ行われず、国を守るための騎士団も最低限の状態に抑えられてしまっている面がある。この国の防衛力が低いことは、どの国から見ても一目瞭然だ」

「豊かで恵まれているからこそ、フロレラーラ王国を武力で支配しようとする国がいずれ出てくるかもしれない。そのことはお父様、いえ、歴代の王族ならば、誰もが多少なりとも危惧してきたことで、ずっと続くこの国の弱点だって私でもわかっているわ」

だからこそ、フロレラーラ王国は周辺の五つの国と同盟を結んでいる。その同盟にはフロレラーラ王国に対する不可侵条約と、有事の際には王国を守ってもらう安全保障条約の意味が込められている。

見返りとして、フロレラーラ王国は同盟国に対して、各種作物をできうる限りの安値で、かつ優先的に輸出することが決められていた。軍事力の弱い国を外敵から守り、侵略を防ぐための処置だった。

「これだけは断言しておくが、もちろん俺とルーが結婚しなくても、アレシュ王国はこれまでと変わらずフロレラーラ王国を守っていく。アレシュ王国にとってフロレラーラ王国は親交の深い大切な国だ。だから、ルーの気持ちを無視して、国のために無理に俺と結婚して欲しいわけじゃない」

真摯なレイノールの言葉に、ルーティエは「大丈夫、ちゃんとわかっているわ」と頷き返す。

フロレラーラ王国の港から船で半日ほどの位置にあるアレシュ王国は、同盟を結んだ国の中でも最も親交の深い国で、長年親密な関係が築かれてきた。両国の王が年に数回は必ず国を行き来し、大きな式典や披露宴があればどちらともまずは相手の王族を招待する。

「ルーも知っての通り、貿易を要として栄えているアレシュ王国は、北東に広がる海を除いて周囲を小さな国々に囲まれている。その土地柄もあって、小規模な争いが常に起きているが、逆に争い事が多いからこそ軍事力はとても優れている」

軍事力の面に秀でたアレシュ王国は広大な土地を有し、国民の数も多い。六つの国々で結ばれた同盟の頂点に君臨する大国である。

「実はここ最近、同盟国の中でも各国の意向が嚙み合わないことが増えているらしい。色々揉め事も多くなっていて、不穏な気配もあると父上が話していた」

「そうなの？　私は幼い頃から、同盟関係は盤石なものだと聞かされてきたわ」

「まあ、同盟関係が不安定だなんて知られたら問題が出てくるから、表向きは安泰だと見せているってところが真実かな。今のところ互いの利害が一致しているから関係も続いているが、いつか利害関係が崩れたそのときは」

「同盟が解消されるかもしれない、ってこと？」

「もちろんすぐに同盟がなくなるなんてことはない。同盟国内でもより強固な関係を維持するため、何度も話し合いが行われている。ただ、グラテルマ共和国が……」

「グラテルマ共和国？　私は国から出たことがないから実際に目にしたことはないけれど、鉄工所や製錬所といった工場が多く立ち並ぶ国だと耳にしたわ。その国がどうかしたの？」

「ああ、いや、すまない。今の俺の言葉は忘れてくれ。確かなことはまだ何もわかっていないんだ。裏付けのない曖昧な情報で、君やフロレラーラ王国を混乱させたくない」

「レイがそう言うのならば、わかったわ」

内心では気になったものの素直に頷く。

「それに、まだ定かじゃない危機よりも、もっとわかりやすい存在がある。フロレラーラ王国の北側、あの高い山脈の向こう側にある、最大の脅威。フロレラーラ王国を守る手段が増えることは、悪いことじゃないと思うんだ」

海とは反対側、遠目にそびえ立つ高い山々を見つめるレイノールと同じように、ルーティエもまた山脈へと視線を移す。青空に向かって高らかに連なる山々は、フロレラーラ王国と隣国との国境になっている。

穏やかで平和な国、フロレラーラ王国。けれど——嵐の影は、女神に愛された国にも存在している。

「色々言ったが、俺は心の底からルーのことを愛している。だから、俺はルーのことを幸せにしたいんだ。君にいつも満開の花のように笑っていて欲しい」

　繋がったレイノールの手に力が込められる。

「もちろんルーの『花姫』としての能力は、今後も絶対に使わせない。隠していけるように手を尽くす。ルーがずっと心穏やかに、明るく過ごせるように俺が君を守るから」

　何事にも誠実なレイノールらしい言葉は、ルーティエの混乱した心にわずかだが喜びを生み出す。

（レイと結婚すれば、きっと私は幸せにしてもらえる。幸せな結婚をして、幸せな未来を送ることができる。そう……『花姫』であることも忘れて、幸せに生きていけるはず）

　視線を山脈からレイノールに戻したルーティエは、迷いながら口を開く。繋がった手を握り返そうとして、けれど指先に力は入らなかった。

「……ごめんなさい、レイ。すぐには答えられないわ。レイの私に対する気持ちには、正直言ってすごく驚いた。でも、好きだと言ってもらえたことは本当に嬉しい。ただ、これは私一人の問題じゃないから、少し時間をもらえるかしら？」

　両親と兄、弟に相談した結果、ルーティエとレイノールの結婚は周囲の反対も一切なく、むしろ高官や貴族を含めて満場一致で祝福された。そこにはやはり両国の関係をより一層強いものにしたいという思惑も絡んではいたのだが、結果として果たされることはなかった。

二人の結婚を阻んだのは、長年フロレラーラ王国にとって不安要素として存在していた暗雲、北側の高い山脈によって隔てられた位置に存在する隣国、オルガ帝国だった。

手元に何度目かわからない視線を送ったルーティエは、これまた何度目かわからないため息を吐き出した。

じわじわと頭を締め付ける痛みに、羊皮紙を持っていない方の手を額に当てる。視界の端で薄紅色の髪が、冷たさを含んだ風によって揺れ動くのが見えた。

ルーティエが生活しているマリヤン大宮殿はオルガ帝国の首都、ザザバラードの中心に建てられている。政務や謁見、式典などが行われる場であり、皇族や高官の居住空間や兵士たちの訓練場なども備えられた広大な宮殿だった。

「今朝フロレラーラ王国から届いた手紙は、あまり喜ばしくない内容のものでしたか？」

「……っ！」

バルコニーに続くガラス窓を開け放ち、外を向く形で椅子に座っていたルーティエは慌てて振り返る。背を向ける形で座していたとはいえ、扉を開ける音にも、人が入ってくる気配にもまったく気が付かなかった。

声の主、常のごとく黒い衣服と白い仮面に身を包んだユリウスは、表情は見えないもののどこか申し訳なさそうな様子で頭を下げる。

「すみません、驚かせるつもりはなかったのですが。ノックをしてから入るべきでした」

ここはルーティエだけの部屋ではなく、彼の部屋でもある。むしろ部屋の主は彼の方だろう。当然ノックなどする必要はないのだが、ユリウスは「ご無礼を失礼いたしました」と再度謝罪の言葉を口にした。

「……お気になさらないでください。むしろこちらこそ手紙を読むことに気を取られ、声をかけられるまでまったく気付かず申し訳ございません」

「ご家族からの手紙を読んでおられたのでしょう。それならば、集中して当然だと思います。ご両親からの手紙ですか？」

「いいえ、兄のテオフィルからです」

短く答えたルーティエは手紙を急いで折りたたみ、隠すように両手で包み込む。

内容に触れて欲しくないというルーティエの気持ちを察してか、ユリウスはそれ以上は手紙について触れず、足早に壁際に置かれた机へと向かった。

「お邪魔をしてすみません。公務に必要な書類を取りに戻っただけでしたので、すぐにまた出かけます。ルーティエ王女はゆっくりと過ごしていてください」

ユリウスは机の引き出しから数枚書類を取り出し、軽く会釈をした後部屋を出ていく。

ルーティエはほっと胸を撫で下ろした。ふうと安堵の息を吐く。

（すぐに出ていってくれてよかった。このまま一緒にいることになったら、どうしようかと思ったわ）

オルガ帝国に来て早や一週間。その間、ルーティエがユリウスと顔を合わせ、なおかつ会話したことは両手で数える程度しかなかった。それはルーティエが意図的に生活をずらしているからだけではなく、彼の方もまた極力ルーティエと顔を合わせないようにしているからなのだろう。

同じ部屋に住んでいる新婚夫婦なのに、顔を合わせることも話をすることもほとんどない。普通ならばまったく笑えない状況だが、ルーティエとユリウスの場合は当然と言えば当然の有り様だった。

再び一人になった居室で、ルーティエは折りたたんだままの手紙に視線を落とす。何度も読んだので、内容はすでに覚えてしまっている。

『お前がオルガ帝国に嫁いで行ってからというもの、父上も母上もすっかり落ち込んでしまっている。それも仕方がないのだろう。二人は娘であるお前のことをとても愛し、大切にしていたのだから、今回の突然の結婚に気を落とすのも当然のことだ。

二人だけでなく、私もイネースも気持ちは同じだ。いや、王宮中の人間が同じ想いだろう。お前という存在が消えてからというもの、国中から元気が失われてしまったかのような状態だ。咲く花々もどこか寂しげに見えるのは、私の勝手な思い込みかもしれないが。

こちらのことは何も心配せず、お前は新しい生活に馴染んで欲しい、と書きたいところなのだが、お前にはいついかなるときも嘘偽りは述べないと幼い頃に約束したな。だから、お前の心労を増やしてしまうかもしれないと悩んだものの、きちんと告げることを決めた。

母上の具合があまり良くない。ベッドで横になっている日が多く、診察した侍医によれば様々な心労が一気に重なったせいじゃないか、とのことだ。だが、時間が経てば徐々に良くなるらしいから、そこまで心配しなくても大丈夫だろう。

正直、心配なのは母上よりもイネースの方だな。

お前がオルガ帝国に行ってから、どうにも様子がおかしい。何も言わずにふらっと姿を消すことが増え、難しい顔で一人考え込んでいることが多くなった。まあ、知っての通り、お前を見送る最後の最後まであの調子で騒いでいたのだから、すぐに元通りにはならないだろう。

本来であれば私が四年間留学していたように、今年十二歳になるイネースもアレシュ王国へ留学する予定になっていたのはお前も知っているな。そこで心身共に成長して欲しかったのだが、今のこの状況だ、イネースが国外に出るのは難しい。留学先がアレシュ王国となればなおのこと。イネースは留学をとても楽しみにしていただけに、白紙になってかなり気落ちしているようだ。可哀想だが、仕方がないと諦めてもらうしかない。

お前のことや留学の件、他にも色々あったからイネースが荒れるのも当然といえば当然だな。まあ、しばらくは様子を見るつもりだ。心配するな、一月もすればいつもの明るいイネースに戻るさ。

本当は他にも書きたいことが色々あるのだが、父上の手伝いで忙しいため短い手紙になってすまない。いずれ時間を作り、お前の所に足を運びたいと思っているのでしばし待っていて欲しい。サーディス皇帝陛下にもその旨を手紙に書いて頼むつもりだ。それまではどうか無理をせず、元気に過ごしていてくれ。

最後に一つ、お前には余計な心配だとは思うが、決して安易な行動は取らないで欲しい。幼い頃に家族で約束したことを絶対に忘れるな。

お前は特に女神フローティアに愛され、彼女の大きな祝福を受けている。その祝福は誰かを、何かを憎み傷付けるためのものではなく、大地に咲く花々を育むものだということを、忘れず胸に刻んでいて欲しい』

テオフィルからの手紙には、フロレラーラ王国を一方的に支配したオルガ帝国を非難するような言葉は一つとして書かれていなかった。王国が今後どうするか、同盟を結んでいる国々がどう動くのか、そんなことも一切書かれていない。もちろんアレシュ王国の動向も、レイノールのことも。

多少なりとも今後の動向についての情報があるんじゃないかと思っていたのだが、実際は家族に関する当たり障りのないことしか書かれていなかった。ルーティエは内心ではかなり落ち込んではいたものの、当然と言えば当然の内容だった。

(国のために、そして私のために、お兄様は慎重過ぎるほど配慮をしてくれたのね。万が

一にもこの手紙によって、危険が及ぶ事態にならないように、と）

テオフィルは次期国王となるとても聡明な人で、ルーティエに送った手紙が帝国の人間の目に晒されることなどもちろん理解している。だからこそ、決して帝国を非難するような言葉は書かず、また、国内の動向や今後の展望などについても一切記載しなかった。

（それにしても、お母様のことももちろんだけど、それ以上にイネースのことが気になるわ）

王国を旅立つ際、激怒していたイネースの様子から心配してはいたのだが、やはり簡単には今回のことを納得してくれなかったらしい。まだ幼い弟が理不尽な事態の数々に反発するのは仕方のないことだろう。ルーティエだって、内心ではまだ様々な感情がくすぶっている。

手紙から上げた視線を、バルコニーに続く窓の外へと移す。フロレラーラ王国の自室からは、一面に咲き誇った花々の絨毯を見下ろすことができたのだが、今視界に入ってくるのは必要最低限整えられただけの樹木が広がる裏庭だった。そこには色鮮やかに咲き誇る花の姿は皆無で、無機的で物悲しい雰囲気が漂っている。

王国にいた頃は落ち込んだときには庭を眺めていた。だが、この裏庭の姿では更に気分が落ち込むだけで、到底元気をもらえそうにはない。

自然ともれたため息に、扉を叩く音が重なる。もしかしてまたユリウスが戻ってきたのだろうか。すぐに返事をしなかったルーティエの内心など知らず、扉は当然のように開け放たれた。

「失礼いたします。ルーティエ様、本日もまた朝からずっと部屋に閉じこもっておられる予定でございましょうか。お世話をする私としては正直とても楽です、手間がかかりません。ですが、このままではルーティエ様の頭にじめじめと苔やキノコが生えてきやしないかと私は心配になります、ええ、とても」

入って来たのはアーリアナだった。室内に入ると同時に、彼女の口からは矢継ぎ早に言葉が出てくる。まったく噛む様子もなくすらすらと話す彼女に呆れ半分、感嘆半分、もう色々考えるのも面倒になった。

「ご心配どうもありがとう。でも、人間の頭に苔やキノコが成育したという事例は聞いたことがないわ」

ユリウスではなかったことにほっとした反面、返事をする前に当然のごとく扉を開けた彼女に何とも言えない心地になる。が、文句を言っても意味がないことは、この一週間ですでに嫌というほど理解していた。

「まあ、前例がないからといって安心はしない方がよろしいかと思います。世の中何が起こるかわからないんです。事実、私は今朝から驚くほどの不幸な事態に次々と遭遇しております。まず、朝一で庭師に大量の水をぶっかけられ、直後樹木を植える予定の穴に落ち、挙げ句朝ご飯が何故か私の分だけなくなっており、次に掃除のバケツに足を取られて高価な壺を割り、女官長からは烈火のごとく怒られるということが起きております」

あっさりとした様子で、まるで朝ご飯の内容を語るように言葉を紡ぐアーリアナに、ルーティエは開きかけた口を固く閉じた。

（う、うーん、アーリアナというこの侍女、色んな意味で本当に大丈夫なのかしら？）

前言撤回、優秀とは到底思えないし、むしろサーディス辺りに即刻解雇されそうだ。こんな人物を長年傍に置いているユリウスは、意外と懐が広い人物なのかもしれない。いや、結婚式の夜の様子から察するに、大分振り回されている気もしたが。

眉根を寄せたルーティエに気付いたように、アーリアナは先を続ける。

「あ、ちなみに説明いたしますと、すべて私の不手際ではございません。まず、水をぶっかけたのは新人の庭師です、うっかり手が滑ったと言っておりました。また、掘ったままになっていた穴も本来ならば危険防止のため柵が必要ですのに、これまた新人の庭師がうっかり忘れてしまっていたそうです。朝ご飯は料理人がうっかり数え間違えていたようで、掃除のバケツを廊下のど真ん中にうっかり置きっぱなしにしたのはまだ入って日の浅い侍女でした」

口を挟む間も無く、次々と言葉が出てくる。息継ぎもほとんどない。というか、どう考えてもうっかりが多すぎる。

「そういうわけでございまして、ここから得られる教訓は、自らが何か失敗をせずとも、不運というのは幾重にも重なって襲ってくるので常に注意して日々を過ごそう、ということでございますね。理不尽に女官長に怒られる身にもなって欲しいものです。以上、本日の私の不幸の数々でございました。最後に付け加えますと、朝食を抜かれた分、昼ご飯は山盛りにしていただきましたので、今の私の機嫌はすこぶる良好です、安心してくださいませ」

言うべき言葉が見付からず無言を返すが、アーリアナは気にした様子もなかった。常に自分の調子を崩さず、淡白で素っ気ないルーティエの態度にも平静に対応する部分だけは、間違いなく侍女として優秀だと言える。

ルーティエが視線を窓の外に戻すと、間髪を容れずにアーリアナが口を開く。

「よろしければ外に出てみますか。私がご一緒いたします」

「……外に出てもいいの？　私は人質なのに？」

知らず声に混じったルーティエの嘲笑に、アーリアナは瞬きを一回する。今日もまた彼女の表情に変化はない。

「はい。ただし、外と言ってもせいぜい庭程度にはなりますが、その辺はお許しくださいませ。面白みの欠片もない庭ではございますが、私が精一杯面白おかしくご案内をさせていただきます。あ、よろしければ私が本日落ちた穴もご紹介いたしましょうか？」

「いえ、結構よ。心の底から遠慮しておくわ」

これ以上突っ込むとやぶ蛇になりそうなので、ルーティエは強制的に彼女の話から意識を逸らすことに決める。

椅子から立ち上がり、手紙をテーブルの上に置いてからバルコニーへと足を向ける。太陽の光をふんだんに含んでいるはずの風は、ひんやりとした感触で頬を撫でていく。

ルーティエが宮殿から離れることは許されていないと、薄々わかってはいた。信頼できない人間を、あの皇帝が自由に出歩かせることなどしないだろう。

籠の中の鳥、いや、そんな綺麗なものではない。ルーティエは檻の中の人質だ。

「散歩をする気分じゃないの。悪いけど、夕方まで一人にして」

これ以上話しかけないで欲しいと言外に含めると、アーリアナは一拍の間を置いた後、「失礼します」と部屋から出て行った。一人になると幾分気が楽になる。

これから先、後二月もすれば毎日雪が降るようになり、身も凍るような厳しい寒さがオルガ帝国には訪れるらしい。フロレラーラ王国を一度も出たことがなく、雪を見たことのないルーティエには想像もできなかった。凍えてしまいそうなほどの寒さを、たった一人で乗り切れる自信も正直ない。

その寒い季節が来る前に、同盟国はフロレラーラ王国のために動いてくれるのだろうか。オルガ帝国の侵略から救い出してくれるのだろうか。無意識の内にそんなことを考えている自分に気が付き、ルーティエは白い柵を右手で握りしめる。

(ずっとくよくよしているなんて、いつもの私らしくない。お兄様やイネース、それにレイが今の私を見たらきっとすごく驚くわね)

オルガ帝国に来てからというもの、感傷に浸る時間がほとんどのような気がする。本来のルーティエらしくないことは、自分自身が一番よくわかっていた。感傷に浸って、無為な時間を費やすなんてルーティエらしくない。

(本当はもっと前向きに、本来の私らしく積極的に生活していきたいけど……)

考え込むよりもまずは行動、他人に頼る前にできるだけのことは自分でやる。王族だからと、仕えてもらう立場だからと、やれることをやろうとしないですべてを他人任せにするのは間違っている。

他人が咲かせた花よりも、自分自身の手で一生懸命世話をして咲かせた花の方がより一層美しく見える。それは、咲かせるまでの行動が報われたことを、強く感じることができるからだとルーティエは考えている。

「でも、私がここに来た意味も、このオルガ帝国で何ができるのか、何をすべきなのかも、まだ何もわからない。そもそも、本当にやるべきことがあるのかさえも……」

口から無意識のうちにもれた弱々しい呟きを、ルーティエは息を大きく吐いて吹き飛ばす。

大丈夫、きっと何かあるはずだ。否、何かあるからこそ、自分はここに来たのだと、そう思いたい。何の意味もなくただ政略結婚をさせられた可哀想な人質の王女としてやって来たのではなく、ルーティエだからこそここに来たのだと思えるような何かが欲しかった。

顔を上げる。前を見据える。寂しげな裏庭の姿は見えない。見えるのは青い空を背にして広がる高い山脈の姿。

「……あれ？　もしかして、この方向って」

　ここでようやく、ルーティエはあることに気が付いた。バルコニーから見るこの方角の先には、愛すべきフロレラーラ王国がある。高い山々に遮られて見ることは敵わなくとも、故郷の存在を感じることができた。

　ひょっとすると、だからこの居室がルーティエたちの部屋になったのだろうか。人の出入りが激しい場所から離れ、隔離されたような位置にあるひっそりとした居室。てっきり望んでもいない、支配した国の人間であるルーティエを人目に付かないように押し込めるために選ばれた部屋だと思っていた。

　だが、実際はルーティエが静かに、落ち着いて過ごすことができるように、口さがない貴族などの宮殿の人間にできるだけ会わないように、という配慮だったのかもしれない。

（いえ、いくらなんでもそれは前向きに考え過ぎね）

　ルーティエはふっと苦笑をこぼす。

　一週間が経ち、初日に比べれば少しずつルーティエも落ち着いてきている。しかし、あと一歩を踏み出すことがどうしてもできずにいた。前向きになりたいという想いに、心が追いついてきてくれない。

　ルーティエはバルコニーの柵を強く握りしめながら、遠い故郷の姿をずっと眺め続けた。

「というわけでユリウス様、明日にでもルーティエ様を街までお連れしてください」

突然のアーリアナの主張に、言われたユリウスだけでなくルーティエも「え？」と疑問の声をもらしてしまう。

ルーティエが半分近く残してしまった夕食後、ユリウスが室内に置いていた書物を取りに戻って来たときのことだ。結婚後、ルーティエとユリウスが共に同じ食卓を囲むことは一度もなく、接触は日に数回顔を合わせる程度、まったく会話をしない日もある。

書物を手にすぐ外に出ようとしていたユリウスは、侍女の言葉に足を止める。仮面に隠されているものの、眉間にしわが寄せられていることは容易に想像できた。

「君はいつも脈絡もなく突飛なことを言い出すな、アーリアナ」

「それが私の仕様でございますから。それに、突飛ではありますが、おかしなことを口にしたつもりはありません。ユリウス様だって、ここ数日のルーティエ様をご覧になり、このままで良いとは思っておりませんよね？」

無言の主人に、アーリアナは更に言葉を重ねる。

「ルーティエ様には気分転換が必要です。多少強引にでも、環境を変化させる何かが不可欠です。もしこのままルーティエ様が塞ぎ込み、痩せ細り、病気にでもなって命を落とすような事態になったら、ユリウス様は後悔いたしますよね？」

「……オルガ帝国にとっては困った事態になる」

「では、そういうことにしておきます。いずれにせよ、ルーティエ様には一度外に出て、新鮮な空気を吸っていただくことが最善かと。病は気からと申しますし、これから寒くなる季節だというのにこの状態のままでは、本当に体を壊してしまいます」

「アーリアナの想像は極端過ぎだろう。そもそもルーティエ王女を宮殿の外に連れ出すことはできない。陛下がお許しになっていないことは知っているはずだ」

「何を弱気なことを言っているんですか。そこをうまく説得するのがユリウス様の手腕の見せ所ですよ。それに、サーディス陛下はユリウス様の言うことならば、絶対に許してくださいます」

強く言い切ったアーリアナに、椅子に座っているルーティエは小首を傾げる。サーディスがユリウスの言うことならば必ず許してくれるというのは、どういう意味なのかわからなかった。サーディスにとってユリウスという四番目の息子は、取るに足りない相手ではないということだろうか。

数十秒ほど口を閉ざしていたユリウスの視線がルーティエに向く。いまだに慣れない白い仮面に自然と体が強張る。

「あなたは宮殿の外に、オルガ帝国の街並みや生活に興味がありますか？」

投げかけられた質問に、ぱちりと目を瞬く。見えない目がじっとルーティエに注がれていることを感じる。不思議と嫌な気持ちにはならなかった。向けられる視線が、ただ純粋にルーティエのことを知ろうとしているものに思えたからかもしれない。

(私がここに来た意味を、そして、私のやるべきことを見つけられるかも)

悩んだのはほんの一瞬だった。ルーティエは「はい」と頷き返す。きっとこれが、ここが一歩を踏み出すときだと思った。

「そうですか、わかりました」

それ以上言葉を続けることなく、ユリウスは部屋から足早に出て行く。あっさりと立ち去ってしまった相手に驚くルーティエの視界の端で、アーリアナが片手の握り拳を胸の前で小さく上げていた。

翌日、ユリウスは三日後に宮殿の外、ザザバラードの街に出る許可をもらったと言った。もちろん一人ではなく、護衛という名の監視役としてユリウスが一緒に行くことが条件ではあったが、それでもすぐに許可が出たことにルーティエは驚いてしまった。

「ほら、やはりユリウス様のお言葉でしたら、陛下は耳を貸してくださったでしょう」

無表情ながらも得意げな口調でアーリアナは言った。

ルーティエは初めて目にする宮殿の外の、街の姿を思い描き、暗い胸の内にわずかなりとも明るい陽光が降り注いでくるように感じた。

ザザバラードの街に出かける当日、ルーティエは簡素な服装で大宮殿の中央広間にいた。黒髪に黒い瞳の人間が多いオルガ帝国では、ルーティエの容姿はどうしても目立ってしまう。アーリアナの助言もあり、薄紅色の髪は帽子の中に押し込み、一般の人々が着る飾

り気のない上着とスカートに身を包んだ。一見しただけでは、フロレラーラ王国から嫁いできた王女とは誰も思わないだろう。

　質素な服装は嫌いではない。フロレラーラ王国で庭の手入れをする際には、動きやすく、汚れてもいい格好を常にしていた。庭師のような服装を両親はあまり良く思っていなかったのかもしれないが、兄や弟は笑って受け入れてくれていた。

　庭を手入れしていたときの気分を思い出し、ルーティエはかすかに笑みをこぼす。やはり自分は黙って部屋に閉じこもっているよりも、外に出て動いていた方が明るい気持ちでいられるらしい。

　ちらっと横を見て、隣に佇む人物を上から下まで眺める。

「ユリウス様はその格好で外に出られるんですか？」

　ルーティエから話しかけられると思っていなかったのか、驚いたような間を置いた後、ユリウスは口を開く。

「見苦しい格好でしたら申し訳ございません。ザザバラードは治安の良い場所で、素性を隠す必要は本来ないのですが、俺が皇子だとわかると民が畏縮してしまいますので、仮面をローブで隠させてもらいます」

　ユリウスはいつもの黒い服に、マントの代わりの黒いローブを羽織っただけで、特にこれといった変装をしていない。彼の場合は仮面を除けば特徴的な部分はないので、顔が隠せれば問題ないのだろう。

「黒いローブを被っている姿の方が、別の意味で目立ちそうな気もしますけれど」

「オルガ帝国は一年を通して寒い場所ですので、頭からローブやコートを被っていてもさして目立たないんです。もちろんフロレラーラ王国では確実に不審者でしょうが」

確かにと、ルーティエは同意していた。素直なルーティエの反応に、ユリウスがどこか戸惑う気配があったものの、すぐに平静な様子に戻る。

(主従揃って感情をほとんど表に出さない、という取り決めでもしているのかしら)

ルーティエは密かに嘆息する。

家族にしろレイノールにしろ、フロレラーラ王国でルーティエの傍にいた人たちは、みんな感情表現が豊かだった。顔を見れば大抵の気持ちを察することができた。それに対して、オルガ帝国の人間は感情を表に出さないことが多い。

特にユリウスは仮面を着けているせいで、表情を見て取ることができない。長年一緒にいれば、いつか笑った顔を見る日が来るのだろうか。今のところまったく想像できなかったが。

(この人は、いつもにこにこ笑っていたレイとは大違いだわ。レイと一緒のときは、こんな風に顔色をうかがうことなんて全然なかったのに……)

厳密に言えば、仮面を着けているので顔色をうかがうことはできないのだが。ルーティエは白い仮面を一瞥し、再び小さな吐息をもらした。

「とりあえず早く出発しましょう。日が暮れる前には大宮殿に戻らないと、貴族や高官が

「わかりました。でも、護衛は本当に必要ないんでしょうか？　彼、ええと、クレストに付いて来てもらった方が安全じゃありませんか？」

「問題ありません。先ほど話した通り、治安の良い街ですから。もし何かあった場合は、責任を持って俺があなたを守ります」

だから安心して街を見て回ってくださいと、当たり前のように続けられた言葉に、ルーティエは一瞬反応が遅れてしまった。しかし、すぐに努めて平静を装って頷き返す。

広間から正面出入り口に向かって歩き出すユリウスの半歩後ろを付いて行く。足を前に進めながら、ルーティエは胸元に手を当てて、上着をぎゅっと握りしめた。たとえほんの一瞬でも、ユリウスに対して心強いと感じたことに、後ろめたい気持ちがあった。

（オルガ帝国の人間は全員、フロレラーラ王国にとって敵なんだから……）

夫になった相手でも、決して油断してはいけない人物だ。心を許すなんてありえないと、自分自身に言い聞かせる。前を歩くユリウスの姿から、視線を逸らした。

「大宮殿から街までは正門を出てすぐの距離です。徒歩でも平気ですか？」

「大丈夫です。歩くのは嫌いじゃありませんから」

「オルガ帝国は領土内に山が多く、山中にある街や村も少なくありません。マリヤン大宮殿も元は山があった場所を崩して造った宮殿で、ザザバラードには坂道も多くあります。疲れたらすぐに言ってください」

不信感を抱くかもしれません」

平坦な地域が多かったフロレラーラ王国とは反対に、オルガ帝国は勾配の激しい土地になっている。ユリウスが言った通り、マリヤン大宮殿の建つ場所も元々は山で、頂上部分に大宮殿が、そして宮殿から見下ろすような形でザバラードの街が広がっていた。

フロレラーラ王国とは似ても似つかないオルガ帝国。そんな国で、どんな風に国民は暮らしているのか。いや、どんな国民が暮らしているのか。ルーティエは純粋に知りたいと思い始めていた。

出入り口まであと一歩というところで、第三者の声が広間に響き渡った。

「誰かと思えばユリウスか。お前は相変わらず辛気くさい格好をしているな」

ざらついた低い声音は、ルーティエの気分を最底辺まではたき落とす。けれど、内心とは裏腹に顔には無表情を貼り付けた。嫌な表情を浮かべているのを見られたら、辛辣な皮肉を言われることになると容易に想像できるからだ。

広間の奥にある階段から下りてくる相手を見たユリウスは、さりげなくルーティエの一歩前に移動する。そして、相手に対して丁寧に頭を下げた後、常の平坦な声を放つ。

「おはようございます、アルムート兄上。この時間帯に兄上が宮殿内を歩いておられるのは珍しいですね」

金や銀といった無駄な装飾品を身に着け、煌びやかな細工が施された服を着た人物、アルムート第一皇子は最後の一段を下りると、ふんと冷たく鼻を鳴らす。背後には護衛の兵士や使用人、取り巻きの貴族といった面々が控えており、存在感のあり過ぎる嫌な空気を放っている。

「昨夜キレイナ家で開かれた晩餐会があまりにつまらなかったのでな。興を殺がれてとっとと戻ってきた」

要するに、昨日は夜遅くまで馬鹿騒ぎをしないで宮殿に戻ってきたから、本来ならば寝ているこの時間帯に起きている、ということらしい。時刻はすでに昼近くになっている。

正直、できるだけ関わり合いになりたくない人物なのだが、相手が相手なだけに無視することもできない。腐っても第一皇子、一応皇位を継承する予定の人物だ。

アルムートに関しては、フロレラーラ王国で耳にした噂はほぼすべて正しかった。実際に接したのは数回だが、とにかく尊大で高圧的、自尊心が高く、自分以外の人間を完全に見下している。当然人質であるルーティエも軽蔑の対象になっていた。

「そうですか。この時間帯は兵舎の方で訓練が行われています。時間があるならば、そちらに顔を出してみてはいかがでしょうか？　兄上は昔から剣の腕が立ちますから、兵士たちにとっても良い鍛錬になるかと思います」

「黙れ、ユリウス。貴様に指図されるいわれはない。そもそもこの俺が兵舎などという汚い場所で、しかも戦うしか能のない連中に交じって訓練など、馬鹿馬鹿しい」

ユリウスと同じ黒い髪に、傲慢さがにじみ出ている吊り目の黒い瞳、鼻筋の通った端整な顔立ちをしている。だが、常に浮かべられているすべてを見下すような眼差しと表情が、整った容貌を台無しにしてしまっていた。

ユリウスは平静を崩さず、自らの兄へと声をかける。

「差し出がましい口をきいて、申し訳ありません。それでは、出かけるところでしたので、我々は失礼させていただきます」

ユリウスはアルムートの冷ややかな態度を気にした様子もなく、大人びた口調でそう告げると背後のルーティエを促して出入り口へと向かう。しかし、一歩を踏み出すよりも早く、アルムートのざらりとした声が放たれる。

「何だ、後ろにいるのはどこかのみすぼらしい使用人かと思えば、貴様の妻か。聞いた話によると、自室にほとんどずっと閉じこもっているらしいな。まったく、貴様に負けず劣らずみじめで辛気くさい娘だな。暗くて見苦しい者同士、お似合いじゃないか」

鼻を鳴らして嘲笑するアルムートに続いて、背後にいる貴族たちからもくすくすと笑い声がもれる。ルーティエはむっとしたものの、表情には出さないように気を付けた。

確かにこの国に来てからのルーティエは、自分でもわかるほど塞ぎ込み、じめじめとした雰囲気を出していたかもしれない。だが、ルーティエのことならまだしも、弟であるユリウスのことまで馬鹿にする必要はないだろう。

（ああ、もう、思い切り反論してやりたい！　でも、ここでそれをしたら第一皇子に逆らったってことで私の、いえ、ユリウス様の立場もより悪くなるだけだわ。フロレラーラ王国のためにも我慢しないと）

ルーティエは嘲笑の声を無視する。さっさとこの場を去るのが一番だと考えていると、思いがけない冷ややかな声がすぐ傍から放たれた。

「失礼ながら、兄上。未熟で不出来な自分のことならば、何を言われても事実ですから構いません。ですが、我が妻を悪く言うことはやめていただけませんか？」

　驚いて声の主へと視線を向ければ、歩き出そうとしていた足を戻し、再びアルムートと向き合っているユリウスの姿がある。

「彼女は慣れない土地に突然連れて来られ、知り合いが誰一人としていない環境に置かれています。気分が塞ぐのは当然です。ああ、常にたくさんの取り巻きを引き連れている兄上には、一人の孤独など理解できないかもしれませんが」

　いつも凪いでいる空気が、冷淡な色を帯びていく。静かな怒りが漂っている。

「いえ、むしろ兄上は孤独の恐ろしさを誰よりもご存じだからこそ、そうやって周囲に大勢の人間をはべらせているのでしょうか」

　ひやりと冷たい音色は、誰かに似ていると思った。一体誰に似ているんだろうかと考えていたルーティエの耳に、苛立ちと憤怒で歪んだ大声が突き刺さってくる。

「貴様、この俺を愚弄するつもりか!?」

「まさか、そんなつもりはありません。ですが、他人を悪し様に言うことは、兄上自身の立場を貶めることになるかと」

「俺に対して生意気な口をきくな、ユリウス！　たかが側室の子どもの分際で、立場をわきまえろ！　本来ならば貴様など大宮殿にいるべき人間ではない！」

父上のお情けで育ててもらい、この宮殿に身を置いているくせにと、アルムートの怒鳴り声が響く。怒りを向けられたユリウスの横顔からは、その内心を察することはできない。

だが、仮面の下にはぞっとするほど冷えた瞳がある気がした。

更にアルムートが文句を言おうと口を開いたところで、瞬時に周囲の空気が変わる。

「一体何の騒ぎだ、騒々しい。広間で大声を出すとは、どこの痴れ者だ」

夜の闇よりも暗く、静かだけれど威厳のある声。自然とルーティエの体は緊張で強張っていく。いや、ルーティエだけでなく、この場にいる全員の背筋がぴんと伸びたような気がした。

視線をそちらに向ければ、マリヤン大宮殿の正面出入り口から入ってくる一人の男の姿があった。肩までの黒髪に、見る者を凍らせる冷たい瞳、黒を基調とした動きやすそうな服装に身を包んでいる。

外から入って来たところを見ると、どこかに出かけていたのだろう。護衛の兵士を二人だけ連れた身軽な様子で、サーディスは広間へと足を進めてくる。

「おかえりなさいませ、陛下。そのご様子ですと、朝早くにどこかの視察に行ってこられたのでしょうか？」

「ああ、ヴェーラ領に行ってきた。早い時間の方が、無駄に騒がしくなくていい」

「ヴェーラ領……流行病が進行していると聞きましたが、いかがでしたか？」

「初期の段階ですぐに医師と薬を手配したから問題ない。すでに沈静化しつつある」

「それはよかったです。ですが、陛下が自ら視察する必要はなかったのでは？　命令してくだされば、自分が出向きましたが」

「私は流行病で死ぬほど弱くはない。それに、そなたの仕事は今あるもので手一杯だろう。となれば、私自ら行くしかあるまい」

口を挟む間もなくぽんぽんと交わされるユリウスとサーディスの会話を、ルーティエだけでなくアルムートも黙って聞いていた。さすがのアルムートも、父親である前に皇帝として振る舞うサーディスには、気軽に声をかけられないらしい。

「ご心配していただかなくても、お申し付けくだされば時間はいくらでも作ります。大抵の場所ならば、早馬で一日ほど駆ければ着く距離です。問題ありません」

「どうせ睡眠時間を削って、どうにかするつもりだろう。無理をして倒れられでもした方が、私にとってはいい迷惑だ」

威圧的なサーディスを前にしても、変わらぬ様子で接するユリウス。交わされる会話には、ルーティエが両親とするようなお互いへの親愛は欠片も感じられない。それでも険悪な雰囲気はなく、事務的ではあるが互いのことをよく理解していることがうかがえる。

二人の会話を聞いていて、ルーティエはようやく先ほどの疑問に答えを出すことができた。ひやりとしたあのユリウスの声は、サーディスの声に似ていた。やはり親子だということだろう。

「それで、そなたはどこかに出かけるところだったのか？」

「はい。陛下にお許しをいただきましたので、街まで出かけてこようと思っております」

「そうか。ならば、早く出かけるんだな。こんな場所でぐずぐずしていると、高官どもに仕事を押しつけられるぞ」

すっと、ユリウスに向けられていたサーディスの視線が、ルーティエへと移る。こうしてサーディスと向かい合うのは、ユリウスと婚姻を結んだあのとき以来だ。それ以降は、日々忙しく政務をこなし、なおかつあちこち出歩いているらしいサーディスと顔を合わせる機会もなかった。

サーディスに対する恐怖は消えない。それでも目を逸らすことだけは絶対にしたくないと、ルーティエは突き刺さる眼差しを真っ直ぐに受け止める。無言で睨み合うこと数秒、ふと黒い瞳がかすかに和らいだような気がした。

「その目と頭が飾りでないのならば、この国とそこに住まう民とを、自分自身で見極めてみろ」

もはや話すべきことは何もないとばかりに、サーディスはルーティエに背を向けて大宮殿の奥に向かって歩き出す。アルムートが慌ててその背中を追いかけ、

「父上、ユリウスとあの小娘のことですが」

と話しかけるものの、

「私は忙しい。そなたに構っている暇はない」

とサーディスは一番目の息子の言葉をばっさりと切り捨てた。

「自分自身で、この国を見極める……」

遠ざかっていく後ろ姿を見つめながら、ルーティエは小さく呟（つぶや）いた。

どんな意図があって、サーディスがそんなことを言ったのかは理解できない。それでも、不思議なことにルーティエの胸の中にすとんと落ちて、しっかりと根付く。

「さあ、行きましょう。早く行かないと、街を見て回れる時間が少なくなります」

冷酷無慈悲（れいこくむじひ）で、残虐（ざんぎゃく）非道。人を人とも思わない所行の数々に、自らの手で殺した人間も数知れず。最低最悪の独裁的な皇帝。フロレラーラ王国で聞いていた噂（うわさ）の数々は、本当に正しいものなのだろうか。

ユリウスとの会話が嘘（うそ）ではないのだとしたら、流行病があった場所に自ら足を運び、その様子を自分自身の目で確かめているらしい。冷酷で、残虐で、独裁的な皇帝なのだとしたら、そんなことをするとは到底（とうてい）思えない。

（サーディスがフロレラーラ王国を侵略（しんりゃく）したのは紛（まぎ）れもない事実。あの男を憎（にく）む気持ちを消すことはできない。だけど、私は自分の目で確かめたい、この国のことを。そう思うことは、フロレラーラ王国に対する裏切りになるのかしら……？）

ルーティエはユリウスに続いて歩みを進めながら、答えの出ない、否（いな）、答えを出すことを拒（こば）んでいる疑問をぐるぐると考え続けたのだった。

ザザバラードの街を一目見たルーティエは、その様子に驚いてしまった。

「すべてを見て回る時間はありませんので、どこか行きたいところなどありましたら教えてもらえますか？」

ルーティエの想像よりもずっと明るく、賑わいのある街並みに、思わず足を止めて瞬きを繰り返す。仮面を隠すようにすっぽりとローブを被ったユリウスは、ルーティエが足を止めたのに気が付くと、「どうかしましたか？」と振り返る。

ルーティエは街並みを眺めながら、湧き上がった疑問を口にした。

「あの、今日は何か特別な行事が行われている、わけではないんですよね？」

「今日は市も立っていませんし、収穫祭も終わったばかりだから祭りの類もしばらくありません。俺が知る限り、特に行事は行われていないはずです」

「そう、ですか……。では、これがいつも通りの光景、ザザバラードの日常の街並み、ということなんですね」

ほうと大きく息を吐き出し、ルーティエは周囲をもう一度じっくりと見渡す。

オルガ帝国は、もっと暗くて、明るい雰囲気など皆無の場所だと思っていた。冷酷な皇帝に支配され、その国の民はきっとひどい扱いを受けているんだろうと考えていた。

しかし、そんなルーティエの考えは、実際に街に出て、そこに行き交う人々の姿を見た瞬間消し飛んでしまう。

大声を上げて商いをする者、悩みながら買い物をする者、元気に走り回る子ども、散歩を楽しむ老人。大勢の笑顔や笑い声が、街の中には確かにあった。

フロレラーラ王国に比べると幾分落ち着いた空気が流れてはいるものの、民の姿を見れば彼らが圧政に苦しんでいないことは一目瞭然だった。むしろその逆で、大勢の民が穏やかな生活に満足しているように感じられる。

「この辺りの店を覗いてみてもよろしいでしょうか？」

「どうぞ。何か必要なものや欲しいものがありましたら、遠慮なく言ってください」

「ありがとうございます。でも、欲しいものは今のところありません。食料品や衣服などの生活必需品を扱う、一般の民が多く利用するお店を中心に案内してもらえないでしょうか」

まだそれほど寒いわけではないが、コートやローブを羽織った人々の姿も多い。そのため、黒いローブを羽織ったユリウスの姿を気に留める人もおらず、帽子を深く被ったルーティエを気にする人もいない。ここにいる二人組が、オルガ帝国の第四皇子と、フロレラーラ王国から嫁いできた第一王女だとは、誰一人として夢にも思わないだろう。

「見たところ、新鮮な野菜や生肉は少ないようですね」

「国柄ゆえ、基本的には干し肉や魚の燻製、乾燥させた野菜や果物が中心です。主食はサツマイモやライ麦、ジャガイモで、こちらはできるだけ安い値段で流通させています」

「そうですか。収入が低い人々でも、お腹を満たすことができるということですね」

「民の衣食住を充実させることを、サーディス陛下は最優先事項にしています」

「……サーディス陛下が」

衣服は寒さ対策のためか、厚手の布や毛皮で作られたものが数多く揃っており、他に木綿や麻などの手軽な値段で買える服も並べられている。鮮やかで華やかな服が多いフロレラーラ王国と比べると、黒や茶色といった落ち着いた色味の機能を重視した服が多いように見受けられた。

「貿易が盛んなフロレラーラ王国と比較すれば、流通している品物の種類は格段に劣るとは思います。けれど、国民が不自由なく暮らすために必要な品物は、食料を含めてきちんと取り揃えているつもりです」

食料品や衣服だけでなく、他の生活に必要な品物にも、それに見合った適正な価格が付けられている。それは一にも二にも、国が正しく管理している証拠だった。

これはどんな食べ物なのか。この布の値段は高くはないのか。これは何に使う道具なのか。あちこちの店を覗き、質問を繰り返すルーティエに対して、ユリウスは意外にも嫌な素振り一つ見せず、一つ一つ丁寧に答えてくれた。

「現在のオルガ帝国では鉄鉱石が豊富に産出しており、鉄鉱石そのものや加工した品々を輸出しています。十年ほど前に始まったことですが、国を挙げて尽力した結果、ここ数年で安定した取引が行えるようになりました」

迷うことなく答える様子からも、彼がいかに様々な知識を身に付けているかがよくわかる。見せかけの、形だけの皇子ではない。

「でも、この辺りの国はオルガ帝国とは貿易を行わないのでは？」

「貿易相手はここから離れた場所にある国や、あなたが名も知らないような小さな国々です。ただし、地形的な面もあって、大量の物資を頻繁にやりとりすることはできず、フロレラーラ王国やアレシュ王国と比較すればごくわずかとなります」

オルガ帝国は高い山脈に囲まれ、道が険しい場所も多く、何より雪が大量に降る時季になると、寸断されてしまう道も多数あるらしい。そのこともあって安定した貿易を行うことはできないものの、自国では手に入らない生活必需品の類は優先的に輸入して、国民に不自由のない暮らしを送ってもらえるようにしているんだと、ユリウスは教えてくれた。

ふと足を止めた店の軒先に、繊細な刺繍が施された衣料品が並べられていた。細やかで美しい刺繍が目を引く品々に、思わずルーティエの顔が綻んでいく。

「とても綺麗な刺繍。こちらは動物、こちらは植物の模様ですね。こんなに鮮やかで繊細な刺繍、フロレラーラ王国では見たことがありません」

色鮮やかな糸で形作られた刺繍は、見れば見るほど美しいものだった。すごいと感嘆をもらすルーティエに、店主と思しき四十ほどの女性が「ありがとうね」とにっこりと笑う。嬉しそうな様子は、フロレラーラ王国の民と何ら変わらない姿だった。

「寒い土地柄のせいでしょう、昔からオルガ帝国では防寒着や絨毯など、織物製品の技術が高いんです。この刺繍もその一つとなります」

「かなり精巧な品ですし、もしかしてこれも輸出しているんですか？」

「いえ、オルガ帝国は痩せた土地が多く、作物は育ちにくい。最低限綿花なども栽培していますが、圧倒的に量が少ないこともあり、逆に布の類は輸入している方が多いです。布が貴重な分、破れても繕って繰り返し使う習慣があって、それも刺繍が発達している所以だと思います」

ルーティエはオルガ帝国のことを何も知らなかった。噂で耳にしたことを鵜呑みにし、勝手に想像を膨らませ、自分の望むオルガ帝国という国を作っていた。

隣国なのに、今回こうやって関わるまで知ろうとしなかった。確かにフロレラーラ王国にとってオルガ帝国は脅威であり、事実侵略をされた国ではある。だが、自分を含めてフロレラーラ王国は、あまりにも隣国に対して知識不足だった気がする。

（私はこれまで何も知らずに生活してきたのね。こうやって知ろうとすれば、たとえ王国にいても知ることができる事実がたくさんあったのに……）

自らの無知を心の中で恥じるルーティエの前に、柔らかな若草色の肩掛けが差し出される。色とりどりの花の刺繍が施されたとても綺麗な品だった。驚くルーティエに、ユリウスは肩掛けを手渡す。

「どうぞ、差し上げます」

「え？　いえ、ですが、いただく理由がありません」

「オルガ帝国の技術を、民が作り上げたものを褒めてもらったお礼です。それに、これからオルガ帝国は寒くなるのでちょうどいいかと」

迷ったものの、ルーティエは肩掛けを受け取ることにした。丁寧に施された花の刺繍は本物の花ではないが、本物の花と同じようにルーティエの心を温かくしてくれる。

小さく笑みをこぼすルーティエは、不意に強い視線を感じて肩掛けから顔を上げた。ローブによって隠されているが、仮面越しにユリウスが真っ直ぐに自分を見ているのがわかった。何となく恥ずかしくなって、ルーティエは顔を隠すように視線を逸らして口を開く。

「ユリウス様はこの国のことを本当に大切に想っているんですね」

「はい。この国とこの国に住む民が、俺にとってのすべてですから」

いつもの抑揚の薄い声ではない。穏やかで優しい声音には、言葉通り国や民を愛する気持ちが含まれている。気付かれないようにそっと目を向けると、ローブの中でかすかに口元が緩んでいるのが見えた。

国を愛する姿は、年相応の人間らしさがある。笑顔とは到底言えないものの感情のにじんだ様子に、ユリウスに対する嫌悪感が幾分薄まった気がした。

その後も日が暮れる直前まで、ルーティエはザザバラードの街を歩き回った。初めて見るもの、初めて知ることがたくさんあり、いつの間にかただ純粋に街を巡ることを楽しんでいた。

もちろん、いくらオルガ帝国のことを知ったとしても、フロレラーラ王国を侵略したことは絶対に許せない。ルーティエが抱く敵愾心は簡単には消えないし、今後も完全に消えることはないだろう。

　だが、知れば知るほど、疑問は大きくなっていた。百の噂よりも、他人の言葉よりも、自分の目で見て耳で聞いたこと、自分が感じたことが正しいとわかっている。だとしたら。

「……こんなに豊かで穏やかな国ならば、どうしてフロレラーラ王国を侵略したの？」

　ぽつりともれたルーティエの声は、ユリウスの耳に届くことはなく、夕食の買い物で賑わい始めた街の喧騒に紛れ、溶けて消えてしまった。

「国王、という役目はとても重要で、意味のあるものよ。でも、とても孤独な立場でもあるわ。そんな国王を支えるのが妻である王妃の役目で、愚痴も弱音もすべて受け止めて、何があろうとも夫の傍で支え続けるの」

　儚げな容姿に心優しい母親としての顔を持ち、けれどイザベラはフロレラーラ王国の王妃としての務めを、いつだって凛とした眼差しでこなしていた。

「大変だけど、でも、妻にしかできない幸せな役目でしょう？」

　国王が国を治める者ならば、王妃は何をするの？　幼い頃ルーティエがそう尋ねたとき、イザベラは微笑みながらそう教えてくれた。

　困難を二人で乗り越え、喜びも悲しみも分かち合って過ごす父と母の姿が、ルーティエにとっては理想だった。両親のような夫婦になりたい。それはルーティエには叶えることができない夢となったが、ルーティエはルーティエなりに新たな役目を果たしていくべきだろう。

ザザバラードの街に足を運んでから三日、バルコニーに出ていたルーティエは深呼吸を二度繰り返す。そして、心の中で「よし」と気合いを入れてから、部屋の中へと戻った。テーブルの上に置かれた呼び鈴を手に取り、軽く振って音を鳴らすと、少しの間を置いてコンコンと扉をノックする音が聞こえてくる。どうぞと声をかければ、すでに見慣れてしまった侍女が入ってきた。

「失礼いたします、何かご用でしょうか？　昼食はつい先ほど完食されたばかりですが、もう空腹になったということでしょうか、なるほど。ルーティエ様は意外と大食でございますね。では、料理長に頼んでパイでも作らせてきましょうか？」

一方的に言葉をぶつけてくるアーリアナにもすっかり慣れてしまい、最初のときのように呆気に取られることもなくなった。オルガ帝国に来てから一番会話をしている相手が彼女なので、それも当然のことだろう。

「お腹はいっぱいだからパイは今度でいいわ。今はあなたに教えて欲しいことがあるの」

「私に答えられることでしたら。あ、ちなみに私の体重は天地がひっくり返ったとしても絶対に教えませんよ。ルーティエ様のご命令でも不可能でございます」

「あなたの体重をわざわざ聞くはずがないでしょう！」

思わず大きな声を出してしまう。いつの間にか、ルーティエもまたユリウス同様アーリアナに調子を崩されることが増えている。それを嫌だと感じないのは、大なり小なり彼女に対して親しみを感じ始めているからかもしれない。

ルーティエは短く息を吐く。入れすぎていた気合いがちょうどよく解れた気がした。

「聞きたいのは別のこと。あなたはユリウス様が幼い頃から仕えているって聞いたけれど、出身もこの国なのよね？」

「はい、そうです。ユリウス様が十になる頃からお仕えしております。生まれも育ちもオルガ帝国の生粋の帝国人でございます。ですが寒いのは大の苦手ですので、これからの季節を考えると絶望的です。ちなみに寒さをしのぐ最高の方法は火を点けた暖炉の前を陣取ることだと思います。ついでに温石は持ち運びには便利ですがあまり効果はありません、寒過ぎるとすぐに氷と同じになりますから」

聞いてもいないことをぺらぺらと喋るアーリアナの言葉を軽く聞き流し、ルーティエは黒髪に黒い瞳と自分とは似ても似つかない容姿をしている相手をじっと見据える。そして、くよくよと情けない自分に終止符を打つ言葉を紡ぐ。

「私が教えて欲しいのはこの国、オルガ帝国のことと——ユリウス・エリシャ・ノア・オルガ、私の夫となった人のことよ」

ルーティエが迷いなくそう言い放つと、アーリアナは常の無表情を崩し、きょとんとした表情を浮かべる。そのまま瞬きを数度繰り返すアーリアナの姿に、ルーティエは帝国に来てから初めて満面の笑みを浮かべたのだった。

それから数時間後、ルーティエは扉の前に仁王立ちをし、ようやく戻ってきた相手に対して声をかける。

「おかえりなさいませ」

にっこりと笑みを浮かべ、ドレスの裾を摘んで挨拶をする。多少ぎこちない笑みになってしまったかもしれないが、三十回ほど練習した中では一番の出来だと思う。これならば礼儀作法にうるさかった父も、ぎりぎり及第点をくれるだろう。

顔に浮かべた笑みは崩さないように気を付けながら、ドレスの裾を離して目の前にいる相手へと視線を注ぐ。そこには、扉を開けて部屋に入って来た、まさにその状態のままで綺麗に固まっている人物の姿がある。

「おかえりなさいませ、ユリウス様」

もう一度同じ言葉を、今度は名を呼んで繰り返せば、固まっていた人物、相も変わらず全身を黒い服で包んだユリウスがはっとしたように身じろぎをする。そして、少しの間を置いて、戸惑いをあらわにしながらも唯一はっきりと見える薄い唇を動かす。

「……ただいま、戻りました」

途切れ途切れの言葉と様子から、ユリウスが浮かべているだろう困惑の表情を、ルーティエは容易に想像することができた。主従揃って初めて無表情を崩すことができたと、ルーティエは唇が更に吊り上がるのを感じる。

「お食事はいかがいたしますか？　アーリアナを呼んで用意してもらいますか？」

先手の一撃は上手くいった。ここからは一気に畳みかけて行かなければと、心の中で気

合いを入れ直した。子どもの頃、初めて庭師に交じって害虫駆除をしたときのことを思い出し、更に気持ちを奮い立たせる。

笑みを浮かべつつも、喧嘩をするかのような勢いで言葉を投げつけるルーティエに、ユリウスは圧倒されたかのごとく唇を引き結ぶ。ずっと部屋に閉じこもってめそめそと過ごし、意図的に自分と会わないよう努めていた相手が、何の前触れもなく突然笑顔で、しかも勢いよく話しかけてきたら誰だって戸惑うだろう。

「食事よりも、あの、今日はまだ起きていらっしゃったんですか？」

「この時間は元々眠っておりません。健康のためにできるだけ早寝早起きをするようにしていますが、眠るにはまだ少し早い時間です」

時刻は夜の十時頃。いつもならば寝室に閉じこもり、ユリウスが帰って来たことを知りつつも気付かない振りをして過ごしている時間だ。当然出迎えなどしない。

真っ直ぐに視線を向けて返事を待つこと数秒、困惑と驚きが抜けきらない様子でユリウスは額に手を当てた。初めて教会で会ったときやサーディスと話していたとき、そしてアーリアナと会話をしているときにも発しなかった当惑の声音で言う。

「そう、ですか。いえ、そうではなくて、あの」

予期していなかった事態に困った様子を見せるユリウスに、自分よりも一つ年齢が下、まだ少年と言っても差し支えのない相手だということを実感する。見ず知らずの男性に抱いていた恐怖心が、心持ち和らいでいく。

「突然ですが、ユリウス様にいくつかお願い事があります。聞いていただけますか？」

四歩ほどの距離を置いてユリウスと向かい合っていたルーティエは、笑顔を消して一歩足を前へと踏み出す。ルーティエが一歩近付いた分、一歩後ろに下がりつつユリウスは答える。

「何でしょうか。俺に叶えられる範囲のことでしたら、尽力いたします」

「まず一つ、この部屋のバルコニーですが、私の好きなように使わせていただいても構いませんか？」

まさかそんなことを言われるとは思っていなかったのだろう。白い仮面の向こう側で目が丸くなるのを、見えなくても感じられる気がした。

「バルコニー、ですか？　それはもちろんあなたの好きに使っていただいて構いませんが、何をするつもりですか？」

「花を育てたいと思っています、鉢植えの花を。この居室は何不自由なく調度品が調えられてはいます。でも、私には殺風景でどこか寒々しい気がいたします。ですから、綺麗な花の姿で飾ることができれば、と思いまして」

「花を育てる、ですか。止めるつもりはありませんが、オルガ帝国はこれから厳しい寒さに覆われていきます。なので、花は恐らく」

育たないでしょう。あるいは、育ったとしても花が咲く前に枯れてしまうかと思います。声に出されなくても、小さく首を横に振った姿でユリウスが言いたいことは理解できた。

けれど、とルーティエは迷わずに答える。

「寒さに強い花もありますし、それにもし枯れてしまったとしてもそれはそれで仕方がないと諦めます。ですが、私は最初から不可能だと、無意味だと諦めて実行に移さない、といったことはしたくはありません」

枯れてしまう可能性があるのならば、枯れないようにできるだけ手を尽くせばいい。寒さに負けてしまいそうならば、負けないように手をかけて育ててあげればいい。

それでも枯れて、花が咲かなかったとしても、ルーティエは「最初からやらなければ良かった」とは絶対に思わない。

数秒の沈黙の後、ふっとユリウスの口の端が和らぐ。白い仮面は仮面のままで、当然変化などありはしないのだが、不思議とその仮面を最初に見たときのような驚きや気持ち悪さは感じなかった。

「そうですか、わかりました。ルーティエ王女のお好きなようにしてください。もし必要な物があれば、アーリアナに言っていただければ準備させますので」

「ありがとうございます。ですが、そのお気持ちだけで結構です。必要な物は自分でお願いして用意してもらいます。使うのは私なのですから、その本人が自らお願いするのが道理ですもの」

強がりや虚勢ではなく、思った通りのことを素直に言えば、ユリウスの口元にはかすかな微笑が刻み込まれる。その笑みにルーティエが驚いている間に、ユリウスは「わかりました」と小さく頷(うなず)いた。顔を上げたときには、表情は跡形(あとかた)もなく消え失(う)せていた。

もしこの仮面がなければ、目の前にいる人物が何を考え、想(おも)い、感じているのか理解することができるのだろうかと考え、しかし、仮面があろうがなかろうが理解などできるはずがないと考え直す。白い仮面があろうとなかろうと、最悪な形で出会い、しかも望んでもいない、納得(なっとく)だってしていない政略結婚(けっこん)によって結ばれてしまったルーティエたちが、互(たが)いのことを理解できる日は永遠に来ないだろう。

（そう、理解することはきっとできない。でも、知ることはできるはずだから）

このオルガ帝国という国のことも、そして——目の前に佇(たたず)む仮面を被(かぶ)った相手のことも。

ルーティエは胸元(むなもと)に当てた右手を強く握(にぎ)りしめ、そっと息を吐いてから言葉を続ける。

「もう一つ、私のことをルーティエ『王女』と呼ぶのはおやめください。私はもう王女ではございません。正しく呼ぶならば、ルーティエ元王女、ですね。ですが、王女だろうと元王女だろうと、夫が妻を呼ぶのには相応(ふさわ)しくありません。ルーティエと呼び捨てで結構です」

早口で続ける。口を挟(はさ)まれると意気込みが挫(くじ)かれてしまいそうだった。

「それと、私に丁寧(ていねい)な言葉遣(ことばづか)いをするのもやめてくださいませんか？　親しき仲にも礼儀ありと言いますし、お互いに対する礼節は最低限必要ではあります。けれど、度を過ぎれば逆に居心地(いごこち)が悪いだけです」

いかがでしょうかと目の前にいる相手を見据(みす)えれば、ユリウスはやや戸惑いながらも小さく頷く。

「わかりまし、いえ、わかった。そのようにします、いや、する」

「はい、そうしてください。では、アーリアナを呼びますね。さすがに昼食から大分時間が経ちましたから、お腹がぺこぺこです。できれば夕食はもう少し早い時間にしていただけませんか？」

ぎこちない口調で話すユリウスから視線を外して、ルーティエはテーブルに近付くとその上に置かれている呼び鈴へと手を伸ばす。言いたいことをとりあえず全部言い終えてすっきりしたこともあり、自然と空腹感が増していく。

帝国に来て数日は、精神的な落ち込みからあまり食欲が湧かず、用意してもらった食事も半分以上残す日々だった。けれど、ザザバラードの街に出てからは、できるだけ食べるように努めている。味にはまだ慣れないが、残すのは作ってくれた方に申し訳ない。それに、何をするにも体が資本だ。空腹では満足に動けなくなってしまう。

「まだ夕食を摂っていなかったのですか、いや、摂っていなかった？」

これは普通に話してくれるようになるまで、大分時間がかかりそうだと思った。呼び鈴を鳴らそうとしていたルーティエは手を止め、ようやく部屋の中へと入って来たユリウスへと視線を戻す。

「朝、昼、夜、すべてご一緒するのは難しいと思いますが、できるだけ一緒に食事をしたいと考えています。ユリウス様が嫌ならば、もちろん無理強いはいたしませんが」

「嫌なわけではない。ただ、夜は接見などの予定が入って遅くなる場合も多々ある上、昼は公務によって不規則、朝は鍛錬のためかなり早い時間帯になる。なので、一緒に食事ができる機会を持つのは正直難しい」

「朝はあなたに時間を合わせます。昼と夜はあなたの予定を優先させますので、ご一緒できそうな場合はアーリアナに伝えてください」

ユリウスという人が、自分と会わないようにするためだけにわざと忙しく振る舞っているわけではないことはわかっている。アーリアナ曰く、

「昔から人一倍努力をなさる方で、朝から晩まで勉学に励んでおられました。ここ数年は陛下から公務を任されることも多くなり、接見や視察、それから毎日欠かさず行っている鍛錬や様々な勉強も合わさって、毎日毎日ネズミよりも忙しなく働いておられます。将来の死因は過労です、間違いありません」

とのことだ。確かに、ユリウスは同年代の男性に比べると線が細い気がする。

「あくまでも、時間が合えばご一緒します、ということですから、無理に合わせるようなことはしていただかなくて構いません。あなたはあなたの予定を優先して動いてください」

「いえ、だが、あなたを俺の予定に無理に合わさせるわけには」

「朝早くから庭の手入れをすることも多かったので、早起きは得意です。昼はこれから色々挑戦する予定ですので、私の方が時間の都合が付かない場合も出てくるかもしれません。先ほど言った通り早寝早起きを基本としていますので、あまりにお帰りが遅い場合は

先に食事をして休ませてもらいます。いかがですか？」

相手の言葉を遮って一息に告げる。いかがですかと聞きつつも、問いかけではなく宣言と呼ぶべき代物だった。状況に負けないように気合いを入れようと振る舞うと、意図的にしているわけではないのだがどうも喧嘩腰になってしまう。

ユリウスは圧倒された様子で口を閉じ、無言でルーティエを見つめてくる。ルーティエも負けじと視線を返す。視線を交わしつつも、新婚夫婦の甘い空気など皆無だった。

数秒の沈黙の後、ユリウスの口からわずかな笑みを含んだ吐息がもれる。笑い声はない。口元を緩ませる気配もない。それでも「わかった」と頷く様子は、どこか笑っているような雰囲気が感じられた。

「では、こちらも一つ頼みがある。あなたの俺に対する口調も改めてもらえないか？」

少しだけ考え、ルーティエは首を縦に動かした。

「ええ、わかったわ。それじゃあ、アーリアナを呼んで夕食にしましょう」

黒いマントを外すユリウスを横目に、ルーティエは呼び鈴を小さく鳴らす。ちりんちりんと鳴る軽やかな音色が、常よりもぎこちなさの和らいだ室内を彩る。

こうしてルーティエは部屋に閉じこもって塞ぎ込む、実りのない日々をやめた。胸の奥に居座り続ける憎悪は消えない。だが、望んではいない形で訪れたオルガ帝国という場所で、新しい居場所を見つけるべく一歩を踏み出したのだった。

第三章　帰る場所、帰りたい場所

　うーんうーんと、地面にうずくまってうなること数十分。黙って経過を眺めていた庭師の一人、十数人いる庭師のまとめ役だと名乗った初老の男が、恐る恐るといった調子で背中に声をかける。

「あ、あの、ルーティエ様？」

　非常に困った、弱り切ったという声音に、ルーティエは土をいじっていた手を止めた。手の平の上にのせて観察していた中庭の土を戻し、地面から立ち上がったルーティエに、周囲の庭師からほっとしたような吐息がもれる。

「土壌は悪くないのよね。きちんと手入れをされているし、肥料もちゃんとしている」

　土で汚れた手も紺色のドレスの裾に付いた泥も気にせず、ぶつぶつと小声で呟きながら歩き出す。そんな姿を見て、庭師たちからは再び音のないため息が吐き出された。まだ続けるのか、と声にならない言葉が込められている。

　部屋のバルコニーから見える裏庭に比べると、中庭の方はかなり綺麗に整えられている。色鮮やかな花の姿は少ないものの、一年の四分の三ほどを雪で覆われる環境だと知れば、花よりも樹木を中心に整えられていることにも納得できた。

宮殿に飾る花々は、中庭の片隅に建てられた温室の中で育てられているらしい。その温室もサーディスは「手間と金がかかるだけで、そこまでして花を飾る意味などない」と取り壊しを幾度となく口にしていると耳にした。体面を重要視する貴族は「せめて宮殿内部だけは綺麗な花々を飾るべきです」と反対しているようだ。

気候に適した花を育てるという考えが根付いていたフロレラーラ王国には、温室の類は設けられていなかった。とはいえ、温室の存在を否定するつもりはない。ただ、宮殿の内部を飾るためだけに温室で育てられた花々は、やはりどこか冷ややかなものに感じられてしまう。

(中庭の様子を見れば、庭師の人たちが丹誠込めて、愛情深く花や木を育ててくれているのがよくわかるわ)

綺麗に咲いた花たちは、見栄や虚勢を張るための道具としてしか見ない人間のせいで、生き生きとした美しさを奪われてしまっているのかもしれない。

(オルガ帝国では花を買うのも育てるのも、すごく手間とお金がかかる。確かに、ザザバラードの街に出た際、花を売っている店はほぼなかったわ。だからこそ、花が宝石や絵画のように価値のある見せ物、といった扱いになっているのね)

気軽に花を愛でられる環境が、オルガ帝国には揃っていないのだろう。それほどまでに過酷な環境だとも言える。

「ルーティエ様、そこには段差があります。お気を付けください」

淡々とした声音が背後から投げかけられ、考え事をしながら歩いていたルーティエは踏み出そうとしていた右足を止めた。

「え？　あ、ええ、ありがとう。うーん、やっぱりここで花を育てるとしたら、一番の問題は気候ね。王国に比べると日光が弱い上、日照時間もすごく少ない。これから雪が降るほど寒くなれば普通の花では無理だから、耐寒性の強い花にしないと」

足元に視線を落とし、注意して木で作られた囲いを乗り越え、整えられた樹木を倒さないように植え込みの中をうろうろと歩き続ける。

この国の寒さがどれほど厳しいものなのか、アーリアナに色々と聞いてはいる。が、体験したことのないルーティエにはぴんと来なかった。

寒さに強い花もいくつか知っているので、とりあえずそれらを鉢植えで育ててみようと思ってはいる。しかし、身も凍るほどの寒さに覆われますので覚悟してください、と言ったアーリアナの言葉が言い過ぎではないのだとしたら、少し耐寒性がある程度の花では枯れてしまうかもしれない。

「前方右側に木の枝が飛び出していますので、ご注意ください」

「うん、わかった、わかっているわ、大丈夫。パンジー、ビオラ、シクラメン、コスモス辺りならば咲いてくれるかしら」

頭を左に傾けて、注意された枝を避けて歩く。背後からは一定の距離を置いて誰かが付いてくる気配がする。振り向かなくても、その人物がクレストであることはわかる。

宮殿のあちこち、特に庭を歩き回るようになってから数日、ルーティエの傍にはクレストという名の兵士がいつも控えている。護衛だとはわかっていても、最初は常に張り付かれて気になっていた。けれど、姉のアーリアナに対する対処法も数日で掴んだように、クレストの存在にも二日ほどで慣れて気にならなくなった。

「この辺りは水やりをしたばかりのようです。滑らないよう注意して進んでください」

「ええ、わかったわ。耐寒性に優れていて、なおかつ育てやすい花となると、他にはクリサンセマムやスノードロップも捨てがたいわね。ただ地植えではなく鉢植えで、種子から育てるとなると、その中でも適しているのは……」

口数が少ない彼は影のように付き従い、話しかけてくることはほぼない。ただしぼんやりと歩くルーティエが危険だと判断すると、的確に注意を促してくれる。庭師たちが呆れたような表情をする中でも、クレストだけは姉同様に無表情を絶対に崩さなかった。

ルーティエは歩き回っていた足を止め、振り返った。クレストが視界の端に素早く移動するのを横目に、後ろを付いてきていた庭師の一人に声をかける。

「パジェットさん、パンジーとビオラの種子は常備していないかしら？　もしあれば分けて欲しいのだけれど」

急に声をかけたルーティエに驚きつつも、庭師のパジェットはしわがれた穏やかな声ですぐに返事をする。

「申し訳ございません。ここで常備している種子や苗は、宮殿の中を飾るための花のものだけでして、その中にはパンジーやビオラの種子はありません」

もう一度申し訳ございませんと頭を下げるパジェットに、ルーティエは首を振って笑顔を向ける。

「温室を見せてもらったとき、バラやカトレアといった見た目の豪勢な花を中心に栽培していたから、宮殿内部に飾るのにはあまり向かない花、パンジーやビオラといった花の種子はないかもしれない、って思っていたの。だから、謝る必要はないわ、気にしないで」

フロレラーラ王国ではありとあらゆる花の種子や苗が王宮に常備されていた。だが、花の栽培を重要視していないこの国に、それを求めるのはお門違いというものだろう。

「ルーティエ様がお望みでしたら、ご用意いたしましょうか？　少しお時間をいただけましたら、種子ではなく咲いているものをご用意できますが」

「時間がかかってもいいから、できれば種子を用意してもらえると嬉しいわ。それと、使っていない鉢をいくつか、土と肥料も分けてもらえないかしら？」

「もちろん、ルーティエ様のご要望であればすぐに準備いたします。ですが、あの、失礼ながら、それで何をするおつもりで？」

パジェット以外の庭師もみな、困惑の眼差しをルーティエに向けている。彼らの顔には一様に「この娘は何をしようとしているんだ？」といった表情が刻み込まれていた。

中庭の様子を調査しようと意気込み、少年さながらの簡素な服に身を包んで、

「フロレラーラ王国から嫁いできたルーティエ・エリシャ・ノア・オルガです。今日は庭

を見せてもらうのでどうぞよろしく」

と最初に挨拶したのが悪かったのだろうか。

「さすがにその格好で宮殿内を歩き回るのは、やめた方がよろしいかと思います。私は面白いですけれどね、とても」

とアーリアナに諭され、内心では動きにくいと思いつつ、汚れても目立たない色のドレスで足を運ぶように改めた。ちなみにクレストに「そんなに変かしら、この格好」と聞くと、「動きやすさは抜群かと」という素っ気ない返事が戻ってきた。

「あら、鉢と土と肥料を使ってすることって、植物を育てる以外にあるの？」

「種から植物を育てるんですか？　ルーティエ様が、ですか？　ええと、あの、ユリウス皇子のお妃様が、ですか？」

「ええ、自室のバルコニーで花を育てたいの。自分の手で育てた花が部屋を飾ってくれたら、すごく嬉しいでしょう」

にっこりと笑顔で言えば、パジェットたちは信じられないといった面持ちでルーティエを凝視する。

フロレラーラ王国では花を育てることが国を挙げての産業だったので、老若男女問わず園芸に励むことは当然だった。男は外で花を育て、女は家で花を育てる、といった風習が根付いており、いかに自らの家の庭を美しく見せるかが重要だと考えられている。

身分が高い人間も同様だ。自らの権力を誇示するために、衣服が汚れることも気にせず一般の人々と同様に自身の手で庭園を綺麗に整えることも、フロレラーラ王国では珍しいことではなかった。

「ルーティエ様は、その、汚いとは思わないのですか？」

「汚い？　何が汚いのかしら？」

「その、土をいじることが、です。貴族の方々、特にご婦人は土や泥といったものを嫌いますから」

「そうなの。ねえ、その貴族のご婦人方は、花も嫌いなの？」

「いえ、そんなことはないかと思います。パーティなどの際は、生花を頭に飾る方々も多いですからね」

「まあ、それは不思議ね。花は嫌いじゃないのに、花を咲かせてくれている土は嫌いなんて。まるで働くのは嫌いだけど、お金を使って遊ぶのは大好きな人たちみたいね」

片目をつぶり、悪戯っぽい笑みを浮かべて軽い調子で言えば、庭師たちの顔に浮かんでいた硬さが和らいでいく。

ザザバラードの街に出て、庭で植物に触れるようになってから、ルーティエは自分でもわかるほど気持ちが上を向くようになっていた。普段通りとは言えないまでも、笑って軽い冗談を口にできる程度には、塞ぎ込んでいた感情も落ち着いている。

（やっぱり、どこにいても私はこうやって植物、花に関わっているのが一番好きだわ）

悩みも憎しみも消えはしない。それでも、木や花に触れていると、荒んでいた心が柔らかく癒やされていく。

「それじゃあ、鉢や肥料が用意できたら教えてもらえる？」

「はい、かしこまりました。ルーティエ様の部屋の方にお届けすればよろしいですか？」

「部屋には自分で運ぶから大丈夫。か弱そうに見えるかもしれないけど、これでも力はあるのよ。十キロぐらいの土なら片手で運べるもの」

「え？　ええと、あの、それは」

冗談なのか、本気なのか、どう反応すべきか迷うように眉尻を下げるパジェット。彼に声をかけるよりも早く、ルーティエの耳に甲高い悲鳴が突き刺さってきた。

「ちょっと、どうしてくれるの！　新調したばかりのドレスが、薄汚いあんたがぶつかったせいで台無しだわ！」

ヒステリックな叫び声には聞き覚えがあった。そして、「すみません、申し訳ございません」と何度も謝るまだ幼さが残った声にも。ルーティエは視線を声が聞こえてきた方向、中庭の入り口付近へと向ける。

（あれは……ロザリーヌ様、ね）

一連の出来事を見ていなくても、渦中の人物を一瞥すれば、事のあらましはすぐに理解することができた。

散歩には到底向かない馬鹿みたいに派手なドレス、これでもかとレースをあしらった淡い緑色のドレスの一点を指さして怒鳴る人物と、その前で腰が折れ曲がってしまいそうなほど深く頭を下げ続ける若い庭師。両者の姿を見比べたルーティエは、慌てて駆け寄ろうとするパジェットを右手で押し止めて歩き出す。

「ごきげんよう、ロザリーヌ様。中庭を散策していらっしゃったんですか？」

腰まで伸びた巻き毛の黒髪に、派手なドレスに似つかわしい派手な化粧で顔を塗りたくった人物は、数人の女官と侍女を背後に控えさせ、ガラスを爪で引っかいたときのような声で怒鳴り続けていた。しかし、ルーティエの姿に気が付くと、すぐさま怒りで歪んでいた顔に微笑みを取り繕う。

「あら、誰かと思えばルーティエ様じゃありませんこと。ご機嫌麗しゅう。まるで侍女のような格好をなさっていたので、お顔を見るまで気付きませんでしたわ。私は散歩に来ていたのですが、ルーティエ様は庭師に交じって掃除でもしていらっしゃったのかしら？」

にこにこと笑みを浮かべつつ、ドロドロとした毒を吐いてくる相手はロザリーヌ・フィッテオ。オルガ帝国では名の知れた貴族の一人娘にして、サーディスの息子、アルムート・エリシャ・ヘル・オルガの婚約者でもあった。

「少し庭師の方の仕事を見学していただけです。国柄、植物に興味がありまして」

「ああ、そうでしたの。フロレラーラ王国では、王族や貴族でも汗水垂らして花の世話をするそうですわね。私には到底信じられませんわ」

美しく飾られた笑顔に、醜い嘲笑が混じる。

「私の家、フィッテオ家はこの国一番と自負する名家で、陛下でさえも一目置いてくださっていますもの。汗を流して汚く働くなんて、したことがありませんのよ。私の家が所有する土地に、鉄鉱石の産出が豊富な場所が多いことはもう聞いていらっしゃるかしら。陛下が私たち一族を重用するのも当然ですわね」

第一皇位継承者の妻になる予定のロザリーヌは、すでに自分が皇后のような振る舞いを大宮殿内でしている。当然使用人には嫌われているらしいが、立場と権力ゆえに表立って非難できる人間もおらず、歩く公害だとルーティエは認識していた。

サーディスが嫌いそうな類の人間ではあるが、それでも彼女をアルムートの婚約者と認め、彼女の行動を大目に見ているのは、オルガ帝国にとってフィッテオ家が利になる家だと判断しているからだろう。

「そうですわ、先日もお伝えしましたけれど、何か困ったことがありましたら遠慮せず相談してくださいね。私とアルムート様が結婚すれば、私たちは義理の姉妹になるんですもの。女同士仲良くいたしましょう」

「はい、ありがとうございます。まだ右も左も分からない状態ですから、ロザリーヌ様の優しいお心遣いにとても感謝しております」

ルーティエは内心の暗い感情を押し殺し、相手に負けないほど綺麗に取り繕った笑みを浮かべる。

正直、ロザリーヌにはあまり関わりたくない。最初の挨拶のときから「まあ、フロレーラ王国の王族って、もっと気品のある顔をしていると思っていましたわ」とか「さすが王女様ですわね、世間知らずでビックリしてしまいましたわ」とか、笑顔で悪気のない様子を装い、散々嫌味を突き刺してきた。今なお陰で悪口を言ったり嘲笑ったりしていることも知っている。

「それにしても、ロザリーヌ様は本日とても素敵なお召し物を着ておられますね」

「素敵なのは当然ですわ、私のためだけに作られたドレスですもの。あなたもそんな地味でみすぼらしいものではなく、もっと美しいドレスを着た方がよろしいんじゃなくて？」

「いえ、私はこちらの方が動きやすいですし、それにロザリーヌ様が着ていらっしゃるような華美なドレスは手元にありませんので」

無駄に派手で贅沢かつ趣味が悪いドレスは、ルーティエの好みとはほど遠い。作り笑いを浮かべつつ、内心では長い息をこぼす。

「まあ、それなら旦那様に頼めばいいんですわ。ああ、ごめんなさい、あなたの旦那様はあのユリウス様ですものね。あの方にドレスを買って欲しいなんて頼めませんわよね」

ロザリーヌの声に冷笑と同情とが入り交じる。ルーティエの唇が一瞬だけ引きつった。

「私があなたの立場でしたら、絶対に無理でしたわ。いかなる理由があろうとも、あのような仮面を着けた異様な相手と結婚なんて、考えただけで寒気がいたしますもの。私のお父様がアルムート様との婚約を進めてくださって、本当に良かったですわ」

ルーティエだってあの仮面が好ましいとは思わない。だが、ルーティエが知る限り、ユリウスは皇子としての役割はきちんと果たしている。毎日遊び呆けているアルムートよりはずっとましだろう。見た目だけでとやかく言われるのは納得できない。

形だけとはいえ夫になった相手だから、嫌味を言われて苛々してしまうのだろう。への字に歪みそうな口元を笑みの形に保ちつつ、ルーティエは友好的に話しかける。

「もしよろしければ、後学のためにロザリーヌ様の美しいドレスを、近くで拝見させていただけないでしょうか？」

もちろんよろしいですわよ、と口元に手を当てて艶やかに笑うロザリーヌに近付いたルーティエは、彼女のドレスへと目を凝らした。そして、「あ」と短く声を上げて腰の辺りに手を伸ばす。

「鮮やかな新緑の色でしたから、もしかしたら葉っぱと間違えたのかもしれませんね。ほら、こんな大きな青虫がドレスに付いておりました」

完璧な微笑みを作っているロザリーヌの鼻先に、ルーティエは手にしていたものを突き出す。ルーティエの手の上にいたのは、親指二本ほどのふっくらとした青虫だった。

至近距離で青虫と向き合ったロザリーヌは、全身を硬く強張らせる。血の気が失せた顔で青虫と対峙すること数秒、ロザリーヌの口から鋭い悲鳴が放たれた。

大きく後ろに飛び退いたロザリーヌは、髪が乱れることもドレスの裾が翻ることもまったく気にせず、全速力で宮殿の方角へと走り出す。

（うーん、すごく高いハイヒールで、足場の悪い土の上をよくあそこまで速く走れるわね。ドレスの趣味はまったく合いそうにないけど、あの平衡感覚だけは見習いたいかも）

ルーティエはどうでもいいことを考えながら遠ざかる背中を見送った。

表立って彼女に文句を言うのは難しいが、ちょっとだけ気分はすっきりした。それにあの調子ならば、庭師にドレスを汚されたことも、頭から抜け落ちてしまっただろう。

青虫はロザリーヌのドレスに付いていたのではなく、彼女に近付く間に近くの木から取って、隠し持っていたものだ。将来は美しい蝶になるだろう青虫に、騒がせてごめんねと心の中で謝って元の位置へと戻す。

「ありがとうございます、ルーティエ様。ほら、お前も礼を言うんだ」

「あ、ありがとうございます。それから、あの、申し訳ございません、自分のせいでご迷惑をおかけして」

ロザリーヌの気を逸らすため、一計を案じたことに気付いたのだろう。揃って頭を下げるパジェットと若い庭師に、ルーティエは笑顔を向ける。

「お礼も謝罪も必要ないわ。私が好きでしたことだもの。それに、私もロザリーヌ様には色々厳しいことを言われることが多いから、ね」

わざと青虫をドレスに付けたことはここだけの秘密ね、と軽い調子で続けて、人差し指を唇の前に立てる。ロザリーヌの登場で張り詰めていた空気が和らいでいく。

「ルーティエ様は、我々が想像していた人柄とはまったく違うお方ですね」

「それは良い意味で想像と違っていた、と思っていいのかしら？」

「はい、もちろんでございます」

パジェットが穏やかな顔で頷く。それに合わせて、周囲の庭師から声が上がる。

「自分たちはてっきり、気位の高い尊大な方が来ると、そう考えていました」

ロザリーヌ様のような、という声にならない声が聞こえた気がした。

「何せ同盟国の一つ、フロレラーラ王国の王族と聞いていましたからね」

「そうそう、俺たちのことを見下すような、高慢なお姫様が来るとばっかり。なにしろ同盟国の中の一国ですし」

「お前たち、そこまでにしなさい。ルーティエ様に失礼になるだろう」

気軽な調子で口々に話し出す庭師たちを、パジェットが強く戒める。

「申し訳ございません、ルーティエ様。ご無礼をどうかお許しください」

「大丈夫よ、そのくらいで目くじらを立てたりしないわ」

「ありがとうございます。ルーティエ様のように親しみやすく、花に造詣の深い方がユリウス皇子の伴侶となられて、私は本当に安心いたしました」

パジェットはいくつもしわが刻まれた目尻をゆるめる。

「ユリウス皇子はとても優しく、立派なお方でしょう？　まだお若いですが、サーディス陛下同様、国や我々民のことを第一に考えてくださる素晴らしい皇子です」

「……ええ、そうね。私もそう思うわ」

国や国民のことを第一に考えている、という部分には素直に同意する。

「故郷を離れ、色々生活様式が違い戸惑うことも多いかと思います。ですが、いずれオルガ帝国に慣れて、この国のことを好きになってくだされば嬉しいです」

「それは……ええ、いつかそうなれれば、私も嬉しいわ」

言い淀んでしまったことを隠すように、ルーティエは早口で続ける。

「一つ聞いてもいいかしら。オルガ帝国では、フロレラーラ王国はあまり良く思われていないの？」

「いえ、フロレラーラ王国だけが、というわけではありませんが……」

言葉を濁す相手に、視線で先を促す。迷いつつ、パジェットは先を続ける。

「我々は、その、同盟国の国々にあまり良い感情を抱いておりませんので」

「それはどうして？」

オルガ帝国にとって同盟国の国々が邪魔だから、だろうか。確かにオルガ帝国が好きに振る舞う上で、六つの同盟国は気に障る存在なのかもしれない。

（フロレラーラを含めて、同盟国はオルガ帝国に良い感情を抱いていなかった。でも、それとは逆にこの国の人が同盟国をどう思っているのか、考えたこともなかったわ）

フロレラーラ王国にとって、オルガ帝国は脅威だった。それでは、オルガ帝国にとってフロレラーラ王国や同盟国はどんな存在だったのか。

ルーティエやフロレラーラ王国は、オルガ帝国に住む人々の目にどんな風に映っているのだろうか。

風に飛ばされてしまいそうなほど小さな嗄れた声が、疑問に対する答えを口にした。

「こちらを敵視し、容赦なく手を振り払う相手に対して、好意を抱くことは難しいかと」

意味をうまく理解できず、更に尋ねようとしたところで、

「ルーティエ様」

静かな声が背後から響く。振り返れば、クレストが無表情でルーティエを見ている。

「失礼ながら申し上げますが、そろそろ彼らを本来の仕事に戻らせてください。仕事が進まないと、貴族や高官に咎められてしまうことになります」

「あ、そうね、ごめんなさい。パジェットさん、また中庭を見に来てもいいかしら?」

「はい、お待ちしております。ご用命の品は、できる限り早く準備いたしますので」

丁寧に一礼し、パジェットは他の庭師たちを連れて仕事へと戻ってしまう。離れていく庭師たちの後ろ姿を、ルーティエはクレストと共に見送った。


中庭からそのまま部屋に戻ろうかと思ったものの、夕食まではまだ大分時間があった。書庫に寄って園芸に関する書物でも探してこようかと考えたところで、ふと耳に入ってきたかすかな音に気付く。ルーティエは周囲を見渡し、その音の主を見つけた。

「ねえ、どうしたの? 何かあった?」

ルーティエが近付くと、廊下の端でうずくまって泣いていた子どもが顔を上げる。年の頃は七歳ほど。大きな黒い瞳を赤く染め、ふっくらとした頬を幾筋もの涙で濡らした女の

子だった。

貴族の子どもにしては身に着けているものが質素なので、恐らく使用人の子どもだろう。大宮殿の外れには、使用人が寝泊まりするための宿舎も備えられている。住み込みで働き、子どもと一緒に生活している使用人も多いらしい。

危険はないと判断したのか、ルーティエが女の子と視線を合わせるためにしゃがんでも、背後に佇むクレストは何も言わなかった。

「急に話しかけてごめんなさい。でも、あなたが泣いているのが気になって。もしよければ、どうして泣いているのか教えてもらえない？」

迷いを示す沈黙の後、女の子は大事そうに胸に抱えていたものをルーティエに向かって差し出した。

「……鉢植えの、花？　これはサイネリアかしら」

彼女の手の中にあったのは、大量の蕾を付けたサイネリアの鉢植えだった。一生懸命手入れをして育てていることがよくわかる。茶色い陶器の鉢には可愛らしい赤いリボンが結ばれており、青紫の花が一斉に咲いたらとても美しい姿を見せてくれるだろう。

「このお花、咲かなかったの。今日咲いてもらうために、私いっぱい世話をして育てたのに。お部屋の中で、いっぱいいっぱい頑張って面倒を見てたのに」

くしゃりと女の子の顔が歪む。再び泣き出しそうな様子に、慌てて声をかける。

「今日咲かないとダメなの？　この蕾の状態なら、明日か明後日には必ず咲くと思うわ。

それでは遅いの？」

「明日じゃダメ、今日じゃないと。だって、今日がお母さんの誕生日なんだもん。これ、プレゼントなんだもん。だから、今日咲かなきゃダメなの」

要領を得ない言葉ではあったが、ルーティエにはすぐに理解することができた。かなり前になるものの、ルーティエ自身花を育てて、それを母親の誕生日にプレゼントした経験があった。当日うまく花が咲かず、泣いて兄やレイノールを困らせもした。

（この子は幼い頃の私と同じね。大事な人に、大切に育てた花を贈りたい、綺麗な花を見て笑って欲しいと、そう願う気持ちは一緒。国も、生まれも、何も関係ないんだわ）

ルーティエは泣き腫らして真っ赤な瞳をした相手に笑いかける。過去の大切な記憶を思い起こさせてくれた女の子が、何よりも花を大切に思ってくれている心が、ルーティエの胸に温かさを与えてくれた。

「綺麗に咲いたサイネリアを、あなたのお母さんにプレゼントしたいのね」

「うん、お母さん、お花大好きなの。だから、どうしても今日咲いて欲しい。綺麗に咲いたお花、あげたいの」

たどたどしいながらも一生懸命訴える女の子に、ルーティエの意思は固まる。

「……わかったわ。それじゃあ、私がほんの少しだけこの花に力を貸してあげる。その鉢植え、ちょっとだけ預けてもらえるかな？」

大切に扱うから大丈夫だと笑顔で告げれば、女の子はそっと鉢植えを渡してくれる。

周囲にはルーティエと女の子、クレスト以外に人の姿はない。大きな声を出さなければ、他の人間に聞かれることはないだろう。

「あのね、今からこの花のために歌を歌うけれど、驚かないで聴いていてね」

「歌？　お花に？」

「ええ。私の生まれた国には、花に歌を歌う慣習があるの」

きょとんと目を丸くしたものの、女の子は素直に「うん、静かに聴いてる」と頷く。

フロレラーラ王国が花の王国と呼ばれる所以は、花が育ちやすい土地だということ以外にもう一つある。代々の王族には、歌を紡ぐことで花を咲かせる能力があるからだ。

王国は元々痩せた大地で、花はもちろん植物のほとんどが育たない状態だった。初代国王が女神フローティアの加護を受け、歌によって荒れた大地を豊かな状態にした、と伝えられているが、どこまでが真実なのかはわからない。ただ今なお王族に歌で花を咲かせる能力が残っていることを考えると、多少の真実も混じっているのだろう。

（この花を咲かせるために、ほんの少し歌うだけ。幼い頃からずっと練習してきたことなんだから、落ち着いて歌えば失敗することはないわ）

フロレラーラ王国の王族にとって、花を咲かせる歌はとても重要なものだ。能力に多少の差はあれど、大抵は蕾の状態の花を咲かせられる程度で、王国で行われる式典などの際には必ず披露されている。礼儀作法よりも歌を学ぶ時間の方がずっと多く、歌うことが王族としての誇りであり、証とされる。きっと歴代の王族もみな、歌うことに喜びと自負を抱いていたのだろう。

(でも……私は違う。お父様やお兄様たち、これまでの王族の誰とも違う)

幼い頃、十にも満たないときならば、ただ純粋に歌うことができたけれど、年を重ねるごとに嫌悪感が強くなっていった。

特にあの日以降――大切なものを意図せず壊し、両親から心の赴くまま歌うことを禁じられ、常に秘密を抱えながら必死に力を制御して、王族の義務だけで歌うようになってからは。

(今は余計なことを考えている場合じゃない。大丈夫、落ち着いて、フロレラーラ王国の式典で歌うときと同じでしょう。この花に歌で女神の祝福を与えることだけ考えるの)

浮かび上がりそうになった暗い感情を押し込めるため、深く息を吸い込む。

口を開き、静かに音を吐き出す。人気のない周囲に、ルーティエの声が広がっていく。フロレラーラ王国で昔から歌われていた歌、美しく咲き誇る花をたたえ、その恵みに感謝と祈りを捧げるための歌を口ずさむ。

歌に想いを込める。綺麗に咲いて欲しいと、願いをかける。たくさんの人を笑顔にする花になって欲しいと、その美しさで大勢の心を満たして欲しいと、祈りを捧げる。大切に育ててきた女の子のために、満開に咲き誇る姿を見せて欲しいと、想いを伝える。

歌い始めると、思いのほか軽やかに歌声が紡がれていく。音色を重ねるごとに、徐々に鉢植えの中の花に変化が現れてくる。蕾の先がわずかに開いた状態だった青紫の花が、少しずつ花びらを広げていく。ゆっくりと、確実に花びらが開いていく。

歌が終わり、ルーティエが口を閉じた頃には、鉢植えのサイネリアは歌う前とはまったく違う姿を見せていた。こぼれんばかりの勢いで花びらを美しく四方に広げ、鮮やかな青紫の姿を現している。

「すごい、お花が咲いた！　魔法!?　お姉ちゃん、魔法使いなの!?」

ルーティエが手渡した鉢を受け取り、女の子は頬を赤く上気させ興奮した様子で尋ねてくる。そこにはすでに涙の色はなかった。

うまく咲かせられたことに、ルーティエはほっと胸を撫で下ろした。花を咲かせることと自体は大して難しいことではない。ただ咲かせ過ぎてしまうことが、意図しない影響を花に与えてしまうことが怖かった。

「魔法じゃないわ、私はほんのちょっと手助けをしただけ。この花が咲いたのは、あなたが今日まで一生懸命面倒を見てあげたからよ。その気持ちに花が応えてくれたの」

「私が、がんばって育てたから？」

「ええ、そうよ。だから、お母さんにプレゼントした後も、大切に面倒を見てあげてね」

うん、わかったと、女の子は笑顔で大きく頷く。彼女の動きに合わせて、サイネリアの花が嬉しそうに揺れている。

床から立ち上がり、背後にいるクレストに口止めしようと振り返ったところで、ルーティエは歌う前にはいなかった人物の姿に気が付いた。驚きで目が大きく開く。

かすれた声がもれる。一番見られたくなかった相手に見られてしまった。

たじろぐルーティエを横目に、ユリウスはクレストに話しかける。

「この子を使用人の宿舎まで送り届けてくれ。彼女には俺が付いている」

はいと頷き、クレストは鉢植えを手にした女の子を促して歩き出す。にこにこと笑って手を振る彼女に応える余裕は、残念ながらルーティエにはなかった。

結婚式の日、ユリウスは能力を使うなと言った。もちろん今のルーティエにオルガ帝国に害をなすといった考えは一切なく、ただあの女の子のために花を咲かせただけだが、それでも彼の忠告を破ったことになる。

クレストたちの姿が廊下の奥へと消え、ルーティエとユリウスの二人だけになる。誤魔化すのはどう考えても難しい。言い訳をするべきか、あるいは無言を貫くべきか。目の前に立つ相手の顔を見ることができず、自然と足元に視線が落ちる。

沈黙に耐えきれず、ルーティエが口を開こうとした瞬間。

「ありがとう」

想像もしていなかった一言に、「え?」と素っ頓狂な声が出てしまった。視線を上げると、こちらに向かって頭を下げるユリウスの姿があり、ますますルーティエの困惑は強くなっていく。

「どうして、ユリウス様がお礼を言うの?」

「……ユリウス様」

むしろここは能力を使ったことを怒る場面ではないだろうか。思わず怪訝な表情をしてしまったルーティエに対して、ユリウスはいつもよりも穏やかな様子で答える。

「泣いているこの国の民に手を貸し、しかも笑顔を与えてくれたのだから、皇子としてお礼を言うのは当然のことかと」

ユリウスの声に嘘は感じない。体裁を飾り立てるためのものではなく、本心からの言葉であることは容易に理解できた。

身分の高くない使用人の子どもでも、彼にとっては等しく大切な国民なのだろう。性別も、年齢も、身分も職業も関係なく、オルガ帝国という国に住み、日々生活を営んでいる人々を、ユリウスは心から大切に考えている。ルーティエがフロレラーラ王国を大切に想うのと同じぐらい、いや、もしかしたらそれ以上に。

女の子が立ち去った方向を眺める横顔を、そっと見つめる。白い仮面で覆われているのに、彼の瞳が澄んだ光を宿していることが不思議とわかった。ルーティエの中には、もう白い仮面に対する嫌悪感はない。

「てっきり、ユリウス様は私が能力を使ったことを咎められるのかと。結婚式の日、私に能力を使うなと釘を刺したので、まさかお礼を言われるとは思ってもいなかったわ」

「気を悪くさせたのなら申し訳ない。だが、能力がどうとかではなく、あなたがどんな形であってもオルガ帝国に害をなすならば、俺はしかるべき対処をしなければならない」

ユリウスの立場としては当然のことだろう。

「それに、あなたの持つ強い能力は、本人の意思とは関係なく悪用される可能性がある。だからこそ、あなたもあなたの家族も、ずっと隠し続けてきたのだろう」

女神フローティアから与えられた能力は、まれに祝福が強過ぎる場合があった。蕾の花を咲かせる程度には収まらず、ありとあらゆる植物を生長させる強い力を秘め、『女神返り』と呼ばれている。ルーティエもまた、この『女神返り』だった。

――お前の能力は意思とは無関係に人を傷付け、物を破壊してしまうほど強いものだ。お前自身のためにも、この国のためにも、家族だけの秘密にしておくべきだろう。心苦しいことではあるが、ルー、お前は今後自分の好きなように歌うのは慎むんだ。

父は幼いルーティエにそう言い聞かせ、必要なときだけ細心の注意を払って花を咲かせる歌を紡ぐよう何度も注意した。そうして、ルーティエは能力が嫌いになっていった。

秘密にさせた父や、隠していることが最善だと考えた家族たちに不満があるわけではない。ルーティエのことを、今後のことを考えての判断だとわかっている。わかってはいたけれど、ルーティエの心の中にはいつも重苦しいものが居座り続けていた。

「ユリウス様は、何故そんなにフロレラーラ王国の王族の持つ能力に詳しいの？　そもそも、どうして親しい人しか知らない私の『女神返り』について知っているの？」

女性の場合は特に『花姫』と呼ばれることなど、王族に近しい人間でなければ知り得ない。ずっと不審に感じていたことを尋ねる。

「……たまたま、昔知る機会があっただけだ」

ユリウスはそれ以上答える気がないようだった。答えになっていない答えに不満な顔をするルーティエへと、真摯な視線を注いでくる。

「あなたがこの国に害をもたらさないのならば、歌うことを制限するつもりはない。悪用される可能性は否定できないが、できる限りあなたの安全は保障する」

「いいえ、今後も極力能力を使わないようにするわ。王国にいたとき同様、隠して生活していく。本人が制御できないような危険な能力なんて、使うべきじゃないでしょう？」

自嘲の笑みがルーティエの口を歪ませる。一拍の間を置いて、

「剣と同じでは？」

とユリウスは言った。想像もしていなかった一言に、「は？」と目を丸くするルーティエの前で、ユリウスは腰に帯びた二振りの剣へと手を伸ばす。その手が柄を強く握る。

「剣も正しい扱い方を知らなければ、相手だけでなく自分も傷付ける代物になってしまう。けれど、きちんと扱い方を身に付ければ、大切な人を守るための道具になる」

「私も剣のように、自身の能力を正しく扱う術を学ぶべきだと？」

「あくまで俺の意見だ。せっかく与えられたものならば、ただ嫌って内に秘めているよりも、向き合って有効に活用する術を見付けた方が有意義だろう」

剣と同じ。有意義に使うべき。思いも寄らない考え方に、ルーティエはぱちぱちと音が鳴りそうなほど目を瞬かせる。

「悪用されそうになっても、正しい扱い方を知っていればいくらでも対処の仕様があるの

では？　ただ隠しているだけでは、逆にいざというとき危険になるのではないかと」

「……そんな風に言われたのは、初めてだわ」

隠せ、秘密にしろ、極力使うな。そう言われ続け、それが正しいと思っていたルーティエにとって、ユリウスの考え方は驚くべきものだった。簡単なことじゃないと反発の気持ちも少しあるが、大部分は感嘆にも似た感情で、そんな考え方もあるのかと、目が覚めるような気持ちになる。

「貴重な意見をありがとうございます」

ルーティエの口からは素直にお礼の言葉が出てくる。自然と自嘲は消え、代わりに笑みが浮かぶ。ユリウスはルーティエから視線を逸らすと、「いえ、勝手なことを色々言って申し訳ない」と廊下を歩き出した。

前を歩く相手の背中を見ながら、ルーティエは自らの足取りがいつもよりもずっと軽くなっていることを感じた。

(すぐには無理だと思う。だけど、いつか、遠いいつか、嫌っている自分の能力と向き合えるような日が来て欲しい。隠すだけじゃなく、守られるだけじゃなく、私が私らしく生きていけるように)

フロレラーラ王国では決して考えなかったことを、ルーティエは思い始めていた。

コンコンと、静かながらも確かな怒りを秘めた音に、椅子に座っていたルーティエは「やっぱりこのときが来たか」と小さくうめき声を上げてうなだれる。

頭を抱えるルーティエの傍らに立つアーリアナは、ノックの音が響いた扉に目をやってから、常の淡々とした声音を紡ぐ。

「どういたしますか、ルーティエ様。ここはやはり籠城いたしますか、そういたしましょう。大丈夫です、ご安心ください。こんなことだろうと思い、私があらかじめ扉の鍵をかけておきました。加えて内側からテーブルを立てかければ、ぶち破られる可能性も低くなります。三日は持ちます」

「いやいやいや、籠城はどう考えても無理でしょう。それよりはバルコニーから隣の部屋のバルコニーに飛び移る方が、逃げ切れる可能性が高いわ」

「いえ、それは危険です。でしたら、カーテンとシーツを繋いで即席のロープを作りましょう。それをバルコニーから垂らして、裏庭に逃げるのはいかがでしょうか？」

「三階から裏庭まででってかなりの量のシーツとカーテンが必要になるでしょ、しかも強度が不安だわ。よし、仕方がない。ここは洋服を取り換えて入れ替わりましょう」

「それこそ無理でございます。出るところが出ております私と、すべてが平坦に近いルーティエ様とでは、すぐに入れ替わりがばれることは必至です」

無言で睨み合うこと数秒。再びノックの音が響く。先ほどよりも若干強い調子で叩かれたことからも、相手が苛々していることは容易に理解できた。これ以上待たせると更に怒らせるだけだろうと、ルーティエは覚悟を決めて立ち上がる。

ルーティエが迎え入れる覚悟を決めたことを察したのか、アーリアナは扉に近付くと鍵を外す。本当に鍵をかけていたんだと驚くルーティエの耳に、ここ数日ですでに聞き飽きてしまった地を這うような声が届く。ぴしりと、自然に背筋が伸びていく。

「失礼いたします、ルーティエ様。お部屋にいらっしゃるんでしたら、もっと早く返事をするなり、扉を開けるなりしていただけませんか？」

「ごめんなさい、女官長。最近ちょっと耳が遠く……ごめんなさい、すみません、嘘です。ちょっとした冗談ですから」

ぎろりと睨む相手に、ほとんど直角に近い角度まで頭を下げて謝罪を繰り返す。

部屋に入って来たのは、大きな額と鋭く吊り上がった目元が印象的な五十半ばの女性、リデル・フェリックスだ。フェリックス家はオルガ帝国の貴族の末端に位置し、現当主の三番目の娘に当たるリデルは、マリヤン大宮殿で女官長を務めている。

「今日私がここに来た理由は、もちろんおわかりですわね？」

女性にしては低い威厳を伴った響きに、ルーティエは首を横に倒して微笑む。ここで怯えたら負けだ。意味もない虚勢を張る。頑張ってくださいませと、背後のアーリアナが小声で呟くのが聞こえた。

「身に覚えがあり過ぎてわかりません。中庭の木の剪定を手伝ったことでしょうか、それとも侍女に交じって料理をしたことでしょうか、はたまた貴族の子どもたちと一緒に宮殿内でかくれんぼをして遊んだことでしょうか」

一体どれのことでしょうかと笑顔で問いかければ、リデルの顔には青筋が何本も浮かび上がる。彼女の頭が活火山だったら、間違いなく大噴火を起こしていただろう。

前回は最初から最後まで謝り倒したのだが、

「全然反省の色が感じられませんわ。口先だけで謝っているのがばればれです」

と怒られ、前々回は泣き真似をしてみたのだが、

「私のことを怒らせたいんですわね。その下手な演技、鏡を見て出直してくださいませ」

と激怒され、その前はとぼけ続けてみたのだが、

「なるほど、ルーティエ様がいくら申し上げても私の注意を聞いてくださらないのは、記憶障害が原因でしたか……などと私が納得するとでもお思いですか？」

と蔑まれ。今回は素直に認めつつも悪びれた素振りを見せない、といった手段を選んでみたのだが、これもリデルには効果的な方法ではなかったらしい。

「そうですか、そうですか、わかりましたわ。ルーティエ様は私の教育が受けたいんですわね。では、陛下にお願いいたしまして、明日から一日中みっちりと、私がルーティエ様に帝国の貴婦人としてのあるべき姿を叩き込んで差し上げますわ」

うげっと、思わずもらしそうになった声を、口元に手を当ててどうにか抑え込む。もし声に出していたら、間違いなく「何ですか、その貴婦人らしくない物言いは！」という怒鳴り声が部屋中に響き渡ったはずだ。

「リデル女官長、私女官長のことが嫌いなわけではありませんが、朝から晩まで一緒にいるのはどうかと思います。正直息が詰まる、じゃなくて、お互いにとって精神的な負担にしかならないかと」

ルーティエは口元に当てていた手を頬に移動し、できる限りリデルの言う貴婦人らしい振る舞いで答える。リデルは細い眉をこれでもかと吊り上げた。

「私だってこの数日間、好きでルーティエ様に小言を申し上げているわけではありません。ルーティエ様のことを、ひいてはユリウス様のことを考え、ここ最近のあなた様の所行について、失礼ながら口を挟ませていただいているのですわ」

大噴火はもう治まりそうにない。これはまたくどくどとお説教される毎度の展開だろう。げんなりとしたルーティエの耳に、救いの声が聞こえてくる。

「リデル夫人、そのぐらいで許してあげてください。彼女なりに少しでも周囲と馴染もうと行動しているがゆえの結果です。あまり怒らないでしばらくは大目に見てください」

視線をそちらへと向ければ、想像した通りユリウスの姿がある。彼の登場でリデルの怒りは、幾分治まったかのように見えた。が、彼女の口調はまだ刺々しい。

「ユリウス様がお優しいのも悪いんですよ。ご自分の妻なんですから、注意すべきところは注意してくださいませ。後々恥をかくのは、夫であるユリウス様なんですからね」

「夫人が俺のことを心配してくださるのはとてもありがたいですし、嬉しく思っています。ですが、陛下も彼女のことに関しては、国に害を及ぼさないのならば干渉するな、好きにさせろ、と仰っておりますから」

ユリウスが落ち着いた声でそう言うと、リデルは大きなため息を口から吐き出す。そして、小さく首を横に振ってから、苦々しい面持ちで「わかりました」と頷いた。

「ですが、いいですか、ルーティエ様。陛下やユリウス様が大目に見るとはいえ、調子に乗ってはいけませんよ」

「はい、肝に銘じておきます、リデル女官長」

ドレスの裾を摘み、にっこりと笑って答える。リデルはまだ不満そうな表情を顔に刻みつつも、失礼いたしますと綺麗に一礼してから部屋を出ていった。はあと、ルーティエは笑顔を消して深く息を吐き出す。

「おかえりなさいませ、ユリウス様。口添えをありがとうございます。おかげでいつもよりも二十分近く早く、女官長のお説教が終わったわ」

帝国に来て、もうすぐ一月が経過する。ルーティエが宮殿内をあちこち動き回るようになってからというもの、良い意味でも悪い意味でも目立っているらしい。今や宮殿における最大の話の種はルーティエになっていた。

オルガ帝国について知るため、そして自分自身の居場所や役割を得るため。どうせ味方などいないのだからと、周囲のことなど気にせず、自分のやりたいように振る舞っていたルーティエに、リデル女官長が、

「あなた様は貴婦人の何たるかをまったく理解しておりません」

と鼻息荒く、怒りの形相で怒鳴りつけてきたときにはさすがに驚いた。それからというもの、くどくどと注意を受ける日々が続いている。

お説教はもちろん好きではない。だが、リデルのことは別段嫌ってはいない。陰でこそこそと嘲笑している輩よりは、面と向かって注意してくれた方がすっきりとする。

「俺も昔はよくリデル夫人に怒られていたな。あの人は俺が幼い頃、少しの間だが教育係を務めてくれていた期間があった」

「ああ、なるほど。だからユリウス様のことをあんなに気にかけているのね。それにしても、ユリウス様が女官長に怒られているところは、全然想像できないわ」

ただ一人側室の子どもにして、皇位継承から一番遠い四番目の皇子、ユリウス・エリシャ・ノア・オルガ。しかし、ルーティエが抱いていたような、周囲から重要視されていない皇子だという考えは間違っていた。彼は貴族や高官、使用人たちに声をかけられていることが多く、皇子としての役目に日々奔走しているように見える。

それに対して、毎日のように豪遊している第一皇子アルムートの評判はすこぶる悪い。一部、次期皇帝となる予定の彼に取り入ろうとする貴族、フィッテオ家のような輩もいるにはいるが、大抵の貴族は表面上はにこやかに接しつつも、裏側では「あの皇子は役に立たない」と噂している。中には「次期皇帝はユリウス様にするべきだ」という声まであるらしい。

第二皇子、第三皇子は他国に留学中らしいが、その二人にしても良い噂はなかった。とはいえ、これまでのところユリウスが自らの兄たちを押しやってまで、皇帝という地位に就くことを考えているとは到底思えない。最終的にはサーディスが決めることでもあった。恐らくは順当に第一皇子が次の皇帝になるのだろう。

「よく鍛錬や勉強に熱中するあまり食事を抜いたり、睡眠時間を削ったりしていたから、それはもう頻繁に怒られていた。食事は三食きちんと食べてください、最低限の睡眠時間は必ず取ってください、と毎日言われていたな」

「そうですね、ユリウス様は子どもの頃は女官長にそれはもう毎日と言っても過言ではないほど、怒られておりました。ユリウス様の背があまり伸びなかったのは、成長期の栄養と睡眠不足が原因だと私は考えています。自業自得というやつでございますね」

「……アーリアナ、人が気にしていることをずけずけ言うんじゃない。君だってよく怒られていただろう。というか、君の場合は今でも頻繁に怒られているじゃないか」

「失礼ですね、ユリウス様。私は怒られてなどいません。四角四面な女官長には、優秀過ぎるがゆえに突飛に見えてしまう私の行動が理解できないんです、昔から。ああ、何と不憫な私、優秀過ぎるのも罪ですね」

　淡々とした声はいつにも増して棒読みで、誰が聞いてもそれが心にもない言葉であることは明白だった。彼女なりの冗談なのかもしれないが、無表情なので判断しにくい。

　飄々とした様子のアーリアナに小さくため息をこぼし、ユリウスは「ああ、そうか」と若干疲れをにじませた声を出す。

「では、そろそろ夕食の準備をしてもよろしいでしょうか？」

マントを外しつつユリウスが頷くと、アーリアナは慣れた手付きで食事の準備を始めた。あっという間においしそうな香りが充満し、お腹がぐうと鳴り始める。

テーブルの上には、クルミを練り込んだライ麦のパンに、細長く切ってゴマをまぶし油で炒めたサツマイモ、ジャガイモを牛乳で軟らかく煮込んで潰してから味付けしたマッシュポテトと、根菜類を煮込んだスープ、リンゴとレモンを砂糖で煮詰めて冷やしたデザートが並ぶ。本来ならばあまり宮殿内で食べられることのない、主に一般の国民が食する庶民的な料理の数々だった。

最初の頃は豪勢な食事の数々が毎食出されていた。しかし、貴族向けの食事はあまりルーティエの口には合わず、それならばと料理長が用意してくれた家庭料理が、思いがけずとてもおいしかった。以来、オルガ帝国で昔から食べられている家庭料理を中心に、食事を用意してもらっている。

「今日の夕食もとてもおいしそうね。料理長は色々な家庭料理を作ってくれるから、すごく勉強になるわ」

料理には国の風土や特色が色濃く現れる。寒いオルガ帝国ではフロレラーラ王国に比べると全体的に味が濃く、香辛料の効いた辛い料理が多いこと。寒い季節や痩せた土地でも育ちやすいライ麦やサツマイモ、ジャガイモが主食で、魚や肉は燻製がほとんどだということ。多くの野菜はとても貴重なもので、食べられない皮の部分などもスープのだしに使用して余さずに使い切ること。木の実は豊富で、それらを使ったお菓子が多く作られていることなど、数多くの知識を得ることができた。

「それはよかったです。料理長も毎日楽しそうに献立を決めているようでしたので、ルーティエ様が喜んでいると伝えれば、嬉し涙を流しつつ小躍りするかと思われます」

「い、いや、小躍りはしないと思うけど、今度会ったらお礼を言っておくわ」

食事の準備を終え、ユリウスが椅子に座ったことを確認してから、アーリアナはしわが付かないように畳んだマントをタンスに仕舞う。お喋りなことを抜きにすれば、ほとんどの事柄を難なくこなすアーリアナは、やはり優秀だと言ってもいいのかもしれない。

「お二人でごゆっくりとお食事をどうぞ。終わりましたらお呼びください」

アーリアナが居室を出ていくと、ルーティエとユリウスの二人だけとなる。以前だったら息が詰まり、到底耐えられなかった。だが、気付けば当たり前のものとして受け入れている。

「そうだ、あなたに渡すものがあったんだ」

ユリウスは一度座った椅子から再び立ち上がると、ルーティエに向かって何かを差し出す。反射的に受け取ったルーティエは、渡されたものを見て驚いた。

「これ、花の砂糖漬け……もしかして、フロレラーラ王国の？」

「ああ、視察で外に出た際、偶然見付けた。これまでは絶対に出回ることのなかった品だが、現在は一部の者は多少行き来が許されているので、そこから流通したのかもしれない」

以前は互いの国を往来することは禁止されていた。オルガ帝国にフロレラーラ王国の品が入ってくるようになったのは、ひとえに侵略された結果でもある。知らず複雑な表情を浮かべていたのかもしれない。

「すまない、軽率だった。考えてみれば、あなたの気分を害する品だな」

「いいえ、嬉しいわ。ありがとうございます」

入って来た経緯がどうであれ、故郷の品を久しぶりに手にできるのは嬉しかった。ルーティエが笑みを浮かべるのを見て、ユリウスはどこかほっとした様子になる。もちろん仮面を着けた顔に表情の変化はない。それでも若干の空気の変化やまとう雰囲気から、彼の感情の機微がわかるようになり始めている。

先日、鉢植えの花を歌で咲かせた頃から、ユリウスはたびたび贈り物を渡してくれるようになった。それはお菓子であったり、花の香水であったりと様々だ。どんな意図があるのか正確にはわからないが、彼の心遣いは感じる。

ユリウスは言動にはあまり出さないものの、遠くからルーティエのことを見守り、少しでも過ごしやすいようにと配慮してくれているらしい。この部屋も、やはりフロレラーラ王国が感じられる場所で、なおかつ周囲を気にせず過ごすためユリウスが用意したのだと、アーリアナが教えてくれた。

「そういえば、今日貴族の子どもたちに交じってかくれんぼをしたの。やっぱり幼い頃から宮殿内を走り回っているだけあって、みんな隠れるのがものすごくうまくてね。全然見つけられないし、逆に私が隠れればすぐに見つかっちゃうし」

「ああ、なるほど、納得した。それでリデル夫人が烈火のごとく怒っていたのか」

「まあ、他にも色々したから、理由はそれだけではないと思うわ。で、ここからが本題なんだけれど、ユリウス様お薦めの隠れ場所とかないかしら？　絶対に見つからない物置部屋、とか知っていればぜひ」

「う、うーん、すぐには思いつかないが、どこか良い場所がないか考えておく」

向き合ってテーブルを囲み、食事を口に運ぶ。ルーティエが今日あった何気ないことを話すのを、ユリウスは嫌がる素振りもなく聞いてくれる。大抵は静かに耳を傾けて頷き返すだけで、ユリウスが積極的に話題を振ることはあまりない。

(彼は、レイとは全然違う。性格も、話し方も、まとう雰囲気も、似たところは一切ないわ)

レイノールのように、明るく楽しい話をしてくれることはほとんどない。ルーティエが笑い声を上げることも、おかしくて目尻に涙をにじませることもない。

(……でも、どうしてかしら。つまらないとも、苦痛だとも感じない)

さらさらと流れる小川のごとき空気は、ルーティエに平穏をもたらしてくれる。言葉のない沈黙が辛いものじゃないと初めて知った。

ユリウスに対する警戒心や嫌悪感が弱くなっていることは、ルーティエ自身が一番よくわかっている。きっと夫になったのがアルムートのような人間だったら、何の疑問も迷いもなく敵意を抱いていられただろう。

ルーティエは料理に手を伸ばす。帝国の人々が食べる家庭料理は、温かくておいしい。当然のことなのだが、そんな些細なことがルーティエの心に影を落としていく。

――この国の人は全員、氷のように冷たい人間で、だからこそフロレラーラ王国を侵略した。優しさや温かさなんて、絶対にあるはずがない。

そう頑なに信じていられれば、憎しみの炎を燃やし続けることができた。

テーブルの下で、ユリウスに見えないように手を強く握りしめる。口の中に広がる素朴で優しい味が、ルーティエの中でごちゃごちゃに絡まった感情を包み込んでくれるようだった。


頭上を見れば、丸い月が星空の中で一際強く、美しい輝きを放っている。満月の明るい光のおかげで、灯りがなくても十分に歩き回ることができた。

特に目的もなく裏庭を歩いていたルーティエは、頭上に向けていた視線を落としてため息をこぼす。オルガ帝国に来てからというもの、ため息ばかり吐き出している気がした。

闇に覆われた裏庭を歩き回りながら、ここ最近自分の中で膨らみ続けている疑問と悩みについて考える。

(疑問に対する答えは、私の中で確かな形に固まりつつある。だけど……)

答えをはっきりとした形にしてしまえば、悩みは更に大きく、そして深刻になってしまうことは明白だった。

「——いたっ！」

前を気にせず歩いていたせいで、飛び出していた木の枝に頭がぶつかってしまう。

今はクレストも、アーリアナも傍にいない。ユリウスは昼頃から視察に出たきりまだ戻っておらず、アーリアナたちには「先に休むから戻っていいわ」と下がってもらったものの、どうにも休む気になれなかった。人気のない裏庭を散歩していることをクレストに知られれば、「たとえ宮殿の敷地内でも一人で出歩かないでください」と怒られるだろう。

裏庭は必要最低限整えられているだけで、中庭に比べると庭師の手も加えられてはいない。サーディスにあまり手を入れるなと命じられているかららしい。理由は不明だった。

髪の毛に付いてしまった葉っぱを払い、ドレスの上にかけた肩掛けを羽織り直す。適当に歩き続けていたルーティエは、不意に耳へと届いた話し声に足を止めた。

声は右手の方角、ルーティエの肩辺りで切りそろえられた植え込みの向こうから聞こえてきている。立ち去ろうかとも思ったものの、馴染みのある声に興味を引かれ、足音を立てないよう注意し、植え込みの上からそっとのぞき込んだ。

「ですが、父上、このまま何もせずにいるのは、宝の持ち腐れです！」

「……黙れ、アルムート。その話にはすでに決着が付いている」

ざらついた大きな声と、夜の闇よりも冷ややかな声が交互に続く。

「自分に任せていただければ、必ずやオルガ帝国の、いえ、父上の盤石な地位を築くための、お役に立てると思います！」

「そなたに任せればどうなるかなど、考えるまでもない。そもそも、何度言われようとも私の決定は変わらない」

「お願いします、父上！　自分にフロレラーラ王国に関するすべてを任せていただければ、必ず素晴らしい結果を出して見せますから！」

意気込んだ荒い声に、どこか呆れを含んだ冷淡な声。それは、アルムートとサーディスの声だった。芝生の上に座り込むサーディスに、アルムートが声高に言い寄っている姿が遠目に見える。

アルムートの口から飛び出したフロレラーラ王国の名に、ルーティエは目を見開く。胸元で肩掛けを握りしめた両手は、緊張で強張っていた。

「何度も同じことを言わせるな。フロレラーラ王国は、しばらくの間は監視に留め、直接的に手を出すことはしない。すでに決まったことだ」

「せっかく手に入れた国なんですから、その土地と民とを有効に使うべきです！」

「いい加減にしろ、アルムート。政治も経済も何も知らない立場で、大きな口を叩くな。そなたに任せるぐらいならば、ユリウスにくれてやった方がずっとましだ」

もう話すことはない。一人で静かに月見酒を飲んでいるんだ、目障りだから消えろ。冷ややかな中にも苛立ちを含んだサーディスの言葉に、アルムートは唇を嚙みしめる。

「……俺は納得できない。このままなんて、絶対に」

「ほお、態度に反して気の小さいそなたにしては珍しい。この私に逆らうとでも？」

「い、いえ！　父上に逆らうようなつもりは、まったく……」

「逆らいたいならば逆らえばいい。だが、それなりの覚悟はしておけ。私の気分次第では、そなたもあやつら同様、どこか遠くの国に長期留学をさせてやろう」

アルムートは何か言おうとして、けれど声を出さずに口を閉じると大きな足音を立てて歩き出す。ちょうどルーティエがいる方向へと来るのに気付き、慌てて近くの木の裏に隠れた。

「くそ、何が留学だ！　あの二人を国に戻すつもりなど、はなからないくせに！　俺は絶対にこの国から出るような真似はしない、絶対に。ここが、いや、ここは俺の国なんだ」

隠れているルーティエに感付く様子もなく、アルムートはぶつぶつと独り言を続ける。

「……の連中に、再度連絡を……」

アルムートは足早に宮殿へと去っていく。どこか不穏な気配を感じさせる姿に、不安が湧き上がってくる。

（小さくてよく聞こえなかったけれど、どこかの国の名前を言っていたような……。うーん、私の気のせいかしら）

ルーティエはアルムートの様子が気になりつつも、遠ざかっていく乱暴な足音から意識を逸らす。直後、冷え冷えとした声色が放たれた。

「それで、そなたはいつまでそこにいるつもりだ？　まさか密偵の真似事でもしているのか？」

それがルーティエに向けられているものだということは、すぐに理解できた。逃げ出したい気持ちは多少あった。が、素直に木の陰から出てサーディスの前へと足を運ぶ。

「ご機嫌麗しゅう、皇帝陛下。裏庭の月明かりの中、お一人で月見酒とは随分と風流でございますね」

「風流になどこだわってはいない。単純に一人で静かに酒を飲める場所となると、こんなところしかないというだけだ」

ルーティエの嫌味など気にする様子もなく、サーディスは静かに酒を飲み続ける。草の上に片足を立てて座り、手酌で酒を飲む姿は作法の欠片もない。それでもどこか優雅で威厳があるように見えるのは、彼自身のまとう雰囲気からきているのだろう。

とりあえず形だけでも挨拶はした。覗き見を咎めるような様子もないので、このまま立ち去ろうかと考えていたルーティエの耳に、無機的な声が突き刺さる。

「立ち去るならば早く行け。残るならば適当に座れ。目の前に突っ立っていられると、気が散って酒が不味くなる」

それでは失礼しますと、立ち去るのが賢明だとわかってはいた。しかし、ルーティエは「わかりました」と頷くと、一人分の距離を置き、サーディスの右側に腰を下ろした。

芝生の上、汚れることも気にせず地面に座り込んだルーティエに、サーディスはわずか

に瞳を見開いた。文句を言われるかと構えたルーティエの横で、彼は黙々と杯を口に運ぶ。

冷ややかさを含んだ風が吹き抜けていく。オルガ帝国の気温は日に日に低くなり、分厚い雪で覆われる日が近付いていることを感じさせる。それでも、澄んだ空気の中に浮かぶ満月は綺麗で、寒い中でも見ていたいという気持ちになった。

サーディスと二人だけという状況にもかかわらず、ルーティエの心は凪いでいた。恐怖はもちろん、憎しみも今は感じない。

月を見上げていた視線を落とし、少し離れた距離にいるサーディスを見る。他者を威圧する鋭い瞳は、気怠げに手元の杯の中へと注がれていた。

「見たところ護衛の兵士はいないようですが、もし私が突然陛下に襲いかかったらどうするおつもりでしょうか？」

「そなた程度に殺されるほど、私は弱くも愚かでもない。そなたが私に触れるよりも早く、その首をかき切ってやるわ」

なるほど、サーディスの傍らには鞘に納められた長剣が置かれている。ルーティエが彼に襲いかかる素振りを少しでも見せたら、言葉通りに一瞬で首をかき切るのだろう。

「そうですか。陛下は役立たずな人間がお嫌いでしょうし、その筆頭とも言える私を殺す口実ができれば万々歳ですね」

フロレラーラ王国を支配するための口実であり、人質としての価値しかないルーティエなど、本来彼にとっては邪魔でしかない存在だ。ユリウスと結婚したという名目はすでにある。それならば、ルーティエが自らに害をなす前に、何かしらの理由を付けて始末してしまいたい、と考えてもおかしくなかった。

逸らすことなく、サーディスの横顔を真っ直ぐに見つめる。その通りだと彼が頷いたら、やはりオルガ帝国の皇帝は、冷酷無慈悲で人の心などない存在だと確信できる。けれど、もし、もし違う答えを口にしたら。

静寂が周囲を包み込む。冷たい風が吹き抜けていく。杯に酒を注ぎ、ゆっくりと飲み干したサーディスは、ふっと息を吐き出した。

「そなたの言葉通り、もし私が本当に役立たずな人間が嫌いだとしたら、皇帝などという面倒な立場、とうに放棄している」

「……何故、ですか？　皇帝という立場、権力を体現しているその立場は、多くの人間にとってとても魅力的だと思います」

「権力を好き勝手に振りかざし、思うがままに生きることができるから、か？　馬鹿げた空論だな。そんなことをしていれば、一週間と経たずに国が滅ぶか、あるいは反発した人間に殺されて終わりだ」

サーディスはふんと鼻を鳴らし、再び酒を注いで杯を傾ける。大分飲んでいるようだが、顔にも口調にも酔ったような様子はみじんもない。

「歴史を紐解けば、己の思うがままに振る舞った愚かな皇帝も数多くいた。だが、その結果はいずれも同じ、国の滅亡か自らの死だ」

サーディスは切れ長の瞳を前に向ける。ここではないどこかを見ている眼差しは、過去を思い出すかのような、あるいは未来を思い描くかのような光を宿していた。

「私は確かに無能な人間は嫌いだ。逆に有能な人間は、どんな生まれでも重用している。だが、たとえ無能でも、自らの力で生きようとしている人間には敬意を払い、その生活を守りたいと思っている」

「……オルガ帝国の国民を守りたいと思っていると、そういうことでしょうか？」

「愚問だな。先ほど言った通り、もし私が役立たずな人間を嫌っているのならば、民などという大きな荷物を好んで背負うことなどしない。確かに守る価値のないような人間もいるが、オルガ帝国の民である限りは等しく皇帝が守るべき人間だ」

はっきりと告げられた言葉に、偽りの気配は感じられなかった。

サーディスが、父であるフロレラーラ王国の国王とはまったく違う種類の人間だということははっきりしている。しかし、強い意志を秘めた眼差しは、真っ直ぐな言葉は、そして何よりも民を守りたいという確固たる想いは、父と何ら変わらない。

いや、むしろ民への想いは父よりも強いかもしれない。そう考えたルーティエは、震えそうになる言葉を無理矢理喉の奥から押し出し、サーディスへとぶつける。

「それならば、それならば、どうしてフロレラーラ王国を……」

民を守り、愛することを知っているのならば、どうして力で他国を侵略し、そこに住む民を脅かす行為を選んだのか。民の穏やかな生活を守りたいと思っているのならば、どうして自ら進んで争いを引き起こしたのか。

頭の中はぐちゃぐちゃだった。何で、どうしてと、疑問ばかりが頭の中を駆けめぐっている。

「元々今回の侵略は、全面的な戦争を行うことによってフロレラーラ王国を支配するつもりだった。その方が簡単で、実害よりも実益の方が大きいと考えたからな。だが、ユリウスが反対した。戦争を行えば、オルガ帝国は疲弊し、なおかつフロレラーラ王国にも多大な犠牲が出る、と言ってな。そのため、情報収集など事前準備が面倒ではあるが秘密裏に兵を配置し、王族を一気に捕縛する計画が実行された」

サーディスは遠くを見ていた視線をルーティエへと移す。

「さて、ルーティエ、フロレラーラ王国の元王女よ。そなたは何故オルガ帝国が同盟に加えられていないか、その理由を知っているか？　地理的な面を鑑みれば、オルガ帝国も同盟に入れるのが普通だと思わないか？」

突然の質問に「え？」と間の抜けた声が出てしまう。

聡明なサーディスは、ルーティエが声にできなかった疑問を察している。その上で、脈絡の感じられない質問をぶつけてきたのは、きっと何か意味があるのだろう。

困惑するルーティエを無視して、サーディスは言葉を続ける。

「答えは単純明快だ。オルガ帝国が同盟に入れてもらえなかったのは、他の国にとって旨みが何もなかったからだ。雪深く、これといった強みもない国だったから、当然といえば当然のことだろう。現在は鉄鉱石の産出が豊富で、国としては安定してきている。ただ同盟結成当時は非常に貧しく、他国の足を引っ張るだけの弱小国家だった」

「同盟に入れてもらえなかった？　オルガ帝国は望んで同盟には入らなかったのだと、私はそう教わりました」

「表向きはそういうことにしているようだな。六つの同盟国に近い位置にあり、しかも入りたいと意思表明をしていたにもかかわらず、利益が何もないから除け者にした。というのは体裁が悪いだろう」

　さらりと告げられた驚くべき内容に、一瞬固まってしまった。しかし、ルーティエはすぐさま意識を取り戻し、サーディスへと矢継ぎ早に問いかける。

「ま、待ってください！　あの、本当に？　陛下の話は、本当のことなんでしょうか？　オルガ帝国が同盟に入りたいと望んだのに、他の国々が認めなかったというのは、事実なんでしょうか？」

　同盟国の中では、オルガ帝国は好き放題に振る舞うため、自ら同盟に入ることを拒んだ身勝手な国だと揶揄されていた。だが、もしサーディスの話が事実だとしたら、オルガ帝国を孤立させたのは、同盟国側の自分勝手な考えが原因となる。

　寒い過酷な環境で痩せた土地が多く、資源も作物も常にぎりぎりの状態、数十年前は国民の大半が食べる物にさえ困る有り様だった。だが、皇帝は国民のことなど顧みず、上の人間だけが豊かな暮らしをしている。ルーティエが王国で目にした書物には、そうオルガ帝国について記載されていた。

「私の父、前皇帝などは、愚かにも同盟国のいくつかに助けて欲しい、援助をして欲しいなどと頼んでいたらしいが、当然すべて無視されていた。だからこそ、私はオルガ帝国が自力で生き延びられるよう、できる限りの環境を整えることに注力した。同盟を結んでいる国以外の小さな国々と貿易をできるよう、何年もかけて交渉を行ったのもその一つだ」

サーディスはルーティエの質問には答えず、淡々とした、けれど静かな怒りと憎しみの込められた声を紡ぐ。瞳はルーティエに向けられているが、感情は自分自身へと向けられているようだった。

飢餓や流行病などによって、オルガ帝国は過去に大勢の民を失ってきた。民を守りたいと願い、しかし、自らの目の前で民が次々に命を落とすような光景も、サーディスは幼い頃から見てきたのかもしれない。

「そなたは先ほどどうしてフロレラーラ王国を、と問うたな？　簡単な話だ。オルガ帝国の民の今後にとって、フロレラーラ王国を侵略することに利があると私が判断したから。理由はそれだけだ」

以前のルーティエならば、オルガ帝国のことも民のことも、そして皇子であるユリウスのことも何も知らなかった頃のルーティエならば、サーディスがした話の数々を「偽りだ」と断言しただろう。絶対に信じなかった。どんな理由があったとしても侵略行為は最悪な行動だと、声高に怒りをぶつけていたはずだ。

(――でも、今の私にはできない。だって、この国に来て、私は知ってしまったから)

サーディスの言葉を否定することも、彼の行動を非難することも、できなかった。できないほどに、オルガ帝国という国について知ってしまっていた。耳にしていた噂が真実ではないと、わかってしまっていた。

口を横に引き結び、両手を強く握りしめる。体は小刻みに震えていた。先ほどまでは多少寒いと思っていた程度だが、今は凍えるほど冷たい水の中に身を置いている気分だった。

ルーティエは何も知らなかった。何も知ろうとしていなかった。

(お父様やお兄様は知っていたのかしら？　レイは？　彼も知っていたの？　同盟の中心になっているのはアレシュ王国で、だとしたら王族であるレイが知らないとは思えないわ)

体の震えが止まらなかった。サーディスは杯を持っていない方の手で懐から何かを取り出すと、それをルーティエに向かって放り投げてくる。慌てて投げられたものを受け取ったルーティエは、手の平からほんのりと温かさが広がるのを感じた。

サーディスが投げてきた物、それは拳二つ分ほどの大きさの温石だった。柔らかな布に包まれた温石は、ルーティエの体を優しく温めてくれる。

ルーティエがお礼を言うよりも早く、サーディスは冷え冷えとした声を放つ。

「さて、オルガ帝国は皇帝を始め、残酷で冷酷な人間が住まう国だ、などと同盟国の間ではささやかれているらしいが、残酷で冷酷なのははたしてどちらだろうな。ただし、私が冷酷で無情な皇帝だという点は、何ら間違っていない。実際に無能で自己の利益しか考えないような輩を何人も処刑し、加えて皇后も処刑した人間だ」

皇后、サーディスの妻であり、ユリウス以外の三人の皇子の母親について耳にするのは、オルガ帝国に来た当日以来だった。皇后は十年前に亡くなりましたと、それだけ高官の一人に教えられ、後はその話題について触れるのは禁忌とばかりに一切耳にする機会がなかった。

民を誰よりも大切にしているかと思えば、自らの妻を処刑したとも告げるサーディス。まったくもって理解できない人だと、温石を握りしめながらルーティエは息を吐いた。

心の内を表すように、自然と視線は下へ落ちていく。ルーティエが抱える悩みは、底の見えない泥沼へと変化していくようだった。

「ときにそなた、随分と地味な肩掛けをしているな。ドレスも質素なのだから、肩掛けぐらいもっと見栄えのいい品を身に着けたらどうだ」

突如話題ががらりと変わる。顔を上げるとこちらを小馬鹿にしたような笑みとぶつかった。ルーティエはむっと眉根を寄せ、肩掛けを相手に見えるよう掲げる。

「これは先日街に出た際、ユリウス様がくださったものです。失礼ながら申し上げますが、陛下と私の趣味はまったく違うようですね。私にはこの品は刺繍も仕立ても素晴らしく、とても美しいものに感じられます」

「美しい、か。綺麗な花を見慣れているはずのフロレラーラ王国の人間が、そんな安物の品を美しいと思うとは、笑い話にもならんな」

より一層眉根を寄せたルーティエへ、サーディスは低く鼻を鳴らす。

「アルムートならばそのような品も、作った人間も、まったく気にも留めないな。しかし、ユリウスの妻であるそなたには相応しい品だろう。せいぜい大事にすればいい」

言葉の内容は刺々しい。反面、声音はどこか穏やかに感じられた。口で言うほど、彼はこの肩掛けが悪い品だとは思っていない気がする。

サーディスという男は、ルーティエと余計な会話など一切しないと思っていた。意外なほど口数が多いのは、多少なりとも酒に酔っているせいだろうか。手酌を続けるサーディスを横目に、ルーティエは肩掛けを再び羽織った。

「そなたが一人でふらふらしているところを見ると、ユリウスはまだ視察から戻っていないのか？」

「はい。昼にリグレスト領へ向かったまま、まだ戻りません。日照不足による農作物の収穫量減少に対する支援、豪雪時に備えての雪崩対策や主要交通路の確保など、色々確認することがあるそうで、お戻りは大分遅くなると聞いております」

だから今日の夕食は一緒には摂れないと、申し訳なさそうにユリウスは言った。公務を優先するのは当然のことだ。ルーティエは「お気をつけて」と彼を見送った。

「そうか。まったく、常に民を優先し、何もかも自身でやろうとするのはあれの悪いところだな。幼い頃から悪意に敏感で、国や民を守るためならば自らの感情を押し殺す。非情に徹しているつもりだろうが、なりきれないのが欠点だ。まあ、もう少し年齢を重ねれば、上に立つ者として冷酷な判断をし、百のために一を切り捨てることも覚えるだろう」

サーディスはルーティエにではなく、自分自身に話しているように言葉を紡ぐ。薄い唇にはかすかな笑みが浮かんでいた。それは嘲笑でも侮蔑でもなく、柔らかな微笑だった。四番目の皇子、側室の子ども、皇位継承から一番遠い息子。にもかかわらず、サーディスの口調はまるで。

「陛下は、まるでユリウス様が次の皇帝になるかのような口ぶりで、ユリウス様のことを話されるのですね。アルムート様には任せておられない公務の数々も、ユリウス様には数多く回していらっしゃるようですし」

傍から見れば不要な皇子に、仕事の数々を押し付けている、ようにも見える。しかし、先ほどサーディスははっきりと言った。無能な人間は嫌いだと、有能な人間はどんな生まれでも重用していると。

「陛下は、もしかしてアルムート様ではなく、ユリウス様を――」

「……膿を出す必要がある。目の上にできた、目障りな膿を、な」

ルーティエの言葉を遮ってそう呟いたサーディスは、手にしていた杯に酒を注ぎながら「迎えが来た」と続けた。ルーティエが問い返す前に、足音と共に黒いマントに白い仮面を身に着けたユリウスが、木々の間から足早に姿を現した。

「二人ともこちらにいらしたんですか。陛下、護衛の兵士が捜していました。早く自室へお戻りください」

「わかっている。もう少ししたら戻る。そなたの小言はもう聞き飽きたわ。咲かないバラの前で酒を飲むときぐらい、私の好きにさせて欲しいものだ」

空いている手をひらひらと振って、さっさと行けと示すサーディスに、ユリウスは「お酒もほどほどにしてください」と告げてルーティエを促す。芝生から立ち上がり、ユリウスに続いて歩き出そうとしたルーティエは、一度足を止めてサーディスへと顔を向ける。

「最後にもう一つ聞いてもよろしいでしょうか？」

何だ、と無機的な声が返ってくる。その声に対する恐怖は、もはやルーティエの中にはなかった。

「何故、私に色々と話してくださったのか、その理由を聞かせてくださいませんか？」

「言っただろう。私はたとえ無能でも、自らの力で生きようとする人間には敬意を払っている、と」

「……そう、ですか。あの、温石をありがとうございました。大分風が冷たくなってまいりましたから、陛下も早くお戻りください」

「夫婦揃って同じことを言わずとも、きちんと理解している。早く行け」

うっとうしそうな口調だったが、そこには冷たさ以外の何かがあるように感じられる。

ルーティエは頭を小さく下げ、彼に背を向けた。

サーディスを残し、ユリウスと並んで裏庭から宮殿へと戻る。裏庭に足を運ぶ前よりも更に悩みは深くなったが、不思議と心は落ち着いていた。

「視察を終えて部屋に戻ったら、あなたの姿がなくて驚いた。アーリアナもクレストもどこに行ったか知らないと言うし」

「ごめんなさい。散歩がしたくなって裏庭を歩いていたら、陛下にお会いしたの。すぐに部屋に戻るつもりだったから、アーリアナたちには何も言わずに出てしまって」

　気付かない内に、大分長い時間話をしていたらしい。

「庭を散歩するのは構わない。だが、できるだけアーリアナかクレスト、どちらかを一緒に連れて行ってくれないか」

「ええ、わかった。次からは必ずそうするわ」

　素直に頷けば、ユリウスはほっとしたように息を吐く。最近知ったことだが、仮面のせいでユリウスは冷淡に見えてしまうものの、実際は苦労性な面があるようだった。

「ユリウス様、サーディス陛下は不思議なお方ね。ひどく冷たい一方で、温かくも感じられる。とても矛盾しているお方だわ」

　手の中にある温石は、徐々に温もりを失いつつある。温かくも、冷たくもない。サーディスという人によく似ているように感じられた。

「ああ、長年一緒にいる俺もそう思う。だが、人としては冷た過ぎるかもしれないが、皇帝としては尊敬に値する方だ」

「では、父親としては尊敬できるお方？」

「うーん、難しい質問だな。あの方には皇帝という立場があるから、普通の父親とはやはり大分違うんだろう。ただ、俺個人としては好意を抱いている」

互いに対する優しさや親愛の情は表立ってはほとんど感じられない。が、普通とは違うとしても、彼らには彼らなりの親子の形があり、絆があるのだろう。

「もしよろしければ、ユリウス様のお母様についても聞いていいかしら？」

ずっと疑問に感じていたことを、この機会に尋ねてみる。皇后についての話もほとんど聞かないが、それ以上にユリウスの母についての話も耳にしなかった。大宮殿には住んでいないのかもしれない。

もし可能ならば会って話をしてみたい。そんなルーティエの希望は、次にユリウスの口からもれた静かな声によってすぐさま消えてしまう。

「俺の母はもう亡くなっている。ああ、気にしなくて大丈夫だ。十年ほど前のことで、特に内密にされている事柄でもない」

ユリウスの声色も様子も穏やかなままで、すでに彼の中では過去の出来事になっていることがわかる。ルーティエは謝ろうと開いた口を閉じた。

「母はオルガ帝国ではなく他国の出身で、温和だけれど心の強い人だった。雪がとても好きだったな。中庭に雪が降り積もると、いつも子どものようにはしゃいでいた」

「それはお会いして話ができなかったのがとても残念だわ」

「きっとあなたとならば話が合っただろう。花を育てるのも好きな人だったから」

大宮殿へと続く道を歩きながら、ルーティエの頭に不意に疑問が浮かぶ。皇后は十年前に亡くなった、いや、サーディスに処刑されたと聞いた。側室だったユリウスの母が亡くなったのも十年ほど前のこと。時期が近いが、両者に何か関係はあるのだろうか。

聞きたい気持ちはあった。けれど、隣を歩くユリウスの優しい雰囲気に、疑問は喉の奥に押しやった。大切な人のことを思い描いている穏やかな時間を、わざわざ壊す必要もない。

いつの間にか体が随分と冷え切っていた。ルーティエが肩掛けをより一層体に巻きつけると、ユリウスが身に着けていたマントを背中にかけてくれる。ふわりと、温かさが体を包み込む。

「夜は大分気温が下がるようになった。今度からはもっと厚手の上着を着た方がいい」

「ありがとうございます。今からこの寒さだと、雪が積もった頃どうなるのか、正直想像するだけで怖くなるわ」

「心配せずとも、意外と慣れるものだ。それに、もし慣れなかったとしても、暖かく過ごす方法はたくさんある。その辺りは寒がりのアーリアナが詳しいから、いざとなったら彼女に教えてもらえばいい」

「確かにアーリアナならば色々知ってそう。方法の可否は置いといて、だけど」

きっと彼女のことだから突拍子のない方法を口にするだろう。小さく笑うルーティエの横で、ユリウスもまた口元を緩める。

「そういえば、サーディス陛下が咲かないバラの前で、と言っていたけれど、あれはどんな意味があるの？」

「陛下がいた辺りには、白いバラが植えられている。陛下が大事にしているバラだが、もうずっと咲いていない。今年も蕾はできたものの、咲く様子はないらしい」

サーディスと話す方に意識が向いていたせいで、バラの花には全然気付かなかった。今度機会があれば、見に行ってみよう。

「もう何年も咲かないバラだ。今後も咲くことはないだろう。陛下もいい加減別の花を植えればいいんだが」

ユリウスは吐息混じりに、

「……咲かない花に意味などない」

どこか悲しそうな音色で言う。常日頃は見せない弱さがあり、寂しさと苦しみが漂っている気がした。

反射的に、ルーティエは唇を動かす。

「咲くわ」

思いのほか強い声が口から出た。ユリウスが仮面の中で、ぱちりと大きく瞬きする気配を感じる。

「枯れない限り、いつか必ず咲く日が来る。私も陛下にお願いして、面倒を見させてもらうわ。だから、いつかバラが咲いたそのときは、一緒に見に行きましょう」

蕾ができるのならば、きっと花自身は咲きたいと思っている。咲くことのできない理由があるのならば、その理由を見つけてあげればいい。

枯れない限り、諦めない限り、いつか絶対に咲く日がやってくるだろう。

ルーティエは無意識のうちにユリウスの手を握っていた。自分と変わらない、温かくまだ成長途中と思われる手を、強く握る。

政略結婚かもしれない。形だけの妻かもしれない。でも、近寄りがたい雰囲気を持ちつつ、不安定に揺れる目の前の相手を支えたいと思った。

少しの間を置いて、仮面の下にあるユリウスの口がゆっくりと弧を描く。

「ありがとう。あなたと一緒に見られるのを楽しみにしている」

薄い唇をゆるやかに吊り上げて、柔らかな微笑をこぼす。それは、ルーティエが見る彼の初めての笑顔だった。ただ純粋に笑う姿を、初めて目にした。

その瞬間、ルーティエの胸の奥底に何かが湧き上がってくる。自分自身でもわからない感情が、心を静かに満たしていく。熱いような、温かいような、くすぐったいような、嬉しいような、感じたことのない感情だった。

「さあ、早く部屋に帰ろう。体を冷やして具合が悪くなったら大変だ」

ルーティエが帰りたい場所は、大切な家族のいるフロレラーラ王国であることに変わりはない。その一方で、ユリウスと共に帰ることに対する拒絶反応はなくなっていた。

これから本格的な寒さがオルガ帝国を覆っていく。それでも、そんな寒さもいつしか当たり前のものとして受け入れられるようになってくるのかもしれない。

温石と背中を包み込むマント、そして振り払われることなく繋がったままの手が、まるでフロレラーラ王国の優しい陽だまりのごとく、ルーティエの体を温めてくれていた。

第四章　仮面の中の素顔

テーブルを挟んだ向こう側にいる相手を、ルーティエはそっと観察する。

オルガ帝国の国民特有の艶やかな黒髪、頬の辺りまですらりとした線を描く細い顎、小さく締まった薄紅の唇は横に引き結ばれている。カップを持つ手は骨張っているが細長く、白い首に浮かぶ喉仏が紅茶を飲み干すのに合わせて動くのがどこか艶かしい。

同年代に比べれば全体的に華奢で、中性的な雰囲気をまとっている。それでも弱々しく感じられないのは、細いながらも鍛えていることが見て取れるからだ。

視線を合わせれば、白い仮面が最初に目を奪う。誰もが仮面に気を取られてしまうが、よくよく観察すると端整な顔立ちをしていることがわかる。父親も兄も共に端麗な容姿をしているので、恐らく彼もまた人目を引く容貌をしているのだろう。

「先ほどから視線を感じるが、俺の顔に何か付いているのか？」

仮面を外したらどんな顔をしているのだろう。そもそも何故仮面を着けているのだろう。

そんなことを考えていたルーティエは、目の前からかけられた声に意識を取り戻す。

知らず眼前でハーブティーを飲む相手、ユリウスのことを凝視してしまっていたらしい。

一心に見つめていたことが恥ずかしくなり、ルーティエは誤魔化すように熱くなった顔を左右に振った。

「いいえ、あの、何でもないわ」

「もし俺に言いたいことがあるのならば、気にせず言って欲しい」

「ごめんなさい。本当にちょっとぼうっとしていただけだから気にしないで」

ユリウスは訝しげな様子を見せつつも、手にしていたカップを置いて立ち上がる。深く聞かれなかったことにほっとし、ルーティエも椅子から腰を浮かした。

「もし具合が悪いようなら、無理せず部屋で休んでいるといい。最近、あなたは色々頑張り過ぎている気がする」

「心配してくれてありがとうございます。でも、私は元気だから大丈夫よ」

笑いながら答えると、ユリウスはさりげない仕草でルーティエから視線を逸らす。まただと、ルーティエは心の中で小さく息を吐いた。どうにもここ数日、ユリウスのルーティエに対する態度がぎこちないような気がする。

扉に近付き、アーリアナからマントを受け取る。腰に剣を帯びたユリウスに差し出すと、彼は礼を言いながら手を伸ばした。

受け取る瞬間、ルーティエの手とユリウスの指が軽く触れ合う。あ、と思う間もなく、ユリウスは素早く手を引き戻した。そして、今度はルーティエに触れないような角度でマントを受け取って、何でもない様子で身に着ける。

「今日はいくつか公務が重なっているので、帰りは遅くなるかもしれない。あまり遅いようだったら先に食事をして休んでいてくれ」

「ええ、わかったわ。いってらっしゃいませ、お気を付けて」

「いってくる」

短い一言を残し、ユリウスは部屋から出ていく。先ほどの出来事などなかったかのように去る姿を見送ったルーティエの口からは、無意識に重い息がもれていた。

裏庭で手を握った辺りからだろうか。以前よりは会話をしてくれるようになった反面、ちょっとした仕草の端々に自分への距離を感じるようになった。以前からユリウスには明らかなお客様扱いをされてきた。が、それとはまた違う距離の取り方だった。

何か気に障ることをしてしまったのか。手に触れたのがあまりにも馴れ馴れしかったのかもしれない。悶々と悩むルーティエの耳に、盛大な長息が聞こえてきた。

「どちらとも初々し過ぎて、近頃私は全身がこそばゆい感覚に襲われ続けております。見ていて苛々するような、はたまたやきもきするような、正直甘酸っぱい気持ちで砂糖を大量に吐き出しそうです。これは職場内における上司の嫌がらせでしょうか、そうに違いありません。労働環境の是正はどなたに訴えればよろしいのでしょう」

「……アーリアナ。私は今余裕がないから、あなたの侍女らしからぬからかいを寛大な心で受け流せそうにないんだけれど」

無表情で高らかに話すアーリアナを、じっとりとした目で眺める。そんなルーティエの視線を受け止め、アーリアナは仕方がないとばかりに首を振った。

「何故私がこのような解説をしなければならないのか、とても不満ではございますが、優秀な侍女ゆえ主人のために一肌も二肌も脱いで差し上げましょう。いいですか、ルーティエ様。耳の穴をかっぽじってありがたく聞いてくださいませ」

やれやれといった声音で話す相手にむっとしたものの、ルーティエは黙って先を促す。

「ユリウス様は恋愛に関してはもう病的なほど朴念仁でございます。他人からの好意にはまったく気付かず、国のために尽くすことが第一、恋愛など無縁の生活をしてまいりました。私の考えでは、恐らく初恋すらしたことがないはずでございます」

ユリウスにはルーティエとの結婚前に、心を通わす相手はいなかったということだろう。思いがけずルーティエの気が楽になった。よかったと、胸を撫で下ろす。

「ルーティエ様、ユリウス様が初恋もしたことがないと聞き、安心されましたね？」

図星を指され、ぐっと押し黙る。恥ずかしさを隠すように唇を引き結ぶ。ふっと、アーリアナがかすかな微笑混じりの息を吐いた。

「まあ、そんなわけでして、あの方は気になる相手への接し方がまったくわかっておりません。とりあえず贈り物でもして笑顔になってもらおう。でも、近付き過ぎると嫌な顔をされるかもしれない。ならば、遠くから見守って行こう。だけど、嬉しそうな顔や笑顔を見ると、距離を縮めてしまいそうになる。ダメだ、意識しないようにしないと、といった感じでしょうか」

アーリアナの口からはすらすらと言葉が出てくる。呆れる一方で、その内容に心臓が早鐘を打ち始める。

　でも、すべてはアーリアナの勝手な妄想かもしれない。ユリウスはそんなこと一切考えていないかもしれない。異を唱えようとしたところで、アーリアナが大きく頭を傾ける。

「あら、よくよく考えてみますと、これは優秀な侍女とはいえ私の仕事の範囲を大幅に超えておりますね。というわけで、私からの意見はここまで、ということにしておきましょう。あまりに無粋過ぎると、馬に蹴られそうでございますし」

「中途半端に口を閉ざされると、余計に気になるわ」

「大丈夫でございます、朴念仁でもいざというときはやる男ですからね、ユリウス様は。いずれちゃんと気持ちに折り合いをつけて、ルーティエ様にお伝えするはずですよ。だから、ルーティエ様も何故私の言葉が気になったのか、今抱くご自身の気持ちとちゃんと向き合ってくださいませ」

「私の、気持ち……」

　ユリウスのことを考えると落ち着かない気分になり、見ていると胸が高鳴って、でも目が合えば逸らしたくなる反面、傍にいないと不安で寂しいと思うこの気持ち。――いつか、そう遠くないいつか、ルーティエはこの気持ちに付ける名前を見つけることができるだろうか。

「侍女としてではなく、人生の先輩として、いえ、ユリウス様を大切に思う一人の人間の助言として、覚えていていただければ幸いです」

この侍女には、どれほど経っても勝てる日が来るとは思えなかった。ルーティエはそれ以上聞くことは諦め、足早にバルコニーへと向かう。

ルーティエが何をしようとしているのか素早く察したアーリアナは、金属製のじょうろに水を入れると「どうぞ」と手渡してくれた。基本的には優秀なのだから、彼女にはぜひとも言わぬが花という言葉も身に付けて欲しいところだ。

ありがとうと言ってじょうろを受け取ったルーティエは、バルコニーに並べた鉢に水を与えていく。花の世話をし始めると、気持ちがゆっくりと落ち着いていく。

オルガ帝国に来た当初とは比べものにならないほど穏やかに過ごせているのは、一にも二にも、故郷のフロレラーラ王国の現状が意外にも平穏だからだろう。何度か兄と手紙のやりとりをして王国の現状について聞いているが、同盟国との接触は完全に禁止されている反面、それ以外は特に制限されていない、という返答が戻って来ていた。

もちろん以前と変わらない生活、というわけにはいかないだろう。しかし、苛酷な環境、オルガ帝国の兵士に暴力を振るわれたり、重い税を課せられたりといった事態には一切陥っていないらしい。侵略はされた。属領にはなった。だが、その言葉とは裏腹に、フロレラーラ王国の秩序は変わらず守られている。

(どうして、オルガ帝国は、いえ、サーディス陛下はフロレラーラ王国を侵略したのかしら？　フロレラーラ王国の資源を搾取するため、ではないとしたら、どんな理由で？)

先日裏庭で話した際、彼は利があるからだと言った。あれからずっとその利が何なのかを考えている。答えはいまだ出ないままだった。

　もっともっとオルガ帝国のことを知れば、答えを見付けられるだろうか。ルーティエは鉢植えの中へと目を凝らす。ほとんどの鉢が土しか見えない状態だが、その中に二つ三つ、小さな芽が出始めたものもあった。

「うーん、せっかく芽が出始めたけれど、最近は昼間でも気温が下がって、日光が弱くなってきた気がするのよね。今年はもう無理かしら」

　雪で国土のすべてが覆われる日も遠くない。せっかく芽が出たものの、これ以上の生長は望めそうになかった。もう少し早い時期に種を植えて、生長させてあげることができれば多少寒くても何とかなったのかもしれない。

　ユリウスはバルコニーではなく部屋の中に置いて、育てればいいんじゃないかと言った。けれど、ルーティエはどうしても自然の環境で育て、花を咲かせたかった。

「雪が解け始めたら、すぐに種を植えてみるわ。そうすれば、来年こそは花を……アーリアナ？　どうかしたの？」

　傍にいたアーリアナの無表情が、わずかながら変化したのに気が付き、首を傾ける。何か変なことを言っただろうかと考えるが、特に思いつかない。

「いえ、申し訳ございません、何でもありませんからお気になさらず。来年こそは、花が咲くとよろしいですね」

「絶対に咲かせて見せるわ。来年が無理でもその次、何度だって挑戦するつもりよ」

「はい、お手伝いいたします。ルーティエ様の突飛なわがままにお付き合いできるのは、優秀な侍女である私だけでしょうから」

アーリアナの無表情が、かすかに柔らかな色を見せる。最初はまったく変わらなかった表情も、徐々にだが感情を見せてくれるようになった。あるいは、ルーティエがアーリアナの無表情の中にあるわずかな感情を、読み取ることができるようになったのだろうか。

オルガ帝国に来たことは、決して悪いことばかりじゃない。そう思えるようになったのは、アーリアナはもちろん、それ以上にユリウスの存在が大きかった。

「確かアーリアナはユリウス様が十歳の頃から、傍にいるって言っていたわよね」

「お仕えし始めたのは十歳の頃からですが、私とクレストの母はユリウス様の乳母を務めておりましたので、ユリウス様のことは生まれたときから存じております」

なるほどと、ルーティエは心の中で頷いた。ユリウスとアーリアナ、それにクレストの三人は、主従を超えたとても親しげな様子だと思っていたのだが、生まれた頃からの付き合いならばそれも当然だ。

「ユリウス様の母君は、もうお亡くなりになっているのよね？」

「はい。今から十年ほど前、ユリウス様が七歳のときに亡くなられております」

「それは、流行病か何かで？」

「いいえ、違います。毒殺されたんです、皇后様に」

さらりとアーリアナの口から飛び出てきた言葉に、固まってしまう。数秒の間を置き、どうにかこうにか驚愕から回復したルーティエは、混乱で震えそうになる声を押し止め、再度質問を重ねる。

「あの、ええと、それは本当に？　というか、たとえ真実だとしても、軽々しく口にしない方がいいんじゃないかしら」

「オルガ帝国では誰もが知っていることです。側室だったユリウス様の母親を皇后様が毒殺し、そして皇后様を陛下が処刑いたしました。当時は大分騒がれておりましたが、現在は特に気にする人もおりません」

「陛下が皇后を処刑したのは、やはりユリウス様の母君を毒殺したから？　陛下はユリウス様の母君を、深く愛していたのね」

意外だと思った。冷酷で他人のことなど気にもかけないような人物だと思っていた。だが、ユリウスの母のことはとても大事に想っていたらしい。

「それは陛下以外にはわからないことです。単純に、いつ自分にも毒を盛ってくるかわからないから、危険な芽をあらかじめ摘んだ、とも考えられます。事実、皇后様のご実家は子どもが産まれてからというもの、陛下から実権を奪い取ることができないかと、常に虎視眈々とお命を狙っているようでございましたから」

「確かにそうとも考えられるわ。でも、私は何となく、何となくだけど、皇帝としての利害よりも、一人の人間としての感情を優先したんじゃないかと、そう思うわ。皇后になるということは、ご実家もかなり高い地位の貴族だったんでしょう？　その家を敵に回してでも、陛下は皇后を処刑することを選んだんだもの」

もちろん処刑したことを肯定するつもりは更々ない。それでも、愛する人を殺された悲しみと憎しみを、処刑という形でしか晴らすことができなかった気持ちは分かる。

冷酷なまでに聡明で、感情の起伏などないかのような無表情で、それでもサーディスは間違いなくユリウスの父親だった。先日の夜、二人で会話をしたあの日から、そう思えるようになった。

兄にはルーティエの気持ちの変化を、素直に手紙に綴って伝えていた。当初は戸惑っていたものの、徐々にルーティエの想いを受け入れてくれるようになっていた。もちろんオルガ帝国自体に対しては、そう簡単には良い感情を抱くことはできないとは思う。

問題はイネースだった。いまだふらっと姿を消し、どこで何をしているのかわからないことが多いという弟に、ルーティエは何度も手紙を送った。最近は帝国での暮らしにも慣れ、少しずつ前向きに生活できるようになっている。心配しなくても大丈夫だと、安心させるために幾度も手紙に書いた。

だが、一度としてイネースからの返事は来ない。兄も「ルーに返事を書け」と言ってくれているらしいものの、梨の礫だった。思い詰めたイネースが何か良くないことをするんじゃないかという危惧は、いまだ消えずにルーティエの中でくすぶっていた。

(いいえ、悪い方向に考え過ぎるのはよくないわね。大丈夫、お父様やお兄様が一緒にいるのだから、イネースもきっと時間が経てばいつも通りになってくれるわ)

悪い考えを押し出すように頭を振り、空になったじょうろをアーリアナに渡す。

また手紙を書いてみよう。今度はユリウスのことを、イネース同様ハーブティーが好きなことなどを綴ってみよう。お薦めのハーブティーがあれば送って欲しいと頼めば、さすがにイネースも何らかの返答をくれるかもしれない。

「ねえ、アーリアナ。今度私にハーブティーの淹れ方を教えてくれない？」

「もちろん構いません。ですが、理由を聞いてもよろしいでしょうか？　まさか、私の淹れるお茶に不満があるということでしょうか、そういうことですか？」

「まさか、あなたの淹れるお茶はとてもおいしいわ。ただ、自分で淹れられるようになれば、その……ユリウス様にも飲んでもらえるでしょ」

やや上擦った声音で言えば、アーリアナのまとう空気がふわっと和らぐ。

「はい、喜んで」

軽やかな響きを伴ったアーリアナの声に、ルーティエは満面の笑みを咲かせた。

「──こ、こんなことなら、もう少しだけ、た、体力をつけておけばよかったわ……！」
暗い夜道をルーティエが必死に駆ける原因となったのは、今から二時間ほど前に伝えられた一つの伝言だった。

ザザバラードの街で一緒に食事をしないか。そんな内容の伝言を兵士の一人が持って来た。もちろん伝言の主はユリウスだと兵士は付け加える。

クレストは「ルーティエ様への伝言ならば、ユリウス様はまず自分を通すはず」と最初は訝しんでいたが、指定された場所が皇帝のお膝元、警備のため巡回している兵士も多い場所ということで、不審を抱いた様子ながらもルーティエと共に街へと出た。

結果的に、クレストが抱いた危惧は正しかったということだろう。ザザバラードに足を運び、人気のない場所に差しかかってすぐに、ルーティエたちは背後から襲われた。

異変にいち早く気が付いたクレストが、突然襲いかかってきた相手からルーティエを庇い、右腕を剣で斬られてしまう。利き腕を負傷し、なおかつ圧倒的な人数差を前にしても、クレストはかなり健闘した。事実、最初襲撃者の数は十人ほどだったのが、その半数以上はクレストの手によって倒された。

とはいえ、やはり怪我をした状態で、しかもルーティエを背後に守りながら戦うのは無理があった。少しずつクレストの怪我は増え、地面に片膝をついたところで、ルーティエは一人で逃げることを決めた。

周囲にいる男たちの狙いが自分だということは、最初の一撃でルーティエの命を狙ったことからも明らかだ。

何故自分が狙われるのか。疑問と恐怖が頭の中を駆け巡る中、それでもこのままクレストの傍にいたら間違いなく彼が殺されると思った。否、他の誰かに助けを求めたとしても、問答無用でその相手を始末する。そんな空気が襲撃者たちにはあった。

制止するクレストの声に背を向ける。そして、人の気配のない場所を選んで逃げた。自分のせいで誰かが殺されるのだけは避けたかった。

「はあ、はあ……っ！」

人気のない閑散とした空間に、自らの足音と荒い呼吸音、そして背後から近付いて来る靴音とが重なり合う。頬には冷や汗が流れ、懸命に前へと押し出す足はふらふらの状態だった。それでも、駆ける足を止めることはできない。

目に付いた路地を右に曲がる。人の気配がない方に、と進んできた結果、灯りもほとんどない薄暗い路地裏に足を踏み入れていた。複雑に入り組んだ小路を何度も右へ左へと曲がり、すでにルーティエは自分がどこにいるのかわからなくなっていた。

奥歯を噛み締め、ただひたすらに走り続ける。この間に巡回の兵士がクレストに気が付き、怪我の手当てをしてくれることを願いつつ、もつれて転びそうになる足を前に出す。少しでも遠くに行く必要があった。

深く被っていた帽子が外れ、薄紅色の髪が宙に舞う。足元に転がっていた拳ほどの大きさの石につまずき、ふらふらだった足はがくりと勢いを失い、頽れていく。

「——あっ！」

次の瞬間、ルーティエの体は冷たい地面に向かって倒れ込んでいた。左腕を思い切り地面に打ち付けてしまう。

痛みに眉をひそめたのは数秒、慌てて立ち上がろうとしたルーティエだったが、背後にいた追跡者たちが逃げる間を与えてくれることはなかった。すぐさま前も後ろも囲まれ、逃げ道を完全に塞がれてしまう。

「やっぱり、そう簡単には逃がしてはくれないわよね」

俯いて荒い息を吐き出し、小さな声で呟く。一度頽れた体は重く、走り続けた足にはすでに立ち上がる力もなかった。

荒れた呼吸を整えつつ、ルーティエは改めて自分を囲んでいる相手を見渡した。頭から黒いローブを被った人間が、前に二人、後ろに三人。顔は見えず、声もわからないが、その体格からすべて男だと思われる。

唇を引き結び、顔を上げる。本当は悲鳴を上げてしまいたいほど怖い。死にたくない、どうして殺されなきゃいけないのと、泣いてしまいたい気持ちもある。それでも、震えそうなほどの恐怖は胸の奥底に押し込める。

「貴族の手の者？　それとも、アルムート様かロザリーヌ様に雇われた刺客？　高官の中にも私をよく思っていない人が多いし、心当たりがたくさんあって困るわ」

努めて平静を装って声を出す。胸元に当てた手は大きく震えていたが、男たちには気付かれないようにした。どんな状況でも弱みは見せたくない。

静寂の中にルーティエの声と、男たちの足音だけが響く。銀色の刃が冷たい輝きを発している。視線だけ動かして周囲を見る。逃げられそうな隙はなかった。

「……私を殺す前に、その理由ぐらい教えてくれてもいいんじゃないかしら？」

「お前が生きていると目障りだと、邪魔だと思う人間がいる。それがすべてだ」

答えは返ってこないと思っていた中、襲撃者の一人が抑揚のない声で呟いた。ルーティエは目を見開き、固まった。恐怖とは違う震えが、小刻みに全身に広がっていく。

（この男の話し方、聞き覚えのあるかすかな訛りが……そんな、まさか）

どうしてと、声にならない疑問が口の中で溶けて消えていく。

（違う、そんなはずがないわ、間違いよ！　だって、そんなことがあるはずがない！　これが、この襲撃者たちが――アレシュ王国の人間だなんて！）

絶対に信じられなかった。信じたくなかった。

頭の中が真っ黒に染まっていく。恐怖ではなく絶望が全身を包み込んでいた。

目の前に迫った男の一人を、ルーティエは呆然と眺める。抵抗する気力などすでになかった。男が銀色の刃を振り上げる。

（……ああ、そう、私はここで死ぬのね。ここでこのまま……会いたい人にも会えずに）

そう思ったルーティエの口が、無意識の内に誰かの名を呟く。それが一体誰の名前だったのか、口にした本人のルーティエにもわからなかった。

瞳を固く閉じて、次に来る激痛を覚悟する。剣が風を切る音が聞こえてくる。

「ルーティエ！」

名前を呼ぶ声が聞こえた。そして、耳を刺す絶叫が響く。

驚いて目を開けると、今まさにルーティエへと剣を振り下ろそうとしていた男の手の甲から、銀色の切っ先が飛び出しているのが見えた。驚愕に体を硬直させたルーティエの前で、剣を離した男の足にナイフが突き刺さり、うめき声と共に倒れ込む。

「……ユリウス、様？」

地面にうずくまった男の背後にあったのは、よく見知った姿だった。黒いマントを羽織り、白い仮面を被った人物。ユリウスだ。

薄い唇からは荒い息が静かに吐き出されていた。右手に持った剣には、赤い血液が付着している。恐らくルーティエを殺そうとした男にナイフを投げたと同時に、彼の足元で脇腹を押さえてうずくまる男を斬り伏せたのだろう。

残された三人の襲撃者たちがユリウスを警戒する中、彼は素早くルーティエに近付く。

地面に座り込んだまま動けないルーティエを背中に庇う。

「怪我は？」

「あ、ありません。でも、あの、どうしてここに」

「話は後だ。すぐに片付ける。そこから動かないでくれ」

感情のない声で言うと、ユリウスは腰に帯びたもう一振りの短剣を鞘から引き抜き、左手に持つ。彼は両手に剣を持ち、三人の黒尽くめの男たちと向かい合う。凛と伸びた背中には、冷たい怒りが漂っているように感じられた。

「二刀流に、白い仮面……第四皇子のユリウス・エリシャ・ノア・オルガか！」

「ちょうどいい。こいつを一緒に殺せば、報酬が倍以上になるかもしれん」

三人の内の二人が、同時にユリウスに向かって斬りかかってくる。危ないと、ルーティエが声を上げるよりも早く、ユリウスの体が前に動く。

ルーティエを巻き込まないためか、男たちとの距離を一気に縮め、一人が振り下ろしてきた刃を右手の剣で受け止める。そして、左横から斬りかかってきたもう一人の剣を左手の短剣で弾き飛ばし、左足で男の鳩尾へと強烈な一撃を加えた。

後から斬りかかってきた男が体勢を崩している間に、刃を絡ませたままの襲撃者へと向き直る。背後に飛び退き距離を取った後、間髪を容れずに再び相手の懐へと飛び込んだ。男は横に薙いだユリウスの剣を受け止める。が、間を置かずに左の短剣が男の腕を斬り付ける。男が激痛で体勢をわずかに崩すのを見逃さず、ユリウスは素早く引き戻した右手の剣を男の左足へと突き刺した。

赤い血が宙に舞い散る。男の体が後ろ向きに倒れていく。ルーティエは思わず顔を背けてしまいそうになったが、吐き気と悲鳴とを押し殺し、必死に顔を前に向け続ける。

（ユリウス様が戦っているのは私のため。目の前で起きていることは、私と無関係のことじゃないわ。だから）

目を背けずにきちんと見届けなければならないと思った。

ユリウスは剣を振り、切っ先に付いた血を飛ばす。体勢を立て直したもう一人の男が背後からユリウスへと剣を振り上げる。それを初めから予期していたとばかりに、ユリウスは振り向きざまに短剣を投げ飛ばす。短剣は一直線に男の左脇腹へと突き進み、嫌な音を立てて突き刺さった。男の手から剣が滑り落ち、その体と共に地面へと転がっていく。

あっという間の出来事だった。襲撃者の二人が、動けなくなっていた。いや、最初に倒した二人を加えれば四人だ。体格的には明らかにユリウスの方が華奢で小柄だろう。にもかかわらず、息一つ乱さず、流れるような動きで大柄な男二人を斬り伏せた。

以前クレストに「ユリウス様の護衛は大丈夫なの？」と問いかけたことがある。その際、クレストは珍しく無表情に苦笑を刻み、

「あの方には元々護衛など必要ありません。陛下同様、とてもお強い方ですから」

と答えた。日々鍛錬を欠かさずに行っていることは知ってはいたが、まさかこれほどまでに強いとは思ってもいなかった。

「この程度で俺の首が取れると思うとは、刺客のくせに随分と甘いな」

低い声が吐き出される。ユリウスは右手の剣を構え直すと、立っている最後の一人に白い仮面を向ける。襲撃者は自らの劣勢を悟ったのか、じりじりと後方へと下がっていく。

「いいか、お前の雇い主に伝えろ。オルガ帝国は皇帝陛下が守る国だ。どんな理由があっても、この国の人間を手にかけることは、俺が絶対に許さない」

ぞっとするほどに冷たい声だった。自分に向けられているわけではないのに、ルーティエの体も強張る。

「次に同じことがあれば、必ず大本まで突き止め、関わった存在をすべて消す。二度と帝

国の地を踏むな。仲間を連れてとっとと出て行け」

　ユリウスに視線を向けたまま、徐々に後方へと下がっていた男は、倒れている男たちに短く声をかけた。二人は傷口を押さえつつふらふらとした足取りで、他の二人は無傷の男の手を借り、全員が少しずつ後退していく。その姿は、闇の中へと消えて行った。

　ユリウスはしばらく男たちが消えた方向を油断なく見据えていた。足音が完全に消えてなくなるのを確認すると、右手に持った剣を腰の鞘へと戻し、ルーティエへと近付いて来る。

　ユリウスは座り込んだままのルーティエと視線を合わせるように片膝をつくと、先ほどとは違う穏やかな声で問いかけてくる。

「大丈夫か？　どこか痛いところは？」

「転んだときに左腕を軽く打ったぐらい。私よりも、ユリウス様は？」

「見ての通り、怪我一つない。あの程度の相手に怪我をしていたら、陛下をお守りすることなどできない」

　ユリウスはあの男たちを全員、殺すこともできた。そうしなかったのは、多分ルーティエに死体を見せないためだったのだろう。

「そう。あの、どうしてここにユリウス様が？」

「クレストから使いが来て、俺が出したという伝言について聞いた。俺はそんな伝言は出していない。嫌な予感がして急いで宮殿へと戻っていた際、ちょうど警備担当の兵士に診療所へと担ぎ込まれるクレストに会ったんだ」

クレストの名前に、ルーティエははっとしてユリウスの上着を掴んだ。

「クレストは？　彼は大丈夫だったの？　怪我は？」

矢継ぎ早に問いかけるルーティエに、ユリウスは安心させるように言う。

「大丈夫、命に別状はない。しばらくの間仕事はできないかもしれないが、一月もすれば通常の任務に戻れるはずだ」

その言葉に、ほっと胸を撫で下ろす。

「もうすぐ警備の兵士が来るはずだ。ここの後処理は彼らに任せる。とりあえず、早く宮殿に戻ろう」

周囲には血の臭いが充満している。こんな場所では落ち着いて話もできないだろうと思ったのか、ユリウスは穏やかな声音で促す。だが、ルーティエの体は動かなかった。

「私は……フロレラーラ王国のためには、ここで死んだ方が良かったのかもしれない」

ルーティエはユリウスの上着を強く掴んだまま、ぽつりともらす。言葉にするとそのことを嫌でも痛感させられるようで、ルーティエは深く俯いた。

「先ほどの襲撃者が、アレシュ王国の手の者かもしれないからか？」

驚いて顔を上げると、仮面越しに視線が重なった。どうしてと、声にならなかったルーティエの疑問に、ユリウスは静かな口調で答える。

「ほんのかすか、彼らの語尾にはアレシュ王国特有の訛りが感じられた。とはいえ、それだけで大本がアレシュ王国だと考えるのは、いささか早計ではないかと」

博識で、頭のいい人だと思った。ルーティエはアレシュ王国出身のレイノールと一緒に過ごした期間が長かったため、襲撃者のかすかな訛りに気が付いた。しかし、アレシュ王国と断絶状態のオルガ帝国で暮らすユリウスが、そのことに気が付くとは思わなかった。

「……彼らがアレシュ王国の人間であることは、間違いないわ。私が間違えるはずがないの、絶対に」

長い時間を、あの人と共に過ごしてきたんだから。その言葉は音としては生み出されなかった。

「確かに、同盟国にとってあなたの存在は邪魔かもしれない。あなたがオルガ帝国にいる限り、フロレラーラ王国はオルガ帝国への無理な武力侵攻を認めないだろう。それに、あなたと俺との婚姻は、オルガ帝国がフロレラーラ王国を支配する名目になっている。あなたという存在がいる限り、同盟国はオルガ帝国へ公然と攻め入ることが難しい」

だから、秘密裏にルーティエを暗殺しようとした。恐らくオルガ帝国の人間が手を下したように、偽装するつもりだったのだろう。

ルーティエは唇を噛み締めた。悲しみとも怒りとも、絶望とも言えない感情で胸は黒く染まっていく。

「だが、アレシュ王国ではない他の同盟国が、勝手に動いた可能性もある。アレシュ王国がやったように見せかけるため、わざと襲撃者に彼の国の人間を選んだのかもしれない」

「それはないと思うわ。同盟国の中心はアレシュ王国。一番の力を持つ彼の国に秘密裏に動くようなこと、他の国は絶対にしないはずよ」

「たとえそうだとしても、彼が……レイノール第一王子が賛成しているとは限らない。むしろ、知らない可能性の方が高いだろう」

ルーティエは大きく首を横に振った。髪が乱れるのも気にせず、横に振り続ける。

「関係ないの。レイが関わっていようといまいと、関係ない。アレシュ王国が主犯かどうかもどうでもいいの。重要なのはただ一つ……フロレラーラ王国のためには、私という存在は必要ない、そのことだけ」

ルーティエの心の支えは、愛する故郷であるフロレラーラ王国だった。きっといつか国に戻れる日が来る、笑顔で家族や民と話ができる日が来る、そう信じていた。

だが、フロレラーラ王国の明るい未来のために、ルーティエが邪魔なのだとしたら。

ルーティエは深く俯いた。瞳の奥が熱くなる。泣きそうになって、けれど、絶望と悲しみが強過ぎるのか、逆に涙は出て来なかった。

むせ返るような血の臭いと、先ほどの騒動が嘘のような静寂とが周囲を包む。数秒の沈黙を置いて、ユリウスの澄んだ声が響き渡る。

「もし、たとえもし、フロレラーラ王国にとって、そして同盟国にとってあなたという存在が必要なくなったとしても、俺にはあなたが必要だ。それでは、あなたが存在する理由にはならないか？」

思いがけない言葉に、ルーティエは顔を上げた。視線の先には白い仮面がある。表情はわからないものの、嘘や冗談の類ではないことだけははっきりとしていた。

（……どうして？　だって、私はあなたにとって望んでもいない妻で、何の利益も与えることができないのに。むしろ『花姫』である私は、いつかこの能力であなたに迷惑をかけるかもしれない……傷付けてしまうかもしれないのに）

お互いのこともほとんど何も知らないのに、ユリウスがルーティエを必要とする理由がわからない。

声に出さなくても、困惑の表情を浮かべるルーティエが何を考えているのか察したのだろう。ユリウスは淡々とした、けれどどこか硬さの宿る口調で話し出す。

「十年ほど前、俺の母は皇后によって毒殺された。その後、皇后は陛下の命によって処刑され、当然宮殿内だけでなく国中が大騒ぎとなった。その前から兄たちとは折り合いが悪かったが、それが決定打となり、兄弟の仲は最悪の状態になった」

ユリウスは少し迷う素振りを見せ、しかし意を決した様子で右手を仮面に伸ばす。ルーティエが驚く間もなく、ユリウスは自らの顔を覆っていた白い仮面を外した。

仮面の中から現れたのは、ルーティエが想像していた通りの端整な顔だった。目鼻立ちのはっきりした顔には中性的な色が濃くにじみ、意志の強さを思わせる瞳が輝いている。よくよく見ると、瞳は黒に金色が混じった不思議な色合いを湛えていた。顔立ちを含め、全体的にどこかオルガ帝国に住む人々、サーディスやアルムートとは違う雰囲気がある。

「俺は見ての通り、容貌が他国出身の母に似ていた。髪の色は黒いが瞳の色は明らかにオルガ帝国の人間とは違い、顔立ちも母親似だ。だから、宮殿内で俺の容姿はいつも浮いていた。母が生きていた頃は、まだ我慢できた。母が一緒だったから……」

じっと見つめていると、左目の上に薄らと傷跡のようなものが見える。親指の腹程度の小さな傷は、目を凝らさなければわからないぐらい薄い。が、何故かルーティエの記憶の琴線を揺らす。

（以前どこかで、見たことがある？　いえ、そんなはずがないわ。でも……）

自分自身の中で揺れる記憶に戸惑うルーティエの前で、ユリウスは金混じりの黒い瞳をどこか遠くへと向けながら話し続ける。

「母が死に、俺は一人になった。父は父である前に皇帝で、アーリアナやクレストは望んでも同列には並べない。幼い俺は、自分が一人だと思った。兄たちには冷たい態度を取られ、宮殿にいる貴族や高官には奇異の目を向けられ、弱かった俺は逃げ出した」

平坦な、悲しみも寂しさも感じさせない口調でユリウスは続ける。今はすべてを自分の中で消化しているのかもしれない。しかし、そのときの彼はきっと母親がいなくなってしまったことを深く悲しみ、絶望していたのだろう。

「行く当ても目的ももちろんなかった。ふらふら歩いて気が付いたら、一面のタンポポの花畑の中にいた。そこはオルガ帝国とフロレラーラ王国の国境地点、山脈の間にある小さな花畑だった。恐らくほとんどの人間がその存在を知らなかったはずだ」

「タンポポ畑……」

鮮やかな黄色が、ルーティエの頭の中に蘇る。

「そこで、俺は一人の女の子に会ったんだ。タンポポを摘んでいた彼女は、ふらふらと歩いていたこちらに気が付くと、近寄ってきた。そして、暗い顔でぼんやりしている俺を見て、笑顔でその手に持っていたたくさんのタンポポを差し出してくれた」

何か記憶に引っかかるものを感じる。でも、それが何なのか、はっきりとしない。悩むルーティエに答えをくれたのは、次にユリウスの口から出た言葉だった。

「その子は俺に花を手渡しながら、こう言った」

――お花はね、見た人の心を明るくしてくれて、笑顔にしてくれるの。笑顔になるとね、体も元気になるんだよ。だから、このタンポポ、あなたにあげる。

そんな、まさかと、ルーティエは目を見開く。ユリウスが口にしたのは、ルーティエがよく母から聞かされていた言葉、大好きな言葉だった。

一面のタンポポの花畑。確かにルーティエの記憶にある。父の視察にくっついて行き、兄やイネース、レイノールも連れず、一人で冒険と称して歩き回っていた時期、タンポポ畑を見付けた。とても綺麗で、独り占めしたい気持ちになって、兄たちには言わなかった。

だが、正直なところあのタンポポの花畑には、良い記憶よりも悪い記憶の方が強く残ってしまっている。他でもないルーティエが自らの能力で壊してしまった場所だから。

「俺は何度かそこに足を運び、彼女も会いに来てくれた。彼女の明るさが、落ち込んでいた俺にとって救いになった。嫌いだったこの瞳の色も、彼女がタンポポに似ていて綺麗だと言ってくれたおかげで、少しずつ受け入れられるようになった」

ユリウスの瞳がルーティエを真っ直ぐに見る。金色、タンポポに似た色を帯びた瞳。不意に、ルーティエの中で曖昧だった記憶の欠片がかちりとはまった。

金を帯びた黒い瞳、左目の上に薄らと残る傷跡。ルーティエが能力を暴走させ、傷付けてしまった子のことをようやく思い出した。能力の暴走で高熱を出し、数日間寝込んだとはいえ、今の今まで忘れてしまっていた自分自身に嫌気が差す。

「……ご、めんなさい。私、あなたを、幼いあなたを、私の能力で」

「謝る必要はない」

上着から震える手を離した。ルーティエのかすれた声を、ユリウスは一蹴する。

「でも、ユリウス様がそのような仮面を被っているのは、私が付けた傷のせいでは？」

「最初はそうだった。傷を隠すために、そして母親似の容貌を隠すために着けていた。だが、いつしか自分自身の弱さを隠すための仮面になっていた。見ての通り、もう傷跡なんてほとんどわからないだろう。この仮面は、俺にとっては弱い心を守る鎧でもある」

国のためには、ときには皇子として非情な対応もしなければならない。しかし、元来優しい性格のユリウスは、サーディスのように振る舞うことはできなかった。仮面を着けることで、表情を隠すことで、国のために強い自分になれた、と続ける。

「だから、むしろあなたには感謝している。仮面を着けるきっかけをくれたのだから」

たとえそうだとしても、やはりルーティエの心が晴れることはない。他人を、ユリウスを傷付けたのはルーティエだ。ルーティエの能力が、彼に怪我を負わせた。

（――やっぱり私なんて存在しない方がいいんだわ。フロレラーラ王国のためにも、きっとユリウス様のためにも）

俯きそうになったルーティエに、ユリウスが突然頭を下げる。ルーティエは思わずぎょっとして、目を丸くした。

「それに、むしろ謝るのは俺の方なんだ。『女神返り』という強い能力があるとあなたが言ったとき、思い切り歌ったらどうなるのか、タンポポ畑をもっとたくさんのタンポポで彩ることができるんじゃないかと、そう言ってあなたに能力を使わせた。あなた自身は家族に人前で能力を使うなと言われているからと、躊躇していたのに」

「あ、あの、でも、あのとき私が歌ったのは、私自身の意思だった。だから、あの、ユリウス様が謝る必要は全然ないわ」

「ならば、あなたも謝罪する必要はない。あの場所を壊してしまったことは、今でも心苦しい。が、お互いにとって、もう過去のことだ。謝り合うのはやめよう」

でも、という言葉は、向けられるユリウスの視線を受けて飲み込む。代わりに、ルーティエは疑問を口にした。

「……いつ、気が付いたの？　そのときの子どもが、私だって」

「最初から。正確に言えば、フロレラーラ王国を侵攻する前、偵察として密入国したことが何度もあり、その際見かけたときに。一目で、あなたがあの少女だとわかった」

薄紅色の髪に、菫色の瞳。何よりも明るい笑顔。成長していてもすぐにわかったと、ユリウスは金を帯びた黒い瞳に温かな光を宿す。

どきりと、ルーティエの胸が高鳴る。鼓動が速くなり、温かさと喜びが湧き上がり、そわそわと落ち着かない感覚に襲われる。

「言うつもりはなかった。幼い頃のあなたとの思い出は、弱かった俺を変えてくれた大切なものだ。だが、思い出は思い出。今の俺にとって大事なことは国に尽くし、民を守ること。だから、覚えていない様子のあなたに過去のことを話さず、距離を保って接するようにしていた」

口数の多い方ではないユリウスがここまで多弁に語るのは、ひとえにルーティエに自分の気持ちを伝えようとしてくれているからなのだろう。穏やかで優しい音色が、絶望で暗くよどんでいたルーティエの心を柔らかく包み込んでいく。

「だが、あなたと接する内に、少しずつあなたに惹かれていった。現状を嘆き悲しむだけじゃなく、懸命に前を向いて自分のできることを見付けようとしていること。オルガ帝国のことを知ろうと努力していること。そして、この国の民のために、本当は嫌っている能力を使ってくれたこと」

出会った頃が嘘のように、ユリウスの声音は温かく響く。そこにはもう、ルーティエをお客様扱いする様子はなかった。

「あなたと共にいると、皇子としての仮面を被った自分じゃなく、ユリウスという素の自分でいられる気がする。きっとあなたは俺にとって心を明るくしてくれる花なんだろう。だから、どうか自分が必要ないなんて思わないで欲しい」

落ち着いた金を帯びた黒い瞳がゆるやかに細められ、口元に微笑が刻まれる。初めて見る仮面のないユリウスの笑顔に、ルーティエの瞳からはぽろぽろと涙がこぼれ落ちていた。

何故涙が流れるのか、自分でもよくわからなかった。悲しいのか、嬉しいのか、苦しいのか、自分でも判断できない。それでも、ぐちゃぐちゃになった感情の中で、たった一つだけはっきりしているものがあった。

(私は、きっとこの人に惹かれ始めている。まだ恋と呼ぶには淡い感情かもしれない。でもきっと、遠くない内に恋になり、愛情に変わっていくはず。そう信じられるから)

傍にいてくれるユリウスに、もはや憎しみの感情など一欠片も抱いてはいなかった。

「ルー」

小さくそう呟けば、ユリウスから「え？」という声が戻ってくる。頰を流れる涙を手の甲で拭い、不格好な笑みを浮かべて、ルーティエはもう一度繰り返す。

「ルー。家族はみんな私のことをそう呼ぶの。だから、ユリウス様もそう呼んで。だって、あなたは私の家族でしょう？」

驚いたように目を見開き、その後瞬きを数度繰り返し、ユリウスはとても綺麗な笑みを浮かべる。金色を混ぜた黒の瞳も、母親似だという顔立ちも、ルーティエには美しく輝いて見えた。

「俺のこともただユリウスと、そう呼んでくれ。様付けは必要ない。あなたと俺は家族で、対等なのだから」

「ええ、わかったわ。これからはユリウスと呼ばせてもらう」

「突然なんだが、一つあなたとの約束を破っても？」

ルーティエは「え？」と首を傾げる。破られるような約束を彼とした覚えがない。

「女神にあなたには触れないと誓ったが、もし許されるのならば抱きしめさせて欲しい」

きょとんとしたルーティエは、一拍の間を置いて、一気に全身の熱が上がっていくのを感じた。あ、とか、う、とか意味のない言葉がもれそうになるのを抑える。

迷ったのは一瞬だった。ルーティエは頷くことで返事をする。

恐々と、まるで壊れ物を扱うかのごとく優しい手付きで、ユリウスはそっとルーティエの背中に手を回す。華奢に見えるけれど、抱きしめられるとやはり彼も男性であることがわかる。体を包み込む骨張った感触と共に、汗の匂いがかすかに鼻に届く。

触れた体は温かい。恥ずかしくてすぐに離れたい気がする一方で、心を満たす安心感と幸福にずっと抱きしめていて欲しい気にもなる。感じたことのない不思議な気持ちだった。

ルーティエは迷いつつも、ユリウスの背中に手を伸ばす。そろそろと背に触れると、強張っていたユリウスの体から力が抜けていくようだった。代わりに、抱きしめる力が強くなった気がする。

「絶対に、何があってもあなたのことは俺が守る、ルー」

「ありがとうございます。でも、私は守られるだけは嫌なの。家族だったら、お互いに支え合って生きていくべきだわ」

――私にできることは限られると思う。それでも、あなたの重荷をほんの少しだけ分けてもらうことはできるはずだから。頼りないかもしれないけど、一人で抱え込まないでときには頼って欲しい。

抱きしめられたまま続けると、耳元でユリウスが息を呑むような音がした。少しの沈黙の後、今まで聞いた中で一番優しい音色がルーティエの耳を打つ。

「……ありがとう、ルー」

どんな顔をしていても、たとえ仮面を着けていたとしても、ユリウスという人の内面は決して変わることがないと思った。そして、彼が彼である限り、妻としてこの人を支えていきたい。ルーティエは無意識の内にそう願っていた。

「私はきっとあなたを、そしてこの国のことを好きになれるわ」

口中でぽつりと呟く。自身でささやいた言葉が、ゆっくりと自分の中に溶けていく。

雪の気配はすぐそこまで近付いている。けれど、ルーティエは寒いとは思わなかった。

安静にすること数日、ルーティエは我慢の限界を迎えつつあった。

ベッドの上に上半身を起こした状態で本を閉じると、傍に控えているアーリアナへ「ねえ」と声をかける。しかし、肝心の内容を言葉にする前に、無表情のアーリアナは「ダメです」とぴしゃりとはねつけた。

「何を言われようとも、あと二日は絶対安静にしていただきます。少しでも逃げようとなさったら、問答無用でベッドに縛り付けますよ」

うっと、ルーティエはうめき声をもらした。これ以上は何を言っても意味がないだろう。はあと、大きなため息を一つ吐き出す。

「心配してくれるのはすごく嬉しいわ。でも、左腕を軽くぶつけたぐらいで大きな怪我はないし。むしろ、もう左腕の痛みも治まってきているし」

ぶつぶつと意見を言っても、アーリアナは常の無表情を崩さない。

突如襲撃者に襲われた日から、今日で三日が経過しようとしていた。マリヤン大宮殿に戻ったルーティエとユリウスを出迎えたのは、正門の前で仁王立ちをし、非常に怖い顔をしたアーリアナだった。クレストからルーティエが襲われたという一報が届けられ、それを耳にしたアーリアナは一目散に正門前へと飛び出し、ルーティエたちが戻るのをずっと待ち続けてくれていたらしい。

視線が重なった瞬間、アーリアナは無表情のままでぼろぼろと泣き始めた。ぎょっとしたルーティエだったが、彼女の口から「ご、ご無事でよかったです」という一言がもれるのを聞き、温かさで胸が満たされていった。

その後は、たとえ激怒しているときでも落ち着きを失わないリデル女官長が真っ青な顔で居室に飛び込んで来たり、使用人たちが代わる代わる部屋の前に心配そうな顔で様子を見に来たりと、大騒ぎだった。落ち着いて休むこともできない騒がしさだったが、ルーティエはその騒がしさが嬉しいものに感じられた。

望んで訪れた場所ではないオルガ帝国。すべてが敵だと思っていた。それでも、自分のことを心配してくれる人が確かに存在する事実に、ルーティエはようやく新しい居場所を見付けられた気がした。

「私よりもクレストの方が重傷なんだから、弟の方の看病をしてあげればいいのに」

「あら、クレストならば今朝からすでに軽い鍛錬を始めています。体だけは無駄に丈夫な弟ですから、あの程度の怪我なんて心配する必要もございません。二週間もすれば通常通りです」

「いや、あの、私クレストは一週間絶対安静って聞いていたんだけど。だから、お礼を言いに行くのもそれからにしようと」

「お礼なんて必要ありません。むしろ、私からきつく叱っておきましたから、この馬鹿野郎が、命がけでルーティエ様を守れよな！　と。ぜひともルーティエ様も罵って、いえ、怒ってやってくださいませ」

後からルーティエ様の所にも謝罪に来ると思いますからと、しれっとした口調で言うアーリアナに、ルーティエは苦笑いを浮かべることしかできなかった。

「弟が頼りにならないと知った今、私はもう二度と、ルーティエ様から目を離さないことに決めました。いついかなるときもルーティエ様にくっつき、命がけでお守りさせていただく所存でございます」

「……うん、ごめんなさい、勘弁して。気持ちだけで十分だから、ね」

「いいえ、ダメです。ルーティエ様には勝手に一人で裏庭を歩き回っていたという前例がございますゆえ、私は到底安心できません」

「わかった、わかったから。もう勝手に歩き回らないようにするわ……できるだけ」

じとっとした視線を、ルーティエは気付かない振りをしてやり過ごす。

後でユリウスに頼んでクレストの所に顔を出させてもらおうと思っていると、扉を開けたままの隣の部屋からノックの音が響く。ルーティエは素早く寝室を出ていったアーリアナの後ろ姿を見送った。ノックをしたところをみると、ユリウスではないのだろう。

アーリアナを筆頭に心配してくれるのは本当に嬉しいのだが、そろそろ宮殿内を自由に歩き回るぐらいはさせて欲しい。それも後でユリウスに相談しようと思っていると、

「あ、あらかじめご訪問の旨を伝えていただければ、きちんと準備しておきましたのに」

と、隣の部屋からアーリアナらしからぬ焦った声が聞こえてきた。首を傾げていると、

「失礼する」という一言と共に寝室にサーディスが姿を見せる。

「サーディス陛下！」

アーリアナが焦っていた理由がよくわかった。供も付けずに一人で現れたサーディスに、

驚きの声を出す。

何故彼が訪問したのかはわからない。とはいえ、さすがに皇帝陛下の前で、のんびりとベッドに横たわっているわけにはいかない。慌てて立ち上がろうとしたルーティエの動きを、サーディスは軽く手を振って制する。

「いい、そのままで。少し話をしに来ただけだ、すぐに戻る」

サーディスはルーティエと向き合う形でベッドの前に立つと、感情のうかがえない声を出す。

「怪我の具合は？」

「え？　あ、はい、腕を軽くぶつけただけですから、もう普通に動かす分には何の支障もありません」

「そうか、傷跡が残らない怪我で幸いだ」

「ご心配していただき、ありがとうございます」

まさかサーディスに怪我の具合を聞かれるとは思っていなかった。内心で驚きつつ、ルーティエは頭を下げる。

ふと、サーディスの瞳がベッド脇、テーブルの上に飾られた花瓶へと向けられる。

「綺麗な花だな。バラなどに比べると随分地味な見た目ではあるが」

そこにはパンジーとビオラ、コスモスの花が飾られていた。確かにバラやカトレアといった華やかな花特有の美しさはないかもしれない。が、ルーティエにとっては何よりも美しい花に見えた。

「庭師の方々が届けてくださった花です。わざわざ苗を用意して、温室で育ててくれていたみたいで」

ルーティエがパンジーやビオラを育てたいと言ったあの日から、庭師の人々は本来の仕事が忙しい中、他国から苗を取り寄せて温室で育ててくれていたらしい。ルーティエ様の部屋に飾って欲しいそうです、早く元気になって中庭に顔を見せてくださいと言っていましたと、アーリアナが花を持ってきてくれたときには、嬉しくて思わず泣いてしまった。

ルーティエは花瓶からサーディスへと視線を移す。

「陛下、私はまだ答えを出せていません。でも、きちんと答えを見つけます。フロレラーラ王国の一員としてではなく、オルガ帝国の一員として」

何を、とはサーディスは問いかけてこなかった。ただ小さく頷き、口元に微笑を刻む。

「それから、陛下に一つお願いがございます。裏庭にある白いバラのお世話を、私に任せてもらえないでしょうか？」

「……何故だ？」

「咲かせたいからです。綺麗に咲いた白バラを、ユリウスと一緒に見ると約束しました」

「あれはずっと咲かないバラだ。もしかして、そなたの持つ力で咲かせるつもりか？」

「いいえ、歌うつもりはありません。歌ではなく、時間と愛情を注いで咲かせたいと思っております」

「そうか。好きにすればいい。枯らさないのであれば、何をしても構わん」

サーディスは身を翻すと、寝室の扉へと歩き出す。

「あの、もうお戻りになるんですか？　すぐにお茶を用意いたしますから」

「そなたの顔を見に来ただけだ。元気ならば問題ない」

背中越しに淡々と答えたサーディスは、ふと何かを思い出したように足を止めると、ルーティエの方を振り返った。

「ああ、忘れるところだった。そなたに客が来ている。ユリウスが迎えに行っているから、そろそろ到着する頃だろう」

質問をする間もなく、サーディスは現れたとき同様、あっという間に居室から出て行ってしまう。アーリアナと共に呆気に取られていると、今度はノックもなく扉が開けられる音がした。

「廊下で陛下に会った。もしかしてここに来ていたのか？」

想像通りの人物が寝室に顔を見せる。白い仮面に黒い服、マントは着けてはいなかった。見慣れた姿にほっと胸を撫で下ろしながら、ルーティエは頷いた。

「ええ、そうなの。突然訪ねてこられて。そういえば、陛下が仰っていた客って」

一体誰のこと、と続けることはできなかった。ユリウスに続いて寝室に入って来た人物の姿に、ルーティエは口を開けたまま目を見開く。信じられない人がそこにはいた。

「テオフィルお兄様！」

ルーティエが大きな声を上げると、テオフィルは足早にベッドに近付いてきて、思い切り体を抱きしめてくれる。温かく優しい体温と甘い花の香りが、間違いなく兄だということを教えてくれた。

「元気そうでよかった、ルー。怪我をしたと手紙が届き、心配していたんだ」

「大丈夫よ、お兄様。怪我といっても左腕を少し痛めただけで、もうほとんど痛みもないんだから」

わずかに体を離し、心配そうに見つめてくる濃い紫色の瞳に笑みを返す。銀灰色の髪をうなじの辺りで一本に結い、やや吊り上がった目元には優しい光が宿っている。ルーティエが母に似たのに対して、テオフィルとイネースは父に似た容貌をしている。

「でも、どうしてお兄様がここに？　皇帝陛下のお許しがないと、オルガ帝国を訪問することはできないでしょう？」

「サーディス皇帝陛下がお許しをくださった。そして、ユリウス皇子がすぐにここに来られるように、手配してくださったからだ」

驚いて視線をユリウスに向けると、彼は口元に優しい笑みを刻んでいた。仮面の中にある瞳にも、とても柔らかな光が浮かべられていることがわかる。

説明されなくても、ユリウスが自分のために兄をオルガ帝国へと招いてくれたことは明白だった。命を狙われ、心身共に傷付いたルーティエを慰めるため、きっと大分無理をしてサーディスや高官たちに働きかけてくれたのだろう。

「俺は席を外す。アーリアナは廊下に控えていてもらうから、何かあったら呼び鈴を鳴らしてくれ」

「いいの？　私たちを二人だけにしたら、本当はいけないんじゃ」

「ルー、そんなこと心配しなくてもいいんだ。二人だけで話したいこともあるだろうし、気にせずにゆっくりと話すといい」

「ええ、わかった。ありがとう、ユリウス」

にっこりと笑みを浮かべ、寝室を出ていくユリウスを見送る。アーリアナも後に続き、深く一礼すると寝室の扉を閉めて出て行った。

「ルー、お前は……」

二人だけになった寝室で、ルーティエの体から離れたテオフィルは小さな声で呟く。どこか強張った声に、ルーティエは小首を傾げた。

「お兄様？　何か？」

「いや、何でもない。それにしても、お前が元気そうで本当によかった。父上たちにも安心して報告できるな」

「お母様の具合は？　まだ臥せっていらっしゃるの？」

「いや、最近は起き上がって散歩をすることも増えた。お前が元気だと伝えれば、母上の調子もより一層良くなるだろう。今回の怪我の件については、黙っておくつもりだが」

「少しでもお母様の調子が良くなっているんだったら、よかったわ。イネースはどう？」

「相変わらずだ。むしろここ最近は姿を消すことが増えた気がしてな。まあ、私も使用人たちも注意して見守っているから、滅多なことにはならないだろう」

ルーティエが沈んだ顔で「そう」と呟くと、テオフィルが手にしていた袋を差し出す。

「そうだ、イネースといえば、これをあいつから預かってきたんだ」

テオフィルから受け取った紙袋を覗く。中には茶葉が入っていた。ぱっと、ルーティエの顔には笑みが浮かぶ。

「これ、ハーブティーね！」

「ああ、イネースがブレンドしたものらしい。お前やユリウス皇子に迷惑と心配をかけてごめんと謝っていた。せめてものお詫びとして、ぜひユリウス皇子や陛下と一緒に飲んで欲しい、とのことだ。まだ手紙は書く気分になれないが、いずれちゃんと返事をする、とも。もう少しだけあいつが落ち着くのを待ってやってくれ」

袋の中の茶葉からは、甘い花の香りが漂ってくる。きっとイネースが一生懸命ブレンドしてくれたものなのだろう。

「それからもう一つ、絶対にお前に伝えて欲しいという伝言を預かった。良薬は口に苦いものだけど心配いらない。何が起きてもルーの身の安全は保障されているから、落ち着いて待っていて欲しい、と」

「良薬？　安全？　何のことかしら。私にはイネースの伝えたいことが、よくわからないわ。お兄様にはわかる？」

「私にもよくわからん。あいつもまだ混乱しているから、話半分に聞いておくといい」

何となく嫌な感じがしつつも、テオフィルの言葉に頷く。

「だが、本当にお前が元気そうで安心した。怪我のことだけじゃない。母上同様、心労で精神的に参っているんじゃないかと心配していたんだ。最近の手紙では前向きなことが色々書かれるようになっていたが、こちらを心配させないための空元気じゃないのか、と気を揉んでいたからな」

「心配してくれてありがとう、お兄様。私のことなら大丈夫よ。だって、じめじめうじうじして過ごすなんて、いつもの私らしくないでしょう？」

「ああ、そうだな。フロレラーラ王国にいたときの明るいお前を、ここ、オルガ帝国でも見られるようになるとは……不思議なものだな」

テオフィルの声音には安堵と共に、わずかな困惑がにじんでいるように感じられる。しかし、視線を向ければ穏やかな笑みが返ってきた。

しばらくお互いの近況を話した後、ルーティエはずっと気掛かりで、聞きたくて仕方がなかったことを尋ねる。

「お兄様……国は、フロレラーラ王国はどんな様子なの？　民は？」

恐る恐る問いかけたルーティエに、テオフィルは神妙な面持ちで答える。

「手紙に書いている通り、国の様子に特別変わったことはない。帝国に侵攻され、支配されたといっても、実質的に大きな変化があったことと言えば、他の同盟国との密接な関わりを断たれたぐらいだ。不思議なことに、皇帝は他には一切の手出しをしてこない」

あの夜、裏庭でアルムートと話していた通り、サーディスはフロレラーラ王国への直接的な関与はしていないらしい。

「皇帝の狙いが一体何なのか、何を目的としてフロレラーラ王国へ侵攻したのか、父上と私にもいまだ理解できない」

テオフィルは小さく首を横に振りながら、小声で呟く。

サーディスには何か目的があることはわかる。ただ、それが何なのかはルーティエにもまだわからなかった。

しかし、サーディスは決してフロレラーラ王国を滅亡に導く行為はしないだろうと、そんな確信もあった。とはいえ、根拠もなくそんなことをテオフィルに言うわけにもいかず、ルーティエは「私にもよくわからないわ」と答えるに留めた。

「そうだ、お父様とお母様、それにイネースに手紙を書くわ。すぐに用意するから、ちょっと待っていて」

ベッドから立ち上がり、呼び鈴を取ろうとしたルーティエの腕を摑んだテオフィルは、上着から何かを取って差し出してくる。

「手紙？　誰から？」

「……レイからだ」

ささやくような声でテオフィルが言った。ルーティエは固まってしまう。すぐに反応できず、差し出された手紙を固まったままじっと見つめる。

数分後。ようやく正常な思考を取り戻したルーティエは、ゆるやかに、けれど強い調子で首を横に動かした。

「それは、受け取れないわ。受け取ることはできない」

ルーティエの答えに、テオフィルは眉根を寄せる。それも当然だろう。兄は妹が嬉々として手紙を受け取ると思っていたはずだ。恐らくオルガ帝国に来た頃のルーティエだったら、一目散に飛び付いて手紙を読んでいた。

「同盟各国との連絡が寸断されている中、レイは何度も危険を冒して手紙を寄越していたんだ。お前が無事かどうか、本当に心配していた。今回も私がオルガ帝国に直接訪問することを知り、こうやってお前への手紙を私に託したんだ。こんな機会でもなければ、帝国の人間の目を盗んでレイの手紙をお前に渡せないからな。それなのに、お前はどうして受け取ろうとしないんだ？」

「その手紙が私にではなく、ルーティエ・フロレラーラに宛てられた手紙だから。私は、ルーティエ・エリシャ・ノア・オルガは、その手紙を受け取ることは絶対にできない。それは、あの人を裏切ることに繋がってしまうもの」

手紙に何が書かれているのかはわからない。が、レイノールがずっとルーティエのことを心配してくれていたのだとしたら、今でもなおルーティエのことを想ってくれているのだとしたら、オルガ帝国から逃亡する算段が記されている可能性が高い。

「お前は、もうレイのことを好きではないのか？　私はお前たち二人が結婚するのが当然だと、ずっとそう思っていた。父上や母上、イネースだって、それがあるべき形だと思っているはずだ」

　だからこそ、お前はこんなところにいてはいけない。どんなことをしても、絶対にお前をオルガ帝国からフロレラーラ王国へと連れ戻し、幸せな結婚ができるようにするから。声にはならなくても、優しい兄の声がルーティエには痛いほどよく聞こえてきた。

　ルーティエは深く息を吐き出し、すぐ傍にいるテオフィルの顔を見据える。どこか緊張した表情に、ルーティエは静かに語りかける。

「ねえ、お兄様。私ね、恋も愛も本当はよくわからなかったの。レイには好意を抱いていた。でも、それはお兄様への気持ちに似ていたわ」

　それでも、いつかレイノールに恋し、彼を愛するようになれると思っていた。

「幸せなだけが恋かしら？　喜びに満たされるだけが愛かしら？　ただ共にいて幸福を噛み締めることだけが、夫婦かしら？」

　幸せに満たされることだけが恋で、愛で、共にいる証なのだと、子どもの頃からそんな風に考えていた。幸せになれるのが、結婚だと思っていた。

　けれど、それは違う。きっと本当の恋や愛は、幸せに満たされるだけの感情ではないのだろう。

「たとえ自分が幸せになれずとも、ただ相手の幸福を願う。苦しくて辛くて悲しくて、絶望に覆われそうになった瞬間、相手の笑顔が生きる糧になる。相手の重荷を分かち合い、苦しい道でも共に歩みたいと願う。それは、恋や愛ではないのかしら？」

箱庭のような温かさに満たされた場所とはほど遠い国で、ルーティエは知ってしまった。父や母のようなあり方も夫婦の形の一つだけれど、それ以外にも様々な形の夫婦が存在しているはずだ。

――侵略という最悪の出会いで、政略という、意思などない結婚をし、形ばかりの夫婦になったルーティエとユリウス。でも、この先二人だけの夫婦の形を築いていけるはずだ。

「彼のことは今でも好きだと思うし、私を好きになってくれたことに感謝もしている。でもね、私にはもうレイ、いえ、レイノールの愛情をただ純粋に受け入れることはできない。できなくなってしまったから」

「……ルー、お前はあの方のことが、ユリウス皇子のことが好きなのか？」

「正直に言えば、まだよくわからないわ。好きだとか、愛しているとか、そんなことは私にはまだわからない。でも、共にいたいとは思い始めている。妻として支えていければと、そう思い始めているわ」

自身の想いをしっかりと告げる。テオフィルがルーティエに嘘偽りを述べないと昔誓ってくれたように、ルーティエもテオフィルには決して偽りは口にしないと決めている。

「お兄様はここに来るまでに、街の様子を見た？　想像していたような風景だった？　街の人々の顔には圧政に苦しむような、そんな様子があった？」

「いや、正直、想像していた光景とまったく違う穏やかな様子に、とても驚いた。もっと民が苦しんでいる国だと考えていたからな」

「私もすごく驚いたわ。街の様子だけじゃなくて、この国に住む温かい人々のことも知って。もちろん中には自分勝手な人もいるけれど、それは王国でも同じことだわ」

温かい人がいれば、冷たい人間もいる。それはオルガ帝国に限ったことじゃない。それに、少なくともこの国を治める立場にいる皇帝と、そしてその意志を継いでいる皇子は、国や国民のことを愛し、彼らのために自らの役目を果たしている人たちだ。

「私はこの国に来て、自分がこれまで無条件に信じていたことが、実は間違っていたんじゃないかと思い始めているの。オルガ帝国に対する認識も、そして同盟についても」

どうしようかとずっと悩んでいた。何度も手紙を書いては捨て、書いては捨てを繰り返していた。こうして顔を合わせる機会ができたのは、直接話をするべきだという暗示なのかもしれない。そうルーティエは考えた。

「お兄様、大切な話があるの。フロレラーラ王国のことは今でも愛している。そこに住む国民の幸せも願っている。でも、私はオルガ帝国の一員として、この国の民にも幸せになって欲しいの。だから、本当に過ちがあるのならば、それが愛する故郷でも正したい」

迷いはもうない。ルーティエは真剣な面持ちで兄を、否、フロレラーラ王国の第一王子を見つめる。無言で視線を交わすこと数秒、テオフィルがその眼差しにどこか寂しげな、同時にとても優しい光を浮かべる。

「お前はお前の新しい居場所と、そして新しい役目を見つけたんだな、ルー」

「はい、お兄様。ですから、どうか妹ではなく皇族の一員として私が今から話すことを、兄ではなく王族の一員として聞いてください」

テオフィルは表情を引き締めると、「わかった」と頷いた。

手にしていた手紙をテオフィルが上着の中に戻すのを見ても、ルーティエは寂しいとも、悲しいとも感じることはなかった。

「イネース第二王子が贈ってくれたハーブティー、か」

テオフィルが国に戻った後、ルーティエは夕食の時間にユリウスにハーブティーのことを話した。

「先ほどお兄様が渡してくれたの。弟がブレンドしてくれたもので、色々迷惑をかけたお詫びに、ぜひ陛下やユリウスと一緒に飲んで欲しいって」

「彼に迷惑をかけられた覚えは、俺にはないが」

「いいえ、あるわ。私が国を発つとき、あなたにたくさん暴言を吐いていたもの」

暴れに暴れた挙げ句、絶対に許さない、殺してやる、とまで言っていた。もし相手がユリウスではなくサーディス、いや、アルムートだったとしたら、間違いなく無事では済まなかっただろう。今更ながらぞっとする。

「イネース第二王子の怒りは当然のものだろう。俺は彼に深夜、背後から短剣で刺されても仕方がないことをした」

「い、いや、その喩えはちょっと生々しいからやめましょう。ええと、それで、できれば近い内に陛下も一緒に、お茶ができればと思っているの。やはりお忙しいかしら？」

ルーティエの申し出に、ユリウスは無言を返す。仮面越しに向けられる視線はルーティエの手元、茶葉の入った紙袋へと注がれていた。

続く沈黙に、ルーティエがおやと首を傾げる直前、ユリウスが「わかった」と頷く。

「陛下には俺から話をしてみる。ただとてもお忙しい方だから、了承されるかはわからない。それと、もしよければその茶葉、少しだけ俺が預かってもいいだろうか？」

「え？　もちろん構わないわ。でも、どうして？」

「俺もハーブティーを調合するから、イネース第二王子がどんな風にブレンドしているのか、飲む前にぜひ勉強させてもらえればと思ったんだ」

「ふふ、なるほど、わかったわ。国で飲んでいたイネースのハーブティーはとてもおいしかったから、きっとこれもおいしくブレンドされていると思う」

ルーティエは笑顔で紙袋をユリウスへと渡した。弟がくれたハーブティーを早く飲みたいと笑うルーティエの前で、ユリウスは静かに紙袋へと視線を送っていた。

すぐには無理だろうと思っていたルーティエの予想に反して、二日後、ルーティエたちの居室で、サーディスを含めた三人でお茶を飲むこととなった。

「お忙しいところ足を運んでくださり、本当にありがとうございます、サーディス陛下」

「礼などいらん。偶然時間が空いただけだ」

「口ではこう言っていますが、本当は公務の合間にわざわざ時間を作ってくださったんですよね」

サーディスの冷ややかな目がユリウスを見る。対するユリウスはそれを気にすることなく受け流す。決して仲が良いやりとりではないものの、自然とルーティエの口には笑みが浮かんでいた。

「アーリアナ、君は廊下で待機していてくれ」

サーディスを席に案内したアーリアナは一礼をし、部屋の外へと出て行った。兵士も外で警備を行っているため、室内にいるのはルーティエたち三人だけだ。

「ユリウス、お前が淹れるのか？」

「はい。すぐに用意しますので、少々お待ちください」

ユリウスは慣れた手付きでハーブティーを淹れる。ティーポットの茶葉にお湯が注がれると、ふわりと甘い香りが部屋中に広がっていく。

ユリウスがサーディスとルーティエ、そして自分の分と、テーブルの上にカップを三つ置く。白いカップの中では、澄んだ茶色の液体が湯気を放っている。

「随分と甘い香りがする茶だな」

「陛下は甘いものが得意ではないので、特にそう感じるのかもしれません。ただ香りは甘くても、実際はすっきりとした味わいのハーブティーも多いですから」

そんなものかと、サーディスは短く鼻を鳴らす。その手がカップに伸びるのを見て、ルーティエの緊張は和らいでいく。飲まないと言われなくてよかった。

「いただきます」

テーブル越しにカップを口に運ぶサーディスと、隣の席に座るユリウスの二人を見てから、ルーティエはカップを手に持った。口に近付けると、更に甘い香りが強くなる。甘いものが苦手ではないルーティエの鼻でも、かなり甘いと感じるものだった。

最初に舌に感じたのは、眉を寄せてしまうほどの甘味だ。舌に残る甘さはリコリスだろうか。量を間違えたとしか思えないほど強過ぎる甘さの中で、ぴりっと舌を突き刺す苦味と痺れを感じる。

無作法だとわかってはいたものの、ルーティエは反射的に口を付けたままのカップにハーブティーを吐き出した。植物と関わると、自然と毒にも詳しくなる。綺麗な見た目に反して有毒な花は数多い。多少ならば薬になる植物もあるが、もちろん多量に摂取すれば死に至るような代物もある。

口にしたハーブティーは、どう考えても有毒な花、トリカブトやジギタリス、イヌサフランといった類が含まれている気がした。事実、舌を付けただけなのに、いまだぴりぴりと痺れが残っている。

（何で？　どうして？　これは、だってイネースが贈ってくれたもので……）

激しく困惑するルーティエの頭に、兄の言葉、イネースからの伝言だという「良薬は口に苦い」という一節が蘇る。

視界の端に、手にしたカップを口に近付けるユリウスの姿が見えた。それを見た瞬間、ルーティエの頭から疑問など消え失せ、彼に飲ませてはいけないという感情にだけ支配される。

「――待って、ダメ！　飲まないで！」

ルーティエは隣に座っているユリウスの手を強く摑んだ。唇に触れる直前で、カップは止まっている。ほっと胸を撫で下ろし、驚いた顔をするユリウスを横目に、サーディスにも急いで声をかけようとした。

が、それよりも早く、がちゃんと、ティーカップが床に落ちる音が響き渡る。視線を向けた先で、椅子に座っていたサーディスの体がぐらりと床に向かって崩れていくのが見えた。頭が真っ白になったルーティエには、すべてが異常にゆっくりと動いているように感じられる。

「父上！」

床に倒れた状態で激しく咳き込み、喉と胸をかきむしるような仕草をするサーディスへと、ユリウスが一目散に駆け寄る。低いうめき声と叫び声とが混じり合う。大きな音が聞こえたのか、急ぎ足でアーリアナと警備の兵士が飛び込んできた。

「アーリアナ、すぐに医者を呼べ！　早く！」

「は、はい！　すぐに呼んで参ります！」

慌ただしい様子でユリウスとアーリアナが動き回る。部屋には次々と医師や兵士、高官が訪れ、誰もが混乱し、狼狽した様子で倒れたサーディスを運んでいく。ぴくりとも動かなくなったサーディスへと、ユリウスが必死に声をかけ続けていた。

胸に手を押し当て、顔を歪めたサーディスの目が開くことも、返事が戻ってくることも、一度としてなかった。青白い顔で浅い呼吸を繰り返す姿は、普段の力強い様子とは正反対のものだった。

茶器が散乱したテーブル、茶色く染まった白いクロス、割れたティーカップ。まだ部屋の中に残る甘ったるい香りが、ルーティエを暗く蝕んでいく。

騒然とする部屋の中、ルーティエはただ呆然と、その場に突っ立ったまま眺めていることしかできなかった。

窓の外では、晴れていたはずの空にいつの間にか分厚い雲がかかっている。空一面を覆う鉛色の雲からは、今にも雪がこぼれ落ちてきそうな重苦しい気配が漂っていた。

第五章　本当の夫婦として

昨夜から降り続いていた雪は、夕方前にようやく止んだ。

窓から見える四角い世界は、真っ白な色で埋め尽くされている。木々も地面も、遠くに見える建物も、すべてが白一色で染められている光景は、息を呑むほど美しい。が、それをただ美しいと感じられる心の余裕は、ルーティエにはなかった。

（……私はここで、こんなに穏やかに過ごしていていいのかしら？　もちろん私は咎められるようなことは何もしていないわ。毒なんて、絶対に入れていない）

ベッドの上で上半身を起こし、ぼんやりと暖炉の火を眺める。

（でも、あのハーブティーに毒が入っていたならば、一番怪しいのは他でもない……）

無意識のうちにシーツを強く握りしめていた。しわが寄り、ぐちゃぐちゃになったシーツは、ルーティエの心の中を如実に表しているかのようだ。

この堂々巡りを幾度繰り返したのか、ルーティエ自身にもわからない。望む答えが出ることなどなく、不安と焦り、苛立ちとでどんどん気が滅入っていく。

重苦しいため息に、ぱちっと薪の爆ぜる音が重なる。橙色の炎がゆらゆらと燃え、じんわりと部屋を暖める熱と、木の焼けた匂いが広がっていく。

「寒くはありませんか？　もっと毛布をお持ちいたしましょうか？」

「ありがとう。でも、大丈夫よ。暖炉だけで十分暖かいから」

「では、温かいお飲み物でも淹れてまいります。甘いものがよろしいでしょうか。ルーティエ様は甘い紅茶、特にミルクを入れたものがお好きでございますよね」

止める間もなく、アーリアナは部屋から出て行ってしまう。彼女と入れ替わるように、朝早く出かけたユリウスが室内に入ってきた。ルーティエは心配させないようにと、内心の暗い感情を押し込む。

「おかえりなさいませ。村の様子はどうだった？」

「ただいま。今日は三つ隣の村まで足を運んだんだが、ここよりも更に雪が深くて大変そうだった。この様子だと、今年はいつもよりも雪が多くなるかもしれない」

「これでもかなり多いと思っていたのに、もっとたくさんの雪が降り積もるの？」

驚いて目を瞬くルーティエに、ユリウスは「ああ」と短く頷く。ベッドの脇に腰を下ろした彼の顔には、常に着けていたあの白い仮面はない。仮面があることに慣れてしまったのか、最初はアーリアナ同様違和感を抱いてしまっていたが、数日も経てばありのまま受け入れられるようになっていた。

辺境の村ではユリウスが仮面を着けていたことはあまり知られておらず、彼が素顔で視察していてもそれほど反応はないらしい。そうユリウスがほっとした顔で話していた。

「流行病が広がっていた影響は、もうほとんどなかった。子どもが元気に走り回って、村中に雪だるまが作られていたな」

「雪だるま……アーリアナにどんなものか一応教えてもらったけれど、実際どんな風に作られているのか気になるわ」

「屋敷の周りでも近くの村の子どもが遊びに来て作っていたから、後で一緒に見に行ってみよう」

ルーティエは曖昧な態度で首を動かした。

「それで、ルーの具合は？　また色々と考え込んで、体調を崩しているんじゃないか？」

「別に考え込んでなんかいないわ。大丈夫、私なら何も問題ないから、そんなに優しくしてもらわなくても……」

そもそも優しくしてもらう資格なんてない。何度目になるかわからない言葉を繰り返そうとしたルーティエだったが、それよりも早くユリウスの手が顔へと伸びてくる。

「大分顔色が良くなった気がするが、まだ少し熱っぽいか」

ユリウスの両手がルーティエの頬を優しく包み込む。すぐに解けて消えてしまう雪の粒に触れるような手付きに、ルーティエはくすぐったさと恥ずかしさを感じる。同時に、暖炉の熱とは違う温もりで満たされていく。

ずっと胸にのしかかっている重くて暗い感情が、幾分和らいでいく。

向けられる黒と金の瞳に笑みを返し、ルーティエは頬に触れた手に自らの手を重ねた。

「もうとっくに熱は下がっているわ。ユリウスもアーリアナも、そろって心配性ね。それに、私が熱っぽいのではなくて、ユリウスの手が冷たいのよ」

外から戻ってすぐにここに来てくれたのだろう。慌てて引き戻そうとしたユリウスの手をぎゅっと引き寄せ、ルーティエは徐々に自分の温もりが移っていく感触に目を閉じる。

最初の頃は、ユリウスに触れられるのも、触れるのも、恥ずかしさと緊張が先走って、落ち着かない気分になるだけだった。家族以外で気軽に触れる相手はレイノールだけだったが、彼の場合は手を繋いでも兄のときと同じ気持ちを抱いていた。

少しだけ目を開けば、穏やかな瞳を注ぐユリウスの姿がある。

「もし調子が良いようならば、少し外を歩いてみないか？　ここに来て一週間、ずっと部屋の中にいるから気分転換も必要だろう。ちょうどさっき話した雪だるまも見られる」

「……でも、私は謹慎中の身だわ。勝手に屋敷の外を出歩いたら、あなたにもっと迷惑をかけることになるかもしれない」

「宮殿から離れたヴェーラ領に来たのは、ルーの療養のためだ。一部の高官や貴族のくだらない言葉など、真に受ける必要はない」

表向きが療養のためでも、本当は謹慎が目的だということは、いくら政治関係に疎いルーティエでもよくわかっている。そうでなければ、たとえ終息しているとはいえ流行病が広まっていた辺境の地に、皇子であるユリウス共々追いやることはないだろう。

「それに、恐らく宮殿から本当に追い出したかったのはあなたではなく、俺の方だ。アルムート兄上は陛下の威光がない今、目障りな俺を遠くに追いやりたかったんだろう」

「だけど、私の用意した、いえ、私の弟のイネースが贈った茶葉が――」

続けようとした声は、自分の名前を呼ぶ声で止められる。

「ルー、あんなことがあって、あなたが思い悩むのは当然のことだと思う。だが、何度も言うように、あれはあなたのせいではない。ルーは何も気にせず、事態が収まるまでここで静かに、ゆっくりと休んでいれば大丈夫だから」

「……本当にごめんなさい。あなたにもアーリアナにもたくさん迷惑をかけてしまって」

「気にしなくていい。俺の場合は宮殿にいると難しかった場所へ視察に行きやすくなったし、アーリアナの場合は女官長から離れられてのんびりできると喜んでいたくらいだ」

ユリウスは軽い調子で言った。ルーティエが気に病まないように、と配慮してくれていることが容易にわかる。

(どれだけ考えても、心が晴れることはない。嫌な考えだけが膨らんで、悩みだけが大きくなっていくわ。だけど)

これ以上ユリウスに気を遣わせるべきではないだろう。ルーティエは自分の温もりが移ったユリウスの手を頬から離し、今度は笑顔で首を縦に振った。

「それなら、少しだけ外に出てもいいかしら。あの雪の中を実際に歩いてみたいわ」

「ああ、もちろん。アーリアナにすぐに準備をさせよう。できるだけ暖かい格好をしていかないと。外はあなたが想像している以上に寒いから、薄着では風邪をひいてしまう」

アーリアナを呼びに部屋を出ていくユリウスの姿を見送る。

ベッドから立ち上がり窓に近付くと、数日続いていた鉛色の雲が薄くなり、隙間から青空が見え隠れし始めていた。

屋敷の外に出ると、身を刺すほど冷えた空気がルーティエの全身を包み込む。吐く息は白く、剝き出しの顔がちくちくと痛みを感じたものの、澄んだ空気はルーティエの頭を覆っていた霧を吹き飛ばしてくれる。

「とても寒い！　でも、すごく空気が澄み渡っている気がするわ。気持ちがいい」

「足元に気を付けて。雪が積もっている場所は足を取られやすく、踏み固められているところは凍って滑りやすいから」

大丈夫と答えようとしたところで、厚手のブーツを履いたルーティエの右足が積もった雪にずぼっと埋もれた。片足を取られて倒れそうになった瞬間、隣を歩いていたユリウスがルーティエの腕を摑んで支えてくれた。

「あ、ありがとう。雪道ってこんなに歩きにくいとは思わなかった」

「オルガ帝国にいれば、嫌でも慣れてくる。一年の大半を雪に覆われている国だ」

「ザザバラードでも、毎年このぐらい雪が降り積もるの？」

「いや、あの辺りはオルガ帝国でも雪が少ない方だ。積雪が少ないからこそ国の中心、陛下がいらっしゃる宮殿が造られたとも言える」

ユリウスの口から出た言葉に、ルーティエは真っ白な雪の上を歩いていた足を止める。

「陛下の……サーディス陛下の容体について、ユリウスには何か伝わっている？」

「昨日、容体に変化はないと手紙が来た。俺たちが宮殿を離れたときのままだ、と」

重いため息が白い吐息になってこぼれ落ちていく。

サーディスが毒に倒れて、もう一週間以上経つ。サーディスという一人の皇帝によって支えられていると言っても過言ではないオルガ帝国にとって、彼が倒れたことが知れ渡れば大問題になると、一部の高官と貴族、使用人を除いて事実は伏せられることとなった。

皇帝に毒を盛ったのは一体誰なのか。当然宮殿内では犯人捜しがすぐに行われた。結果、真っ先に疑われたのはルーティエだった。

毒を入れられていたのがハーブティーであり、その茶葉を用意したのがルーティエなのだから、犯人として疑われるのは当たり前のことだろう。侵略された国の元王女という、殺害を図る動機も十分にある。

牢に入れるべきだ、いや、すぐに処刑すべきだと、一部の高官や貴族が色めき立つ。一方で、サーディスの命令なく勝手な行動を起こすべきじゃない、犯人をどうこうするよりもまずはサーディスの回復を待つべきだ、という意見もあり、絶対的な指導者を失った高官や貴族たちは右往左往している様子だった。

「彼女が毒を盛ったという確たる証拠は何もない。茶葉はやろうと思えば誰の手でも毒が入れられる場所にあった。そもそも彼女でなくとも、陛下に殺意を抱いている人間はこの宮殿内にも数多くいる」

ユリウスはルーティエのことを庇ってくれた。が、夫という立場もあり、ユリウスの主張は一蹴され、ルーティエを牢に入れるべきだという意見に高官たちは傾きつつあった。

そんな中、すぐにでも捕らえられそうだったルーティエの危機を救ってくれたのは、意外なことにアルムートだった。

「王国出身の小娘に構っている暇などない。適当にどこか地方の屋敷にでも捨て置け。もちろんユリウスのやつも一緒にな。父上が倒れた今、俺たちがすべきはこの国の舵取りを誰が行うのか、いや、倒れた父上の代わりに皇帝の座に就く人間を誰にするのか、早急に決めることだ」

アルムートは次期皇帝第一候補。サーディスが昏睡している中では彼が宮殿内で最も強い発言力を有している。そんなアルムートの意見に高官たちは賛成し、ルーティエはユリウス共々辺境の屋敷へと追い出された。サーディスが倒れたことは隠されているため、表向きにはルーティエが体調を崩したため療養に行く、という形で。

（サーディス陛下の容体がどうなっているのか、この件でフロレラーラ王国に害は及ばないのか、そして何よりも本当に毒を盛ったのはあの子なのか……。もしそうだとしたら、何故そんなことをしたのか）

気になることは多々あったものの、翌日にはヴェーラ領にある貴族が保有している屋敷へと移動したルーティエには、その後の宮殿の様子はわからなかった。

ユリウスとアーリアナ、そしてルーティエの三人だけで、別荘として辺境に建てられた屋敷へと追いやられた。世話をする使用人もいなければ、護衛をする兵士もいない。一番近い村からも幾分離れており、周囲にあるのは野原だけだった。

「変に監視する人間がいなくて楽でございますね」

アーリアナはしれっとした顔でそう言っていた。

だが、状況から考えて、名目上はルーティエの療養だとしても、本来は謹慎という意味合いが強いことは明白だった。事実、ユリウスははっきりとは口にしないが、ルーティエは屋敷近くの村に行くことも許されていないようだ。

舌に触れた分だけとはいえ毒を摂取したことに加え、ザザバラードとヴェーラ領との急激な気温の変化に体がついていかなかったのだろう。宮殿にいたときから調子を崩していたルーティエは、屋敷に着いて早々高熱を出して寝込んでしまった。

「ユリウスも本当は、宮殿に残ってサーディス陛下の傍にいたかったでしょう？」

「まさか。あの方は俺が付きっきりで枕元にいたら、喜ぶどころか嫌な顔をする人だ。無駄な時間を費やす暇があったら、視察や公務の一つでもこなしてこい、って」

確かにサーディスならばそう言うだろう。

「だから、陛下のことならば心配はいらない。あの方は立場ゆえ、常人よりは毒物に耐性がある。まだ昏睡状態のようだが、数日もすればきっと目覚める」

「……ユリウスは、私が陛下に毒を盛ったんじゃないかと、疑ってはいないの？」

「疑うはずがない。あなたがそんなことをするはずがないし、そもそもあなたが毒を入れたのならば俺が飲むのを止めたりはしないだろう」

でも、と言おうとしたルーティエを察してか、ユリウスは掴んでいた腕を離すと、代わりに手を繋ぐ。手袋越しでも、しっかりと握られた感触があった。

「この話はもうやめよう。それよりも、ルーに見せたい場所があるんだ。このままだと間に合わないかもしれないから、ちょっと速く歩いてもいいか？」

「え？　ええ、大丈夫よ」

「俺が手を引くから安心してくれ。転びそうになっても、必ず支える」

ユリウスに手を引かれるまま、ルーティエは一面雪で覆われた白い平地を歩き続ける。空を覆っていた雲はわずかに残る程度で、淡い水色の空が広がっている。

途中、近くの村の子どもが作ったという雪だるまを見た。石や枝、木の実などで目や鼻が作られた雪だるまはとても可愛らしい。今度自分で作ってみたいとルーティエが言うと、ユリウスは笑って頷いてくれた。

「そういえば、ここに来てからずっと仮面を外しているわね。何か理由があるの？」

「今後は、できる限り仮面を着けないようにしたいと考えているんだ。あなたと形だけでなくきちんと夫婦になると決めたときから、自分自身の弱さとも向き合って、少しずつ受け入れていきたいと思うようになった」

「……弱さと向き合って、受け入れる」

「ああ、あの仮面は俺の弱さだ。だから、これから先は仮面を被り続けて自らの心を殺して生きるのではなく、自分自身の弱さや甘さを受け入れ、仮面がなくても進んで行けるようになりたい」

隣にいるユリウスの横顔を、ルーティエは目を細めて見上げる。凛と前を向く姿が、とても眩しく感じられた。

（私もユリウスのように、私自身の弱さと向き合えるかしら。『花姫』の能力のことはもちろん、弱気になって目を逸らしそうになっている真実とも、ちゃんと向き合える勇気を持つことができるかしら）

強くなりたい。ユリウスに相応しく、その隣を歩んでいけるように、ルーティエもまた自分自身と向き合って強くなりたいと思う。

「とは言ったものの、宮殿内では人も多く、すぐには外せなかった。ここでは傍にいるのはルーとアーリアナの二人だけ、村人もそれほど多くはないから、大分気が楽になって外すことができている。この調子で宮殿でも外したまま過ごせるようになればいいんだが」

ここに来たのは良い練習になっているんだと、ユリウスは明るい口調で続ける。ユリウスの優しさは、ルーティエの心を柔らかく照らしてくれる。

（私はここに、オルガ帝国に来て、彼と出会うことができて本当によかった）

色のない世界は、きっととても寂しい世界なのだろうと思っていた。しかし、今目の前に広がる光景、見渡す限り白い雪で染められた世界は、ルーティエの想像とはかけ離れた美しいものだった。

くだらない噂なんていくら耳にしても意味がない。ちっぽけな想像よりも実物を一目見る方に意味がある。オルガ帝国に来てから、ルーティエは自分がいかに無知に生きてきたのかと痛感することばかりだ。

「よかった、間に合った。この辺りは雲が少ない状態で晴れることは珍しく、夕日が綺麗に見えることがほとんどないから、運良くあなたに見せることができて幸運だった」

ユリウスに連れて来られた場所は、何もない一面の雪野原だ。建物はもちろん、木の一本も生えておらず、遠くに白い山が三つ見える。

ルーティエはきょろきょろと周囲を見渡した。ユリウスが見せたいと思うようなものは、特に見付けることができない。あるのは雪で覆われた地面と同じく白く染まった山々、あとは山の間に落ち始めた太陽ぐらいだろう。

ここで何を見られるのか。問おうとしたルーティエの目の前で、山の裾野へと落ちていく太陽が徐々に色を変化させ始める。

柔らかな黄色から少しずつ色が濃くなり、赤みの混じった橙色の光に包まれていく太陽。その光に、空に浮かぶ雲、そして雪で覆われた大地が、美しい金色へと染め上げられていく。

真っ白だった世界は、あっという間に色鮮やかな世界へと変化していた。

「綺麗」

ぽつりともれた言葉は、冷えた空気に溶けて消えていく。しばらくの間、刻一刻と変化していく色に目を奪われ続けていた。

「この雪の下は荒地で、作物はほとんど育たない。オルガ帝国は山が多い上に、不毛な土地がほとんどだ。木々も育たず、一面の荒れ野原が広がる場所も多い。だが、雪が多い国だからこそ、こうやって美しい風景も見ることができる」

悪いことばかりじゃないだろう。そう続けたユリウスの瞳もまた、夕日の光に照らされて鮮やかな金色を放っている。

ルーティエは夕焼けによって変化する雪景色を見つめる。雪で隠されたその下には、まばらに草の生えた荒れた大地が広がっているのだろう。

繋がったままのユリウスの手を握りしめ、ルーティエは声を出す。手袋を通して伝わってくる温もりと、目の前に広がる美しい景色とが、震えるルーティエの背中を優しく押してくれる。

「私の」

「私の『花姫』としての能力を使えば、荒れた地を植物の根付く肥沃な土地へと変化させることができるかもしれない」

ここでルーティエが全力で歌を紡げば、雪で覆われた荒れ野でも花が、植物がきっと芽吹く。一回では無理でも、何度も続ければいずれ自然と植物の育つ大地へと変わっていくかもしれない。

肥沃という言葉から見放され、雪という名の牢獄に覆われたオルガ帝国に、フロレラーラ王国と同じ、女神フローティアの加護を与えることができるかもしれない。

（だけど……私はもう二度と、ユリウスを傷付けるような過ちは犯したくない、絶対に）

彼を大切だという気持ちが、あのときよりも大きくなっているからこそ。

「ルーの気持ちは嬉しい。この国のために能力を使いたいと考えてくれていることは、この国に住む一人として本当に有り難いと思う。だが、無理をする必要はない」

過去の出来事が頭にちらつき始めていたルーティエの両手を握り、ユリウスは沈んでいく太陽に背を向けてルーティエと向き合う。

「あなたが自分の能力と向き合いたいと思っているのならば、俺は傍で支えていく。急ぐことなくゆっくりと、あなたの心に負担がかからない速度で歩んでいけばいい」

ユリウスの背後で、太陽が夜の訪れを告げるように一際強く、鮮やかな光を放つ。黄色から橙色、赤から朱色、そして闇の濃紺と紫に変化していく太陽によって、白い雪も様々な色に姿を変える。

何色にも美しく染まることのできる雪のごとく、ルーティエもまた少しずつ色を変化させているのかもしれない。今この瞬間も。

「あなたと俺は家族なのだから、お互いに支え合って生きていくべきだろう」

いつかユリウスに告げた言葉が、ルーティエの許へと戻ってくる。そのまま戻ってきたのではない。そこには、たくさんの愛情が込められていた。

(――ああ、そっか。そうだったんだ)

ようやくルーティエはわかった。恋も愛も知らずにいた。いずれ恋する人を見付け、愛を育んでいくものだと思っていた。

けれど、きっと恋は知らない内に落ちるもので、愛は知らない内に満ちているものなのだろう。意識することなどなく、気付けば恋し、愛している。

ルーティエがすぐ目の前にいる人のことを恋し、愛しているように。

「あなたのことは俺が必ず守る。もう少し、もう少し経てば、きっとあなたが安心して生活できるようになる。だから、ルーは安全な場所で、俺のことを信じて少しだけ待っていて欲しい」

優しい声音には、懇願するような響きがあった。そこには間違いなく、ルーティエの身を案じると共に、幸せを願ってくれている彼の想いがある。

「信じるわ。あなたが私を信じてくれるように、私もあなたを信じる」

空気はどこまでも冷たい。雪で包まれた世界は、身を凍らせるほどの冷たさを宿している。

寒いはずなのに、ルーティエはもうしばらくの間ユリウスと共に、沈んでいく太陽を見つめていたいと思った。

頭上には幾分欠けた月が輝いている。満月のときに比べると闇夜を照らす輝きは弱いものの、月光が雪に反射して思いのほか周囲は明るかった。

滑らないように注意し、屋敷の周りを歩く。アーリアナが「私が懸命に早朝から雪かきをしておきました」と胸を張っていた通り、綺麗に除雪された道は歩きやすい。

ユリウスが戻ってくるまでとアーリアナを説得し、ルーティエは一人で屋敷の周辺を散策していた。冷えた空気の中を歩いていると、普段よりも頭が冴え渡る気がする。

ゆっくりと雪道を歩きながら、兄との会話を思い出す。テオフィルはルーティエの怪我の原因については知らされておらず、夜道で暗殺者に命を狙われたと教えると非常に驚いていた。しかもそれがアレシュ王国の手の者かもしれないと告げると、顔には驚愕以上の困惑が刻まれた。

もちろん暗殺者の大本がアレシュ王国だという確たる証拠はない。あくまで可能性の一つだと言ったが、テオフィルは「容易には信じられないことではあるが」と神妙な口調で話し出した。

「知っての通り、我がフロレラーラ王国は同盟国の中でもかなり発言力が弱く、実質的には他の同盟国が決めたことに従うだけの状況だ。昔、私がまだ幼かった頃、父上がオルガ帝国の使者と話しているのを見たことがある。恐らく食料などの援助を頼んでいたのだろうが、父上は他の同盟国に相談させて欲しいと、その場での援助を断っていた。フロレラーラ王国は弱い。他の同盟各国に無断で勝手な真似をすれば、あっという間に侵攻される可能性もあった。ゆえに、父上が苦渋の上に断ったとしてもそれは仕方のないことだ」

テオフィルの言葉に、ルーティエは曖昧に頷くことしかできなかった。確かに自国の民を守るのが国王の役目だ。しかし、だからといって、助けを求めてきた国の手を振り払うことが正しいとは思えなかった。

「ここ数年、オルガ帝国は鉄鉱石などの産出によって、随分と安定しつつある。それに合わせて、同盟国の中できな臭い動きがあると、そんな噂を耳にした。強大な力を持つアレシュ王国に代わり、他の国々を支配しようと暗躍している国がある、と。オルガ帝国を支配すれば鉄鉱石、武器を容易に手に入れられるようになる。そうすれば、戦争の際有利になることはお前にもわかるだろう？」

戦争、とルーティエは震えた声を出した。戦争が起きる可能性があるということか。

「もちろんこれはあくまで噂で、真偽のほどは不明だ。だが、フロレラーラ王国がオルガ帝国に支配されてからというもの、オルガ帝国を武力で一気に制圧してしまおうと、躍起になって他の国々に提案している国があるのも気になる。お前やフロレラーラ王国が危険に晒される可能性があるから、当然アレシュ王国を含めその国以外の同盟国は反対しているが、正直なところ、秘密裏に戦争をけしかけるんじゃないかと、心配しているほどだ」

テオフィルはその国の名前をはっきりとは言わなかった。まだ噂の段階で、確たる証拠もない状態では軽々しく口には出さない方がいいと判断したのだろう。

「この件はとりあえず内密に調べてみる。それと、同盟国の国々にはオルガ帝国に武力で介入する真似はしないでほしいと、私から再度提言しておく。お前がいる国に無理矢理攻め入るようなこと、絶対にさせるわけにはいかないからな」

何かわかったら手紙をくれると言っていたが、兄からの手紙はまだない。簡単には調べられないことだとはわかっているのだが、オルガ帝国はもちろんフロレラーラ王国にも深く関係していることなので、早く何らかの情報が欲しい。

ルーティエの懸念はもう一つある。それはあのハーブティーのことだ。信じたくないと、信じられないと目を逸らしてしまいそうになっていたが、先日のユリウスの言葉を聞いて心を決めた。

（どれほど辛くて苦しいことでも、きちんと向き合わないと。真実を知ることから逃げたりしちゃダメだわ）

ハーブティーは弟のイネースから贈られたものだった。だとすると、単純に考えればイネースが茶葉の中に毒物を仕込んだことになる。

だが、他の人間がどこかで茶葉をすり替えた可能性もある。イネースからテオフィル、そしてルーティエの手に渡るまでの間、あるいはサーディスに振る舞うまでの間に誰かが毒を入れた可能性も否定できないだろう。

（イネースじゃないと信じたい。明るく素直なあの子が、自分が大好きなハーブティーに毒を仕込むなんて考えたくはない。でも……）

普段とはかけ離れたイネースの様子を知るだけに、完全に弟は犯人ではないと断言できない気持ちもルーティエにはあった。姉のために、フロレラーラ王国のために、そのためだったら何でもしてしまいそうな危うさがイネースにはあった。

ユリウスにはサーディスが倒れた直後、すぐに相談してある。もしかしたら弟のイネースが毒を仕込んだ可能性があるかもしれない、と。

「わかった、きちんと調べてみる。だが、すぐには誰が毒を盛ったのか、判断することは難しい。俺の方で信頼できる人間に手を回して調査してみるから、ルーは茶葉の出所をしばらくの間秘密にしていて欲しい」

そう言ってユリウスは神妙な面持ちで頷いてくれた。茶葉がイネースの贈ったものだと他の人間には言わずにいてくれた彼ならば、イネースが犯人だと決めつける真似はせず、冷静に調べてくれるだろう。

ふと、ルーティエの頭に疑問が過る。考えてみると、ユリウスはイネースが贈ってくれた茶葉を一度調べていた。あのときに毒物に気付かなかったのだろうか。いや、あのときに毒物を入れることもできたのでは——。

脳裏に浮かんだ考えを、ルーティエはすぐに追い出す。ユリウスがそんなことをするはずがない。馬鹿なことを考えてしまった自分に嫌気が差す。考え過ぎて思考が変な方向に走っている。

いったん屋敷に戻り、アーリアナに温かい紅茶でも淹れてもらおう。本当はハーブティーを淹れる練習もしたいところだが、今はあまりハーブティーには触れたくなかった。

「――ルー」

背後から聞こえてきた声に、屋敷へと戻ろうとしていた足がぴたりと止まる。

耳に心地好く響く低音の、強い意志を感じさせる声。ルーティエは呆然としながらも、ゆるく首を振った。

そんなはずがない。ここで、こんな場所で、その声が聞こえるはずがなかった。空耳だと、自分の聞き間違いだと、背後から聞こえてきた声を否定する。

だが、次の瞬間、背中からふわりと抱きしめられ、現実のものだと痛感させられる。

「……レイノール」

かすれた声が口からもれる。優しく抱きしめる腕と温かな空気を、ルーティエが間違えるはずがなかった。泣きそうになって、けれど、何故涙が出そうになったのか自分でもわからなかった。

驚愕で固まり、胸の前に回された腕を見ているだけのルーティエに、あの結婚式以来会えなかった相手、レイノールが心底安堵したような声を出す。

「君が無事で本当によかった、ルー。迎えに来るのが遅くなってごめん。すぐにでも来るつもりだったんだけど、反対する父上の目を盗むのが大変で。遅くなって本当にごめん」

背中越しに温もりが重なる。それでも何故か、ルーティエの体は温かいとは感じてはいなかった。むしろ小刻みに体は震えている。

「どう、して……？　どうして、ここにあなたが？　だって、ここに、こんな場所にあなたがいるはずが」

「君のことを助けに来たに決まっているだろう。大丈夫、心配せずともちゃんと安全な脱出経路は確保してある。ルーは何も考えず、俺に付いて来てくれればいいんだ」

ルーティエはきつく目を閉じる。

（……レイノールの言う通りにすれば、私は幼い頃に夢見た幸せ、両親のような結婚をするという幸せを再び手に入れることができるのかもしれない。彼に守られ、苦しみや悲しみとは無縁の幸せな生活を送ることができるのかもしれないわ）

――だけど、とルーティエは目を開く。そして、抱きしめてくる腕を振り払い、レイノールと距離を置いて向かい合う。眼前で曇る表情に胸が締め付けられるのを感じながらも、懸命に声を絞り出す。

「ごめんなさい、レイノール。私はあなたと一緒には行けない。私はもう、あなたの知るルーティエ・フロレラーラではないから」

喉の奥が震えて、嗚咽がもれそうになるのを懸命に押し止める。ここで泣く権利など、ルーティエにはなかった。

レイノールの金色の瞳が、悲しみで暗く歪む。強い意志の宿った瞳が、明るい笑顔が好きだった。恋でも愛でもなかったかもしれない。それでも彼のことが好きで、幸せな夫婦になれると思っていた。

レイノールの端整な顔に深い悲哀の色が浮かぶ。苦しそうに眉を寄せる姿を前にして、ルーティエは唇を強く噛み締める。

「俺はたとえ君が他の誰かと結婚したとしても、変わらずにルーのことを愛している。夫婦になりたいのは君だけだ。君以外は必要ない、君が必要なんだ」

甘い言葉。以前ならば嬉しいと感じたかもしれない。けれど、今はただルーティエの胸を悲しみで貫くだけだった。

「ごめんなさい、本当にごめんなさい。あなたが来てくれたこと、嬉しいわ。でも、どんなに必要とされても、あなたとはもう共にはいられない」

「お願いだ、ルー。もう一度ちゃんと考えて欲しい。君が幸せになれる道を」

レイノールがルーティエに向かって手を差し伸べる。何度も繋いだその手から逃れるように、ルーティエは一歩後ろに下がる。

本当はすべてがきちんと落ち着いたら、ユリウスに告げようと思っていた。が、その前にレイノールに伝えなければならないのだろう。

壊されてしまった結婚を、本当の意味で終わらせるために。

「私は……私は、夫になった人のことを、ユリウスのことを好きになったの。始まりは普通とは違ったかもしれない。愛する故郷を侵略した国の人間かもしれない。それでも、私の幸せは彼と一緒にいることだわ」

はっきりと、迷わず言葉にする。レイノールが差し伸べた手を強く握りしめ、何か言おうと口を開いた直後、涼やかな声が聞こえてきた。

「ルー、ここにいたのか。そろそろ戻らないと、アーリアナが——」

ルーティエのことを捜しに来てくれたのだろう。闇に溶けそうな黒いマントと黒い服を身に着けたユリウスが、屋敷の方角から姿を見せる。

ユリウスと、名を呼んで駆け寄ろうとした。が、ルーティエが動くよりも早くレイノールが腕を摑むと、ルーティエの体を自らの背後に向かって引っ張る。思わず体勢を崩したルーティエは、地面の上に座り込んでしまった。雪の冷たさが体の熱を奪っていく。

ルーティエ、そしてレイノールの姿を捉えた瞬間、ユリウスのまとう空気が鋭くなる。瞬時に両手は腰に佩いた剣の柄へと伸びる。レイノールのことを、ルーティエを狙う新たな刺客だと思ったのかもしれない。

違う、そうじゃないと説明しようとするものの、そんなルーティエの行動を遮るように、レイノールが座り込んだルーティエの前に立つ。その手も腰に備えている剣の柄へと伸びていた。

「何者だ？　誰の手の者か知らないが、彼女に一つでも傷を付けたら、その首がなくなると思え」

強い殺気が秘められた声が響く。

「あなたがユリウス・エリシャ・ノア・オルガ第四皇子か。俺はアレシュ王国の第一王子、レイノール・アレシュ。あなたに決闘を申し込みたい」

レイノールの言葉に、ユリウスは驚いたような顔をする。しかし、すぐさま表情を消し、落ち着いた声音で答える。

「……レイノール第一王子。まさかこのような形で顔を合わせるとは、思ってもいませんでした」

何をしに来たのか、どうやってここまで入り込んだのか。それらの質問はユリウスの口からは出てこなかった。聞く必要もないと思ったのかもしれない。

「決闘の申し込み、謹んでお受けいたします。もし俺が勝ったら、すぐに自国へと戻っていただきたい」

「わかった。では、俺が勝った場合にはルーを、あなたの妻を俺に返してもらいたい」

二人が顔を合わせるのは、これが初めてなはずだ。けれど、互いが互いに対して、憎しみと似ていて、しかし、それとはまた違う強い感情を抱いていることが感じられた。

慌てて止めようとしたルーティエだったが、二人が剣を抜く方が早かった。長剣を構えたレイノールが、両手に剣を持ったユリウスに向かって走り出す。

容赦なく振り下ろされたレイノールの一撃を、ユリウスは二本の刃で受け止めるものの、唇が苦しそうに横に引き結ばれる。レイノールはユリウスよりも身長が大分高く、細身ではあるが腕や足は鍛えられている。

病弱だった過去があるため、レイノールは日々訓練をして体を鍛えていた。もちろん剣術の腕もかなり高い。

剣を受け止め続けることが難しいと判断したのか、ユリウスはレイノールの剣を横に払うと、一度後ろに下がって距離を取る。しかし、すぐさま間合いを詰めたレイノールが、ユリウスの胴を剣で横に薙ぐ。

ルーティエの口から思わず小さな悲鳴がもれる。ユリウスはすんでのところで体を後ろに倒して攻撃を避けると、そのまま地面を転がって一回転し、素早く体を起こす。そして、右足を軸に体を半回転させ、再度間合いを詰めてきたレイノールに右手の剣で攻撃を返す。

きんと、一際高い音が静かな周囲に響く。ぎりぎりと押し合う刃が、雪明かりの中で銀色の鈍い輝きを放つ。両者共に一歩も引く気配がなく、本気で刃をぶつけ合っていた。二人の決闘を見ているルーティエは、正直気が気ではなかった。どちらも共に、本気で剣を振るっている。殺意はあまり感じられない。それでも互いの攻撃が相手に当たれば、大怪我では済まないことになる。

(――止めないと！　どちらかが怪我をする前に、何とかして早く止めないと……！)

ユリウスに勝って欲しいとか、レイノールに勝って欲しいとか、そんな気持ちは欠片ほどもなかった。勝ち負けよりも、どちらかが怪我をしてしまうかもしれない、死んでしまうかもしれないと、それを考えると顔から血の気が失われていく。

やめてと、小さくもれた声は刃のぶつかり合う甲高い音にかき消されてしまう。

単純に力の面だけで考えれば、レイノールの方に分があるだろう。事実、剣を押し合う姿は、レイノールの方に余裕があり、ユリウスの手はわずかながら震えているように見えた。だが、実戦に慣れているのは、間違いなくユリウスの方だった。

互いに力の限り刃を押し合っていた。直後、不意にユリウスが両手から力を抜くと、素早くその身を横に翻す。両手で構えた剣を前へと力強く押し出していたレイノールは、ぶつかっていた刃が突如消えたことで、前のめりに体勢を崩してしまった。雪に足を取られて滑り、たたらを踏む。

レイノールの一瞬の隙を、ユリウスが見逃すはずもなかった。左手の短剣が振り上げられ、月の光によって鈍い光を放つ。

「っ！　やめて、お願いだからもうやめて！」

つんざくような悲鳴がルーティエの口から飛び出す。その悲鳴に、短剣を握ったユリウスの動きがぴたりと止まる。ユリウスが動きを止めたことで、体勢を立て直したレイノールが長剣を振り下ろす。

ユリウスは慌てて攻撃を受け止める。かきんという音と共に、ユリウスの両手から二振りの剣が弾き飛ばされた。くるくると空中を舞って、雪の降り積もった地面に突き刺さる。丸腰になったユリウスへと、レイノールが再び剣を振りかざす。それを見た瞬間、ルーティエは地面から急いで立ち上がり、一目散に二人の間に飛び込んだ。

両手を左右に伸ばし、ユリウスを背中に庇う形でレイノールの前に立ち塞がる。

「――っ！」

銀の刃がルーティエの体に迫る。痛みを覚悟して両目を閉じたルーティエの体が、温かな何かによってすっぽりと覆われた。

それはユリウスの体だった。彼はルーティエの体を抱きしめ、その状態のまま体をくるりと回転させ、自らの背中を迫りくる刃へ向けた。刃が風を切り、ユリウスの背中に迫る。嫌だ、お願い、やめて。声にならない悲鳴が口の中に広がっていく。肉を切り裂く音が響くのを覚悟したルーティエだったが、その音が生み出されることはなかった。

「……勝負に勝つことを選んだ俺と、ルーの声を優先したあなた。勝敗はそのときにもう決まっていた」

ぽつりと、レイノールがささやく。ユリウスが体を離すと、剣の切っ先を地面に下ろしたレイノールの姿があった。誰も怪我をしなかったことに、ルーティエは心の底からほっと胸を撫で下ろす。

「あなたは迷うことなくルーの声を優先し、そしてルーの身を守ることを選ぶんだな」

「俺のすべてをもって、彼女のことを守ると決めていますから」

「己の身が危険に晒されたとしても？」

「はい」

迷うことなく頷くユリウスへと、レイノールは剣を腰の鞘に戻しながら真っ直ぐに視線を注ぐ。無言で見つめ合うこと数秒、レイノールの体からふっと力が抜けていく。

「……本当は、他の誰かじゃない、俺が幸せにしたかった。俺がルーのことを……。だが、俺は自分の想いよりも、ルーの心を大切にしたい。だから」

押し殺すように呟かれた言葉は、次に放たれた強い口調によってかき消される。

「ユリウス皇子、どうかルーのことを頼む。明るくて、優しくて、お転婆なところもあって、そして、ちょっと泣き虫な部分もあるけど、誰よりも俺が愛してきた人だ。絶対に傷付けるようなことはせず、幸せにして欲しい」

レイノールの視線がルーティエへと移る。深い愛情の込められた瞳に、ルーティエの胸はきりきりと鈍い痛みを発する。ルーティエの隣に並んだユリウスは、しっかりと首を縦に動かした。

「お約束します、彼女を絶対に守ると。そして、力の限りを尽くし必ず幸せにすると」

レイノールは整った眉を深く寄せ、唇を引き結ぶ。だが、小さく頭を振った後には、すでにその表情は彼の顔から消えていた。

「ルー、いや、ルーティエ、これだけは信じて欲しい。テオフィルから話を聞いたが、アレシュ王国は君に刺客など絶対に送ってはいない。父上は君のことを本当の娘のように思っていた。たとえ国にとって必要なことだったとしても、父が俺に隠して君を暗殺など、そんなことは絶対にしない」

レイノールは王子としての顔で、はっきりと言った。

「側近にも怪しい動きをした人間がいないか調べてみたが、みな暗殺者と繋がっている様子はなかった。どうか信じてくれ」

アレシュ王国はルーティエを殺そうとはしていないと、彼は断言する。

「ええ、信じるわ。他でもない、レイノールの言葉だもの」

ルーティエは素直に信じることができた。レイノールは保身のために嘘を吐いたりしない。長年共に過ごした時間が、そう信じさせるだけの強い力を持っている。

「同盟国の中に怪しい動きをしている国があることは、だいぶ前から俺の耳にも入っている。この件については俺もできる限り詳しく調べてみるつもりだ。君に危険が及ばないように力を尽くす」

真剣な面持ちで語ったレイノールの顔が、一瞬くしゃりと歪む。それは、彼が悲しいとき、悔しいときに見せる顔だった。

たくさんの顔を見てきた。この先もずっと一緒にいると思っていた。でも、ルーティエが彼の手を離した。

「君のことが本当に好きだった。いや、きっとこれからも好きなままだ。それだけは、どうか許して欲しい」

寂しげに、けれど優しさに満ちた笑顔を残し、レイノールは闇の中に消えるように走り去っていった。彼の後ろ姿を消えるまでずっと見つめ続けていたルーティエは、見えなくなると同時に口元に手を当てる。

様々な感情があふれてきて、泣きそうになった。でも、ここで泣いたら笑顔で去っていったレイノールの優しさを無にしてしまう。それに、この道を選んだのはルーティエ自身なのだから、奥歯を噛み締めてでもしっかりと前を向くべきだろう。ルーティエは懸命に涙を押さえ込んだ。

嗚咽を飲み込むルーティエの肩に、ユリウスがそっと手を置く。手の平から伝わる温もりが、小刻みに震え続ける体をゆっくりと温めてくれる。

「あなたが気に病むことなど何もない。恨まれるのも、憎まれるのも、すべて俺一人が負わなければならないものなんだ」

「いいえ、違うわ。私は私の意思で、あなたの傍にいることを選んだの。彼の差し出した手じゃなくて、あなたの手を選んだ。だからこそ、私はどれほど辛くて苦しくても、笑顔で去ってくれた彼のことをちゃんと覚えていないといけないの」

肩に乗ったユリウスの手に、自らの手を重ねる。触れ合った部分から、互いの熱が溶けて混じり合っていく。

「泣くことはしない。顔を背けることも、見えない振りもしない。これは、私がオルガ帝国で、あなたの傍で生きていくために必要な決別だから」

泣きそうになるのを耐え、ルーティエは自分でも歪んでいるとわかる不細工な笑みを浮かべた。泣くことは、真剣に決闘をしたユリウスに対しても失礼なことだ。

「一緒に帰ろう。これ以上体が冷えない内に、屋敷の中へ」

ユリウスは肩に乗っていた手を引き戻すと、冷え切ったルーティエの手をしっかりと握ってくれる。大きくて温かい手を強く握り返しながら、ルーティエはレイノールとの未来に永遠の別れを告げた。

「読書中に失礼いたします、ルーティエ様。少しよろしいでしょうか？」

朝食後、ルーティエはオルガ帝国の歴史について記された書物を読んでいた。アーリアナに声をかけられ、読んでいた箇所にしおりを挟んで顔を上げる。

黒百合とバラの押し花を使ったしおりは、まだ宮殿にいた頃にルーティエが作ったものだ。花瓶に飾られていたブーケの花を綺麗に残しておきたいと思い、押し花に加工してしおりとして使っていた。

「どうしたの、アーリアナ。今日はすごく大きな雪だるまを作るって、張り切って外に行ったばかりじゃなかったかしら？」

「はい、そのつもりでございましたが、ちょうどマリヤン大宮殿から使いの人間がやってきまして。子どもたちが驚く巨大雪だるまの作製は、また今度の機会にいたします」

アーリアナは窓際の椅子に腰かけているルーティエに近付くと、手にしていたものを差し出す。

「ルーティエ様に宛てられた手紙を預かっております。フロレラーラ王国のテオフィル様からのものです」

「お兄様からの手紙！　ありがとう、アーリアナ。早速読んでみるわ」

書物をテーブルに置き、アーリアナから急いで手紙を受け取る。

簡潔に用件のみが書かれた手紙に、ルーティエは眉を深く寄せた。かなり焦っていたらしく、字の綺麗なテオフィルにしては歪んだ部分が多々見受けられた。三度読み直して考えること数十秒、慌てて椅子から立ち上がる。

「アルムート様は今、マリヤン大宮殿にいらっしゃるのよね？」

焦った様子で問いかけると、アーリアナは軽く首を傾げる。

「え？　アルムート様ですか？　恐らくそうじゃないかと思われますが。あの方は遊び回っておられるとき以外は、宮殿から離れることがほとんどございませんからね」

それがどうかしたのでしょうかと続けるアーリアナの声は、すでにルーティエの耳には入っていなかった。厚手の上着を羽織って、部屋から飛び出そうとする。と、アーリアナが腕を摑んで止めた。

「お待ちください、ルーティエ様。一体どちらに行かれるおつもりですか？」

「ユリウスのところよ。今日は近くの村で、今後の大雪対策について協議するって言っていたでしょう」

雪で道路が寸断され、物流が途絶えた場合に備えての水や食料の確保。雪囲いの設置や家屋の修繕、薪や毛布といった暖房用品の準備。そして、吹雪や雪崩といった災害への対策をしに行くと、ユリウスは朝早くに屋敷を出て行った。

「ユリウス様ならば、夜になれば屋敷にお戻りになります。わざわざ雪の中を出歩かずとも、お帰りをお待ちになればよろしいのでは？」

「どうしてもすぐにユリウスの耳に入れておきたいことがあるの。お願い、アーリアナ」

必死に懇願するルーティエの様子から緊迫したものを感じ取ったのか、アーリアナはわずかに考える間を置いた後、「実は」と重々しい口調で話し出す。

「ユリウス様にはきつく口止めされており、絶対にルーティエ様には言うなと厳命されていたことではありますが、どうやらそのようなことを言っている場合ではないようですね。正直ユリウス様が本気で怒ると非常に怖いので、気弱な私としては尻込みしてしまうのですが」

「もしアーリアナが私のせいでユリウスに怒られるような羽目になったら、私もあなたと一緒に怒られるわ。必要ならば、あなたは悪くないと口添えもするから」

「そうでございますか。まあ、考えますとユリウス様だけでなく、ルーティエ様もまた私の主人でございますからね。ルーティエ様が求めるのでしたら、私は素直にお教えいたしましょう」

無表情だが優しい声音に、ルーティエの中にあった焦りが幾分治まっていく。

「ありがとう、アーリアナ。それで、ユリウスに何を口止めされていたの？」

「ユリウス様は今、近くの村にはいらっしゃいません」

「え？　村にいない？　待って、それじゃあ、一体どこに……」

「マリヤン大宮殿にお戻りになっていらっしゃいます。何でも、昨夜遅くにアルムート様から火急の手紙が届き、陛下のことでお話がしたいと宮殿に呼び出されたようです」

ルーティエは再び走り出そうとしたものの、アーリアナが腕を掴んだままなので実際には一歩を踏み出すことしかできなかった。

「まさか、ルーティエ様、宮殿に行くつもりではございませんよね？　ユリウス様からは、今日一日ルーティエ様を絶対に屋敷から外に出すな、とも私は厳命されております」

「お願い、急いでユリウスのところに行かなきゃいけないの。こうしている間にも、ユリウスの身に危険が迫っているかもしれない」

詳しく説明をしている時間はなかった。とにかくユリウスのところに行って、テオフィルからの手紙に書かれていたことをすぐに知らせなければならない。

「説明は後からきちんとするわ。とりあえず、一刻も早く宮殿に行かないと」

「まあまあ、とにかく落ち着いてくださいませ。宮殿に戻るにいたしましても、ルーティエ様はまさか走って行くつもりではございませんよね？」

のんびりとしたアーリアナの指摘に、ルーティエはぴたりと動きを止めた。

「そ、そうだった、どうしよう……。ここに来たとき同様、馬車を呼んで、いや、でも、それじゃあ時間がかかり過ぎるから」

「まったく、ルーティエ様は考えなしでございますね。やはり優秀な侍女である私が付いていませんと、心配で心配で仕方がありません」

ふう、とこれみよがしにため息を吐いたアーリアナを、ルーティエは軽く睨む。

「そう怖い顔で睨まないでくださいませ。要するに、ユリウス様のところにできるだけ早く行けばよろしいのですよね。では、この私が特別に馬術の腕前を披露いたしましょう」

「え？　アーリアナ、あなた馬に乗れるの？」

「当然です、私は優秀な侍女でございますから、馬ぐらい簡単に乗れます。昔はユリウス様にも負けない馬術の腕前でしたから、どうぞ安心してください。すぐさまマリヤン大宮殿までルーティエ様をお連れいたします」

正直、少し、いや、かなり不安ではあったが、細かいことを心配している暇などなかった。

近くの村で一番足の速い馬を借り、アーリアナの後ろに並ぶ形でまたがる。本当に大丈夫なのだろうかと不安になる中、彼女は爽やかな声で言った。

「では、参りますのでしっかりと掴まっていてくださいませ。私の腕前は乱暴で乗り心地最悪と名高いものですから、決して落ちないように気を付けてください」

その後は、言うまでもなく最悪だった。文句を言っている場合ではなく、時間がないのも事実ではあったが、それでも他の方法を考えれば良かったと、ルーティエは心底後悔した。

今後緊急事態があっても、決してアーリアナの操る馬には乗らないと固く心に誓う。

アーリアナの乱暴で、しかし、確かに二人乗っているにしてはかなり速かった手綱さばきのおかげで、太陽が西に傾く前にザザバラードの宮殿へと到着することができた。

到着すると同時に運良く出会ったクレストから、ユリウスとアルムートが謁見の間にいると聞いたルーティエは、馬の手綱を持ったアーリアナが慌てて引き止める声を背後に、全速力で駆け出した。すれ違った使用人や兵士がぎょっとするのも気にせず、謁見の間へと一目散に走る。

テオフィルからの手紙には、二つの情報があった。

まず、同盟国の一つ、アレシュ王国の次に強い力を持っているグラテルマ共和国が、オルガ帝国の鉄鉱石及び製鉄技術を得ようと、暗躍している証拠が見つかったこと。

そして、レイノールからもたらされた情報として、以前アレシュ王国の許に、オルガ帝国の第一皇子の使者が来て、鉄鉱石を安価で流す代わりに、皇帝を亡き者にする手助けをして欲しいと言われたが断った経緯があること。

二つの情報を知ったルーティエは、すぐさま事の次第を理解した。

アルムートはフロレラーラ王国を支配したがっていた。恐らく彼はオルガ帝国も自由に支配したいと考えているのだろうが、当然聡明なサーディスが、国を治める技術も知識も器もない人間に皇帝の座を易々と明け渡すはずもない。アルムートにとってサーディスと、彼に目をかけられているユリウスは邪魔な存在でしかないだろう。

だとすれば、アルムートがやろうとしていることは自ずと推測できる。何とかして二人の存在を消し、自らがオルガ帝国を支配するために暗躍するはずだ。

(私をザザバラードで襲ったあの男たちは、アレシュ王国出身の暗殺者かもしれない。でも、雇ったのはグラテルマ共和国だわ。そして、オルガ帝国への侵入を手引きしたのはアルムート様)

アレシュ王国の仕業に見せかけてルーティエを殺すことで、他の同盟国に許可なくオルガ帝国へ手を出したとして同盟関係に亀裂を生み出す。疑心暗鬼になった同盟国の国々は、アレシュ王国へと力を貸すことはしなくなるだろう。

その後、オルガ帝国とアレシュ王国が全面戦争を始めたら、二国が疲弊した瞬間を狙って二国共に支配するつもりだったと考えられる。アレシュ王国とオルガ帝国、加えてフロレラーラ王国まで手にしたら、もうグラテルマ共和国に敵う国はなくなる。

（グラテルマ共和国もそれなりに大きな力を持つとはいえ、これまではいつも二番手だった。同盟国で最大の権威を持つのはアレシュ王国。自国が頂点に立ち、好き勝手に振る舞うために、アレシュ王国の存在がずっと目障りだったのね）

本来は別の方法、アレシュ王国をうまくそそのかしてオルガ帝国と全面戦争させるつもりだったのかもしれない。

アルムートがアレシュ王国に赴いたのも計画のうちの一つだろう。背後にグラテルマ共和国がいることは明かさず、鉄鉱石という餌をちらつかせて戦争を起こさせることが、アルムートの、否、グラテルマ共和国の策略だったと考えられる。

自国の被害をできるだけ少なくし、目的を確実に遂行する。汚い手段ではあるが、政治の上では常套手段だった。

（だけど、オルガ帝国が、サーディス陛下が突如フロレラーラ王国を侵略したことで、グラテルマ共和国とアルムート様の計画は急遽変更しなければいけなくなった）

慎重に、かつ秘密裏にいくつも計画を進めていたのだろうが、突然の変更によって穴が多数空いてしまったと思われる。事実、オルガ帝国に攻め入るべきだと声高に同盟国内で提言したり、急遽計画したと思えるほど雑な方法でルーティエへの暗殺を実行し、挙げ句失敗したりと、明らかに精彩を欠いた行動を起こしている。

（私を確実に暗殺するつもりならば、それこそ食事に毒でも盛るか、最初から一人でいるところを狙えば良かったはず……。でも、すぐには隙を見つけられなかったのね）

ルーティエやユリウスへの食事は、さりげない様子ながらもアーリアナが常に気を配っていた。そして、ルーティエにはクレストという護衛がいた上、宮殿内は常時厳しい警備が行われており、怪しい人間が入り込む余地もなかった。

結果、街中という目に付きやすい場所で暗殺を実行したが、伝言を不審に思ったユリウスに妨げられ、未遂に終わった。

（フロレラーラ王国を支配したオルガ帝国が、豊富な資源を足がかりにより一層強い力を得る前に、どうにかしてオルガ帝国を手に入れたい、と焦ったのかしら）

謁見の間に到着したルーティエは、扉の前に誰もいないことに眉をひそめた。必ず警備の兵士が二人、いついかなるときでも立っているのに、今は誰の気配もなかった。おかしいと思いつつも、扉を開けて中に飛び込む。

「――ユリウス！」

謁見の間の奥、玉座の近くにルーティエが捜していた人はいた。

「ルー？　どうしてここに？」

扉に背を向け、玉座を見ていたユリウスが振り返る。その顔に仮面はなく、黒に金を混ぜた瞳が大きく見開かれる。

ユリウスに駆け寄ったルーティエは、彼が対面していた人物、玉座に悠々と腰かけたアルムートへと鋭い視線を向けた。

「これはこれは、ちょうど良いところに来た。どうやらその女は余計なことを色々嗅ぎ回っているらしいからな。お前だけでなく、お前の妻も早々に始末しなければならないと思っていたところだ」

まるで皇帝のごとく玉座に座ったアルムートは、余裕綽々たる態度でルーティエたちを見下ろす。

「アルムート兄上、あなたは先ほどから何を仰っているんですか？　俺が宮殿に戻ったのは、サーディス陛下の容体について話し合い、必要であれば他国から優秀な医師を呼び集めるとあなたが手紙を寄越したからです。それなのに、兄上は先ほどからまるで陛下が亡くなること前提で、今後オルガ帝国を率いて行くのは自分だと話すばかり」

玉座を見上げるユリウスの声が、広々とした謁見の間に響く。ユリウスとアルムート、そしてルーティエ以外の気配はない。

「そもそも、その玉座はサーディス陛下の場所です。あなたが座る場所ではない」

「ここはすぐに俺の場所になる。父上、いや、サーディスの容体は日に日に悪くなり、もう間もなく死ぬ予定だ。正統な継承者である俺が、この国の皇帝となる」

高らかな笑い声が周囲を揺らす。口を開こうとしたルーティエを、ユリウスが片手で押し止めた。

「あなたにずっとお聞きしたいと思っていたことがあります。ここ半年ほど、サーディス陛下はもちろんのこと、俺自身も命を狙われることが増えた。また、秘密裏に他国と通じている者がどうやら上の人間、皇族や貴族、高官の中にいるんじゃないか、と疑われる事柄が多々起きています。オルガ帝国の内情がかなり詳細に外部へともらされた挙げ句、先日は俺の妻も何者かに殺されそうになりました」

淡々とした声音からは、隣にいるユリウスの心情を察することはできない。が、澄んだ音色には、どこか苦しそうな気配が漂っていた。

「どうか真実を教えてください。もし……もし兄上がここで俺を殺すつもりならば、最期に真実を教えるぐらいの慈悲を与えてくださってもいいのでは?」

数秒の沈黙の後、アルムートは玉座から立ち上がり、笑みを含んだ大きな声を放つ。

「ああ、そうだ。お前の考えている通りだ。俺はこの国の頂点に立ちたかった。だが、サーディスはいつまで経っても俺に大した権限を与えず、こともあろうに側室の子であるお前の方を重要視していた」

アルムートがユリウスに注ぐ視線は冷たい。家族の情など、欠片も含まれていなかった。

「目障りなサーディスとお前が消えれば、俺がこのオルガ帝国を好きに支配できる!」

やはりルーティエが推測した通り、アルムートが黒幕だったということか。いや、彼の背後にいるグラテルマ共和国が真の意味での黒幕だろうか。

ルーティエは開きそうになった口をきつく閉じる。尋ねたいことは後から、ここでの事態が無事に収まってからにしようと思った。

「そうですか、わかりました。では、あなたは、いえ、貴様はこの国の敵だ」

すっと、ユリウスのまとう空気が一変する。もうその声に苦しそうな気配はなく、言葉通り敵としてアルムートと対峙していた。

「聡明なサーディス陛下が、貴様の計画を何も知らないとでも思っていたのか？　ここ数ヶ月の間、俺は陛下から命じられ、貴様の身辺調査と尾行を何度も行ってきた。毎夜遊び歩いているように見せかけて、その内の数回は素性の知れない者たちと接触。調べた結果、グラテルマ共和国の者であることが判明している」

位置的には玉座にいるアルムートの方が上だ。けれど、それよりも数段低い位置にいるユリウスの方が、まるでずっと上からアルムートを見下ろしているように感じられた。

ルーティエの目には、ユリウスの姿にサーディスの姿が重なって見えた。

「陛下がフロレラーラ王国を侵略したのは、国を支配することが目的ではない。オルガ帝国がフロレラーラ王国を領土にし、アレシュ王国を超えるような力を手に入れたら、六つの同盟国の中で必ず焦って動き出す国があると踏んでいた。オルガ帝国が力を付ければ付けるほど、侵略するのが困難になるのは明白だ。となれば、少しでも早く、オルガ帝国の力を殺ぐための行動に出るだろうと陛下は予測していた」

ユリウスは母親似の顔立ちだと言ったが、まとう雰囲気は間違いなく父親から譲り受けたものだろう。

「恐らく当初の計画は、アレシュ王国とオルガ帝国とを争わせ、両国が疲弊したところでグラテルマ共和国が二国共に手中に納めるというものだったんだろう。グラテルマ共和国はかなり慎重に、周囲に悟られることなく綿密に計画を進めていたため、いくら調査しても尻尾を摑むことができなかった」

刃のごとき鋭い光を宿した瞳が、アルムートを捉えている。

「今回オルガ帝国がフロレラーラ王国を支配し、焦った貴様があちこち動き回ってくれた結果、ようやく望んだ情報を手に入れることができた。グラテルマ共和国に相談なく勝手に協力者を作ったり、暗殺を生業とする人間と接触したりと、愚行を挙げたらきりがない」

どうやらルーティエが手紙の内容を教えるまでもなく、ユリウスはすべての事の次第を把握しているらしい。

「はは、さすが抜け目のない父上だ。最初から息子である俺を疑っていた、というわけか。側室の子どもにこっそり嗅ぎ回らせて。第一皇位継承者は俺だ！　それなのに、あの男はいつだって俺のことを馬鹿にしていた！」

「馬鹿にしていた？　陛下に文句を言う前に、自らの行動を省みたらどうだ？　皇子としての責務を放棄し、何もせず日々堕落して過ごすような人間、陛下が認めるはずがないだろう。それに、貴様の行動は短絡的過ぎる。陛下が体調を崩し、俺が宮殿から離れた途端、もはや隠す様子もなく堂々とグラテルマ共和国の人間を国に入れるとは」

　ユリウスの言葉が終わる前に、謁見の間に隠れていたらしい人物たちがルーティエとユリウスを素早く取り囲む。数は二十人近い。アルムートに付き従うことを選んだオルガ帝国の兵士と、茶色いローブを羽織った人間が半々だった。ローブを羽織っているのは、グラテルマ共和国の人間だろうか。

　体格的に恐らく全員男だろう。手には武器が握られている。もし戦いになればユリウスの方が不利だ。人数に差がある上、ルーティエが足手まといになってしまう。

「本当に愚かだな。皇子として日々研鑽を積んでいれば、問題なく皇帝になれたのに」

　ユリウスの口からはため息がもれる。武器を持った男たちを前にしても、彼の口調にも様子にも変化はない。こんな状況でも変わらない姿に、取り囲む男たちの方が圧倒されているように見えた。

「愚かなのはお前だ、ユリウス！　命を狙われていると知っていて、こんな場所にのこのこやって来るなんてなあ！」

　アルムートからざらついた怒鳴り声が放たれる。

「駆け引き、という言葉を知っているか？　俺が本当に、貴様の誘いに乗って無策でここに来たと思っているのならば、もう一度一からありとあらゆる知識を学び直すべきだな。いや、今更もう遅いか」

ユリウスの冷ややかな言葉に、アルムートの怒りが濃くなっていく。それに呼応して、ルーティエたちの周りにいる男たちがじりじりと距離を詰め始める。

「ユリウス」

「大丈夫だ。心配いらない。俺から絶対に離れないように」

ユリウスはルーティエを背後に庇う。ルーティエは急いで周囲を見渡した。背後に扉、左手側に窓があるものの、男たちに囲まれた状態では逃げ出すことはできそうにない。

「仮面を被った顔も気味が悪くて目障りだったが、やはりその素顔が一番気に入らないんだよ！　お前の母親を思い出させる！　二度と見なくて済むように消し去ってやる！」

アルムートが「二人共殺せ！」と大声を出すと、武器を手にした男たちが一歩、また一歩と近付いてくる。ユリウスの両手にもいつの間にか剣が構えられてはいた。だが、多勢に無勢、いくら強くとも勝機は薄い。

ユリウスに傷付いて欲しくない。ただ守られているだけなんて、そんなのは嫌だった。ルーティエだって大切な人を守りたい。

何かできないかと周りをうかがっていたルーティエは、窓の外に広がる風景を見てあることに気が付いた。震えそうになる体を叱咤し、ユリウスの隣に並んでアルムートを見上げる。

「アルムート様、もし私もここで殺すつもりならば、私からも一つお願いがあります」

止めようとするユリウスに、無言で視線を返す。大丈夫だと目で伝えれば、ユリウスは迷う素振りを見せつつも小さく頷いてくれた。

「何だ？　どうせすぐに死ぬのだから、聞くだけは聞いてやろう」

「最期に、歌を歌わせてもらえませんか？　フロレラーラ王国の王族がずっと守り続けてきた歌を、死ぬ前にもう一度だけ歌わせてください」

ルー、とささやくように名を呼ぶ声が隣から響く。ルーティエがやろうとしていることに気が付いたのだろう。横を見れば、心配そうなユリウスの顔がある。今度はルーティエが彼に小さく頷き返す番だった。

「好きにしろ。まあ、聴くに値しない歌ならば、途中でそいつらに殺させるがな」

不思議と歌うことに対する恐怖はなかった。嫌で仕方がなかった『女神返り』の能力も、『花姫』と呼ばれる自分自身も、この瞬間はありのまま受け入れることができた。

歌いたい。自分のために、大切な人のために、この国のために。

ずっと嫌いで、隠し続けていた能力と向き合い、ありのままの自分を受け入れられるようになりたい。オルガ帝国で、ユリウスの隣で。

（――もう怖くない。辛いとも思わない。だって、私は一人じゃなくて、傍にいてくれる大切な人がいるから。信じ、守り、愛してくれる最愛の人がいるから）

深呼吸をして、口を開く。一度歌い出すと、次々に喉の奥から旋律があふれ出してくる。怖がることはない。嫌うこともない。我慢せず、心の赴くままに歌えばいい。

ルーティエは子どもの頃のように、思い切り歌声を紡ぐ。花と花の女神フローティアに祈りを捧げる。どうか歌声に応えてほしい。美しく咲き誇る姿を見せてほしい、と。

謁見の間に、ルーティエの歌声が満ちていく。澄んだ柔らかな歌声に、誰もが微動だにせず聴き入っているようだった。

歌にルーティエの願いを込める。

（お願い、お願いだから、どうか私が大切な人を守るための手助けをして！）

想いを注ぎ込み、頭の中で望む形の想像を固めていく。

異変は突如現れた。歌声に合わせて、ぴしっと何かがひび割れる音が発せられる。音の発生場所は窓だった。歌いながら視線を向ければ、いつの間にか窓ガラスは緑色で埋め尽くされている。

次の瞬間、窓ガラスが外側から破られる。そして、まるで意思を持っているかのごとく、緑色の物体、何本ものつるが謁見の間へと入り込んでくる。床を這い、壁を走り、鮮やかな緑のつるがどんどん室内を侵食していく。

「な、何だ、このつるは⁉」

「どっから湧いて出てきたんだ！　痛っ！　気を付けろ、トゲがあるぞ！」

突然侵入してきた大量のつるに、男たちから驚きの声が次々にもれる。その間も歌い続けるルーティエの声に呼応して、鋭いトゲを生やしたつるは恐ろしいほどの早さで生長していき、男たちの足や腕、体に巻き付き始めた。

手にした武器を振るう間もなく、二十人近くいた男たち全員が、いまだありえないほどの早さで伸び続けていくつるによって拘束されていた。体をトゲで刺された男たちの口からは、苦悶の声が発せられている。

ルーティエの歌声が止んだときには、緑色のつるには美しい白い花、大輪のバラが数え切れないほど咲いていた。真っ白な花弁を大きく広げ、華やかな香りを辺りに充満させている。

謁見の間は、華麗な白バラによって色鮮やかに飾り付けられていた。まるで初めからそうだったかのように、バラの花は寒々しかった室内を美しく装飾している。

（ああ、よかった……。うまくいったわ。ありがとう、私の歌に応えてくれて）

ほっと息を吐く。ルーティエが望んだ通りの形で、花を咲かせることができた。トゲが刺さって多少怪我をした人もいるかもしれないが、どれも軽傷だろう。

「もしかして、この白いバラは……」

「ええ、裏庭の白バラよ。あの窓の向こう側が、ちょうどサーディス陛下と話した裏庭に近いことに気付いたから」

「そうか、母上の大事にしていたバラか」

かすかに震える吐息をもらしたユリウスは、両手の剣を握り直すと、つるによって拘束された男たちの間を素早く移動した。そして、白いバラによって覆われた玉座の前に駆け寄ると、右手の剣の切っ先を床に座り込んだ相手、アルムートへと向ける。

「動くな。もし動けば、逃げることができないように足を斬る」

アルムートの体にはつるは巻き付いていない。が、突然の出来事に驚き、足元に伸びたつるに引っかかって転んでしまったのだろう。顔を真っ赤にし、怒りをあらわにしたアルムートが口を開くよりも早く、バラで覆われた空間に聞き慣れた低い声が響く。

「さて、ユリウスからの合図を今か今かと扉の向こう側で待っていたのだが、一向に呼ばれる気配がない上、何やら騒がしいと思って入ってきてみれば。随分と派手な事態になっているようだな。この状況から察するに、どうやら私の加勢などまったく必要なかったと見える。斬り合いに参加できると楽しみにしていたのだがな」

扉からゆったりとした歩調で現れたのは、サーディスだった。ふらつくことなく足取り軽く歩む姿には、最後に見たとき、毒で倒れたときの様子など皆無だ。サーディスと共に入ってきた兵士たちが、つるで拘束された男たちを手早く縄で捕らえていく。

あまりにも普段通りのサーディスの姿に驚いているのは、ルーティエだけでなくアルムートも同様だった。

「は？　父上、な、何故？　だって、あなたは死の淵にいると……」

「残念だったな、アルムート。見ての通り、私は健在だ。本当にお前は愚かだな。情報の裏を取ることもなく、すべて鵜呑みにするとは」

「そうか、謀ったな！　初めから毒など飲んでおらず、倒れたのも演じていただけか！」

「いや、毒は飲んだ。流石にただ倒れる振りをしただけでは、周囲の人間を騙せないだろう。少量の毒を摂取して、本気で寝込んでみせるぐらいは必要だからな。今日までその事実を知っていたのはユリウスだけだ」

謁見の間にいる全員の視線がユリウスに向けられる。ルーティエの呆然とした眼差しを受け、ユリウスは申し訳なさそうに頭を下げた。

「すまない、ルー。あなたを騙すつもりはなかった。ただ、あなたにはすべてが終わるまで、安全な場所にいてほしかった。俺が全部きちんと方を付けるつもりだった」

「謝らないで。大丈夫、ようやく納得できたわ。そうよね、飲む前にハーブティーの茶葉を調べていたあなたが、毒が含まれていることに気付かないわけないものね」

サーディスが毒で倒れた一件は、すべてアルムートを騙すための計画だったということだ。驚く一方で、ほっとする気持ちもあった。サーディスが無事でよかった。

「想定以上になかなか強い毒だったため、体調が回復するまで思いのほか時間がかかってしまった。彼が持ってきてくれた解毒剤のおかげで、こうして後遺症もなく動けるようになったがな」

彼、というサーディスの言葉に合わせ、扉から謁見の間へと入ってきた人物を見て、ルーティエは驚愕の声を上げる。

「イネース！　どうして、あなたがこんなところに？」

フロレラーラ王国にいるはずの弟、イネースだった。若干顔色が悪く、疲労の色が見て取れるものの、怪我などをしている様子はない。

「申し訳ございません、サーディス陛下。姉には僕から説明してもよろしいでしょうか？」

「ああ、構わない」

イネースは丁寧にサーディスへと一礼すると、驚いて目を見開くルーティエへと近付く。

そんなイネースに、座り込んだままのアルムートが罵声を飛ばす。

「貴様、裏切ったな！　この俺がわざわざ貴様のような小僧に声をかけ、姉を救うための手助けをしてやろうと手を貸してやったのに！」

「裏切ったのは僕よりも、あなたの方が先だよね。そもそも裏切る以前に、あなたは僕との約束など守るつもりがなかったでしょ。姉様のことは見逃すなんて言っていたけど、本当はサーディス陛下たちを殺したら、ルー姉様も秘密裏に始末するつもりだった」

冷静なイネースの主張に、アルムートはぐっと喉を詰まらせる。図星ということだろう。

イネースはアルムートを冷ややかに一瞥してから、ルーティエの目の前に立った。

「僕はね、ルー姉様に幸せになってほしかった。フロレラーラ王国の民に元の穏やかさを取り戻したかった。そのためには、サーディス陛下やユリウス皇子が邪魔で……死ねばいいと考えていた」

「イネース、あなた……」

「でも、僕一人の力では何もできない。だから、協力してくれる相手をずっと探していた。そこに声をかけてきたのが、アルムートだった。自分に協力すれば、ルー姉様は必ず無傷でフロレラーラ王国に帰し、王国もまた自由にしてくれる、と言ったから」

ぐらりと、目の前が歪む。自分のせいで、イネースに愚かな真似をさせてしまった。ふらついたルーティエを支えてくれたのは、いつの間にか傍に来ていたアーリアナだった。

「色々手伝ったよ。グラテルマ共和国との連絡役とか、フロレラーラ王国からオルガ帝国に侵入する手引きとか。そして、姉様に贈ったハーブティーに毒を入れることとか」

「やっぱり、あのハーブティーに毒を入れたのは、イネースだったのね」

「うん。もちろん迷ったよ。ハーブティーは姉様も飲むはずだし、それに、やっぱり誰かを殺すなんて……。そもそも、アルムートのことがどうしても信頼できなかったから。だけど、僕はどうしてもルー姉様の幸せを守りたかった」

ルーティエよりも低い位置にある濃い紫色の瞳が、真っ直ぐにルーティエを見る。涙の膜で揺れる瞳には、深い後悔の色がにじんでいた。

「僕ね、ずっと家族にも隠していたけど、姉様と同じように普通よりも少し強い能力があるんだ。『女神返り』と呼ぶほどではないし、姉様のようにどんな植物でも生長させられるわけではない。ただ、有毒な植物ならば、ルー姉様よりも自由に歌で育てられる」

ハーブティーに入れられていた毒は、ワームウッドによるものだった。少量ならば何の問題もないが、一度にたくさん摂取すると嘔吐や神経麻痺が起きる場合もある。

「この力を隠していたのは、有毒な植物を育てるなんて、平和なフロレラーラ王国では絶対に気味が悪いって思われることがわかっていたからだよ。こんなことにならなければ、一生誰にも言わずに僕の胸の中に隠し続けていた」

イネースの歌には、有毒植物の毒性を強めることができる力があるらしい。通常の数十倍近い毒性を持って生長したワームウッドを、あのハーブティーに使ったのだろう。

「ルー姉様から来る手紙が少しずつ前向きになって、僕の知らないオルガ帝国の良い部分がたくさん書かれるようになって、そして、ユリウス皇子が毒入りのハーブティーを飲まないようにルー姉様が止めたって聞いて、自分のやっていることが本当に正しいのかわからなくなってきたんだ。僕は間違ったことをしているんじゃないかって」

イネースは悩んだ末ユリウスに連絡を取り、サーディスとユリウスの二人に自分のやったことをすべてありのまま話した。そして、用意してきた解毒剤をサーディスに渡したと語るイネースの顔は、どこかすっきりとしているようにも見えた。

震えるルーティエの手に、イネースの手が重なる。その手はいつの間にかルーティエの手よりも大きくなっていた。

「許してもらえるとは思っていない。ちゃんとやったことの責任を取り、罰も受けるつもりだよ。でもね、これだけは信じてほしい。僕はルー姉様とフロレラーラ王国の民の幸せを、一番に願っているから」

にこりと笑う顔には、大人びた表情が浮かんでいる。幼いと思っていた弟もまた、フロレラーラ王国の王族として日々成長しているのだろう。

イネースにはきちんと今回の罪を償った後、離れてしまったルーティエの分もフロレラーラ王国を支えていってほしい。ルーティエは重なった手を一度強く握りしめた後、ゆっくりと離す。もう弟を甘やかす姉は彼には必要ない。

「ルー姉様がこの国で、ユリウス皇子の隣で幸せになれるのならば、僕はそれを心の底から応援するよ」

「……ありがとう、イネース。本当にありがとう」

ルーティエのせいで誤った道を進ませてしまったことに対する謝罪ではなく、姉の幸せを心の底から願ってくれていることに対する感謝を伝えるべきだと思った。涙をこらえて微笑めば、イネースもまた笑顔を返してくれた。

「では、そろそろ一番の問題を解消するか」

背後から聞こえてきた雪よりも冷えた声音は、サーディスのものだった。アルムートの前に立つと、冷え冷えとした眼差しを注ぐ。

「本来ならば、十年前、そなたの母親を処刑した際に一緒に始末するつもりだった。災いの芽は早急に摘み取るのが私のやり方だからな。しかし、ユリウスが兄たちを殺さないでくれと懇願したゆえ、今日まで見逃してきた」

恐怖に歪んだアルムートの口から、ささやき声がもれる。助けて、殺さないで、俺はあなたの子どもだろうと、かすれた声が次々に放たれるが、サーディスは眉一つ動かさない。その手には抜き身の剣が握られている。

「私が生み出した汚点だ。この手で消し去ってやろう。光栄に思え。この私、サーディス・エリシャ・ケト・オルガの手にかかって死ねることを」

サーディスの手が動く。ルーティエが声を上げるよりも早く、サーディスに駆け寄ったユリウスが剣を持った手を掴んで動きを止める。サーディスはわずかに眉を上げ、無機的な黒い瞳をユリウスへと向ける。

「これを生かしておけば、再び災いをもたらす可能性がある。聡明なそなたなら、その程度のことは言われずともわかっているだろう」

「はい、心得ています。彼は陛下に、オルガ帝国に害をもたらそうとした。このまま放っておくことは絶対にできない」

「その通り。国の敵は冷酷に排除する。たとえ相手が誰であろうとも」

「……ですが、彼は、アルムート兄上は、たとえどんな人物であったとしても俺の兄です。甘いとわかっています。本来であれば、ここで殺すべきだとも」

ユリウスがルーティエを見る。黒を帯びた金色の瞳が優しい光を宿している。

「彼女と出会い、俺は常にこの顔にあった仮面を外すと決めました。あの仮面は俺の弱さや甘さを隠すためのもの。皇子としては己の心を殺して生きることが正しいのかもしれません。ですが、俺は仮面を被った皇子としてではなく、ユリウスという一人の人間として彼女と共に生きていきたい。この身にある弱さも甘さも、否定したくはない」

だから、どうか兄上の命だけは奪わないでくださいと、ユリウスはサーディスの腕を掴んでいた手を離すと、深く頭を下げて懇願する。恐怖と絶望で歪んだアルムートの顔が、言いようのない表情に変わる。

「それに何より、俺は陛下に、いいえ、父上にもう二度と身内を手にかけるような真似をさせたくはありません。たとえあなたが何も感じなくても、俺は父上のそんな姿をもう見たくないんです」

サーディスはしばらくの間無言でユリウスを見ていた。そして、口から大きな息を吐き出すと同時に、手にしていた剣を腰の鞘の中へと戻す。

「アルムート、そなたは国外追放だ。安心しろ、そなたが仲良くしていた使用人や貴族、高官も一緒に追放してやるから、寂しくはないだろう」

アルムートの首ががっくりと垂れ下がる。

彼が今感じているのは殺されなかったことに対する安堵か、自らの命を助けるよう進言してくれたユリウスへの感謝か、過ちを犯したことへの後悔か。

それはきっとアルムート以外の誰にもわからないことではあった。だが、ルーティエは少しでもいいからユリウスの兄を想う気持ちが、アルムートに伝わればいいと思った。

「逃亡しないように、こやつも縄で縛っておけ、アーリアナ」

「はい、お任せくださいませ。私は縄の縛り方も、完璧に熟知しておりますゆえ」

にっこりと笑ったアーリアナは、ルーティエから離れると慣れた手付きでアルムートの体を縛り上げた。アルムートはもはや抗う様子もない。

「そなたが受け入れようとしている甘さや優しさは、いつか自らを窮地に追いやるかもしれんぞ、ユリウス」

静かながらもどこか咎めるようなサーディスの言葉に、ルーティエは無意識の内に口を開いていた。

「大丈夫です。何があっても、私が支えていきます。一人では背負えないものも、二人ならば背負っていけるはずですから」

本来のユリウスが持つ優しさは、皇帝としては欠点かもしれない。しかし、人間としては長所だ。いつか彼の優しさが彼自身を苦しめる日が来たとしても、ルーティエはすぐ隣でユリウスを支えていこうと誓った。

驚いたように息を呑むユリウスの隣で、サーディスはどこか満足そうに「そうか」と呟いた。

「では、これでとりあえず一件落着、か。とはいえ、片付けるべきことはまだまだ山積みではあるが。諸々の後処理を考えると、頭が痛くなってくるな」

「お手伝いします、父上」

「私もできる限り手伝います、お義父様」

二人揃ってそう言えば、珍しくサーディスの顔に気の抜けたような表情が浮かぶ。しかし、すぐさまそれは微笑に変わる。

「そうか、ならば覚悟しておけ。私は人使いが荒いからな、二人共こき使ってやるぞ」

まだまだ解決していかなければいけないことが数多くある。恐らく、その過程でたくさんの難題にぶつかり、たくさん悩み、そして苦しむのかもしれない。

それでもと、ルーティエはユリウスの傍に近寄り、彼の手に己の手を重ねて強く握りし

める。ルーティエを見たユリウスはすぐさま手を握り返し、口元に柔らかな微笑を刻む。

この人と一緒ならば、きっとどんな苦しみも悲しみも、乗り越えていくことができるはずだ。本当の夫婦として、共に歩んでいける。

「それにしても、綺麗な白バラだな。昔のままだ」

サーディスの穏やかな声が、白バラで彩られた場所にゆっくりと溶けて消えていく。

生き生きと咲き誇るバラたちは、降り積もった雪にも負けない美しい白をその身にまとい、つるの鮮やかな緑色の中で輝いている。周囲でかぐわしい香りを放つバラたちが、これからの未来を祝福してくれている。そんな風にルーティエの目には映った。

エピローグ

謁見の間に足を運んだルーティエは、ドレスの裾を摑んで丁寧に挨拶をする。

「ごきげんよう、陛下。お呼びと聞きましたので、参上いたしました」

サーディスはルーティエの丁寧な言動に必要ないとばかりに軽く右手を振って制すると、腰かけていた豪勢な椅子から立ち上がる。そして、わざわざルーティエの目の前まで移動してきた。

最初の頃だったら絶対に考えられないその変化に、ルーティエはかすかに笑みをこぼす。

それに気が付いたサーディスは、わずかに眉を寄せる。

「何かおかしいことでもあったのか？　それとも、数々の疲労が重なったことで、今になって錯乱状態にでも陥ったのか？」

「何でもありません。陛下、一つ言わせてもらいますが、娘に対してそのような言葉、普通の父親ならば口にしませんよ」

「私に普通の父親を求める時点で間違っている。私は父親の前に皇帝だ。それを忘れるな」

きつい口調だが、そこに悪意も敵意も感じない。むしろどこか温かさを感じさせる言葉に、ルーティエは笑顔で「はい、わかりました」と返事をする。

調子を取り戻すように小さく咳払いをすると、サーディスは無表情で話し始める。

「今日呼んだのは、他でもないフロレラーラ王国についてのことだ。そなたも知っての通り、六つの国で結ばれていた同盟は、グラテルマ共和国の暗躍によってないに等しいものになっている。いまだごたごたが収まらず、特にアレシュ王国とグラテルマ共和国との間には大きな溝ができているようだ」

「グラテルマ共和国がオルガ帝国を侵略し、同盟国の国々の頂点に立とうとしていたこと。そして、いずれはアレシュ王国までも手に入れようとしていたこと。正直なところ、真相を聞いても私はまだ信じられない部分があります」

「私は別に驚きはしないし、むしろ統治者の一人としては納得できるがな。どの国も、みな自分の国が第一だ。自らの国を守るため、より良い豊かさを求めるために、他国を害することなど当然のことだろう。綺麗事だけでは国は立ち行かない」

フロレラーラ王国で綺麗な部分だけを見てきたルーティエならば、決して首を縦には振らなかった。だが、この国に来てからのルーティエならば。

「……陛下の仰る通りかもしれません。このままではいずれ、アレシュ王国とグラテルマ共和国との間で戦争が起きてしまうのでしょうか？　フロレラーラ王国や、ここ、オルガ帝国をも巻き込むような大きな戦争が」

「さあな、それはまだわからん。だが、アレシュ王国の第一王子が、何とか穏便に事を収めようと奔走していると聞く。そなたは結婚するはずだった男を信じてやればいい」

レイノールとは時々手紙を交わしている。互いの近況を伝えるだけの手紙ではあるが、ここ最近は以前のような軽い調子でやりとりできるようになりつつあった。

まだお互いに心の整理が完全にはできていない。しかし、遠くないいつか、きっと友人として笑い合える日が来るはずだと思っている。

「しかし、我が息子ながらアルムートの馬鹿さ加減には頭が痛くなる。グラテルマ共和国に良いように利用されているとも知らず、皇帝になるための手助けをするなどという甘言にまんまと騙されていたとは……。まあ、おかげであやつ諸共目障りだったフィッテオ家、その他甘い汁を啜っていた役立たずな貴族や高官連中をまとめて追い出せたのだから、最後には役に立ったと思うべきか」

息子と言いつつも、その声音にはもはや身内に対する情は欠片もない。サーディスにとって、オルガ帝国に害をなした時点でもう家族ではないのだろう。

「さて、諸々のことが落ち着くまでの間、フロレラーラ王国はオルガ帝国の支配下に置く。今フロレラーラ王国をオルガ帝国から切り離せば、必ずどこかの国が豊富な資源や国力を狙って争いをしかけてくる。故郷が滅ぶ姿など見たくはないだろう？」

確かにサーディスの言う通りだった。現在のフロレラーラ王国は、同盟国という後ろ盾を失ってしまっている。アレシュ王国もグラテルマ共和国とのことで忙しく、フロレラーラ王国のことにまで気を向けている余裕はないだろう。

武力のほとんどないフロレラーラ王国がどの国の庇護もなく、ぽつんと切り離されてしまったら、どこかの悪意ある国によって攻め入られることは明白だった。

「とはいえ、これは限定的な処置だ。落ち着いたら、いずれフロレラーラ王国は以前の形に戻す。元々領土にすべく侵攻したわけではなかったからな。現時点でもオルガ帝国からの干渉は最低限にし、そなたの父、国王に治世を行っていってもらうつもりだ」

自国の膿を出すため、いや、オルガ帝国という国を守るため、そのためだけにサーディスはフロレラーラ王国を侵略した。そのことによってフロレラーラ王国で大勢の人間が傷付き、少なからず亡くなった人間がいるのも事実だ。そのことを許すつもりもないし、仕方がないと認めるつもりもない。

（どんな理由があれ、やっぱり私は誰かを傷付けることも……もちろん命を奪うことも、やってはいけないことだと思う）

それがたとえ大切な誰かを、何かを守るためであっても。

（でも、私はサーディス陛下の気持ちもわかるわ。だから、彼を責めることはできない）

サーディスのやり方が正しいのか正しくないのか、政治や争いに詳しくないルーティエにはわからない。それでも、彼が最低限の犠牲で済むように、かなり綿密に配慮していたことをユリウスから教えられた。

そして、いずれフロレラーラ王国を自由にする日が来たら、サーディスはできる限りの償いをしていくつもりであることも、聞かされている。

ルーティエがすべきことは、起こってしまったことを責め立てることではないだろう。

この先の未来をいかに明るいものにするか、そのためにルーティエは自分のできることをしていきたいと思う。

「いつか、オルガ帝国とフロレラーラ王国との間で、固い同盟を結べる日が来るでしょうか？」

「先のことは私にもわからん。だが、ユリウスならばやり遂げるかもしれんな。そなたもあやつに手を貸してくれるのだろう？」

はいと大きく頷けば、サーディスの顔には微笑が刻まれる。

最初は常に冷酷な雰囲気をまとい、温かさなどみじんも感じなかったが、ここ最近はサーディスの時間があるときを見計らって、ユリウスを交えてお茶や食事をすることも増えている。徐々にサーディスの雪のごとき雰囲気も、柔らかくなりつつあるように思える。

オルガ帝国はザザバラードも含めてすっかり雪に覆われ、凍えるような寒さが毎日続いている。けれど、雪が解ける日は必ずやって来る。

「それから、そなたにかけられていた冤罪、私を毒殺しようとしたのではないかと、一部の高官の中で広がっていた疑いはきちんと解いておいた。敵を騙すにはまず味方からだと、ユリウス以外には計画について明かしていなかったため、そなたには申し訳ないことをした」

ルーティエは首を振った。

「いえ、必要なことだったのですから、気になさらないでください。それよりも、私の方こそサーディス陛下に謝らなければならないことが二つあります」

「二つ？　何のことだ？」

「まず一つ目は、弟のイネースのことです。陛下とユリウスは知った上であのハーブティーを飲んだのかもしれませんが、それでも弟が毒を入れたことは変えようのない事実です。本来ならば極刑になるべきところを、陛下には多大なる恩情を与えていただき」

続けようとしたルーティエの言葉は、面倒臭そうにため息を吐き出すサーディスによって遮られる。

「無用に飾り立てた言葉などいらん。確かにそなたの弟は私とユリウスを殺そうとした。だが、そもそもの原因は、フロレラーラ王国を私が侵略したことだろう。それに、あのハーブティーも結果的には私の計画の一端をうまく補ってくれたからな」

「いえ、ですが、それでもイネースのやろうとしたことは……」

「そなたを含め、フロレラーラ王国の人間は綺麗過ぎる。だからこそ、彼のような人間は今後必要になるぞ。むしろ、私はそなたの弟には目をかけている。大切なものを守るために非情になれる者こそ、上に立つのに相応しい人間だと私は思っている」

この話は終わりだとばかりに、サーディスは「二つ目は？」と先を促す。ルーティエは小さく吐息を吐く。目の前にいる相手が冷酷無慈悲だなどと、もう二度と思うことはないだろう。

「二つ目は、あの白バラのことです。きちんと手をかけて咲かせると言ったのに、無理矢理歌で咲かせてしまい、本当に申し訳ございません」

「そのことか。別に枯らせたわけではないのだから問題ない。むしろ謁見の間が豪勢になって、随分見栄えが良くなっただろう」

そう言ってサーディスは周囲を見渡す。壁や床にはいまだ緑色のつるが這い、あちこちで白い大輪のバラが咲いている。あのとき、ルーティエが歌で咲かせた状態のままになっていた。窓ガラスも割れたままだ。

「陛下はすぐにバラを処理してしまうと思っておりました。公務に邪魔だから、と」

「花はいずれ枯れていく。それまでこのままにしていても、大して邪魔にはならないと思っただけだ」

玉座にもつるが伸び、我が物顔でバラが鎮座している。が、その白バラを見るサーディスの表情はどこか優しく感じられた。

「それにしても、まさかそなたにあれほど強い能力があるとは思わなかった。『女神返り』と言ったか？　使い方によっては、色々なことに利用できそうな能力だが」

「最初にお断りしておきますが、私は自分の能力を悪用させるつもりは一切ありません。もし誰かを、何かを傷付けるようなことに使えと言うのならば、もう二度と歌いません」

はっきりと、迷うことなくルーティエは言った。無言で視線を交わすこと数秒、サーディスがふっと口元に笑みを浮かべる。

「そなたはなかなかに強情そうだな。まあ、そのぐらいの方がユリウスにはちょうどいいだろう」

「それは褒めてくださっていると思ってよろしいのでしょうか？」

「そなたの好きに考えろ」

「では、褒め言葉として受け取っておきます」

ルーティエはにっこりと笑った。

「今度はこの白バラを、歌ではなくきちんと手入れをして咲かせてみせます。いつか必ずもう一度咲かせますから、そのときにはぜひご一緒に月見酒をいたしましょう。もちろんユリウスと三人で」

悪戯っぽく笑って告げれば、サーディスは切れ長の瞳を丸くし、驚愕をあらわにする。彼が感情を前面に出した表情をするのは非常に珍しかった。しかし、その表情は手の平にのった雪の粒のように、すぐに解けて消えてしまう。

「そうか、せいぜい頑張ればいい。もう一度このバラが咲く日を、楽しみにしている」

雪は解けて消えてしまう。だけど、雪が降り、そこに存在した事実は決して消えはしない。ささやくように続けられたサーディスの言葉に、ルーティエは笑みを濃くする。

「そなたに一ついい話を教えてやろう。元々そなたの夫になるのはユリウスではなく、アルムートだった」

「……あの、それ、全然いい話じゃないと思いますけど、私の気のせいでしょうか？」

眉を寄せるルーティエに、サーディスは「最後までちゃんと聞け」と言った。

「普通に考えれば当然だろう。私が皇帝の器があると思っているのは、ユリウスだ。もし本当にユリウスを皇帝にするつもりならば、その伴侶も利のある者を選ぶ。支配した国の、しかも人質としての役目のある娘など、妻にさせるわけがない」

「それならば、どうして私がユリウスと婚姻を結ぶことになったんですか？　アルムート様が全力で嫌がったから、とか？」

「簡単な話だ。ユリウスがそなたを妻にしたいと申し出た。普段何も求めないあやつにしては珍しく、どうしてもそなたを伴侶にしたいと懇願した」

ルーティエの胸に温かさが広がっていく。喜びで震えそうになる両手を重ね、強く握りしめる。

「私は反対したが、ユリウスの意志は固かった。そなたは幸せになるだろう、ルーティエ。何せこの国で一番の有望株の妻になったのだから」

サーディスの黒い瞳には、冷酷とはほど遠い温かい光が宿っている。それは間違いなく、自らの息子を愛する一人の父親としての顔だった。

胸が詰まって、返事をすることができなかった。代わりに大きく、何度も首を縦に動かすと、サーディスの口からは柔らかな笑い声がこぼれ落ちたのだった。

「私ね、オルガ帝国は鉄鉱石以外に、もっと別の主要産物も積極的に作っていくべきだと思うの。もし鉄鉱石が産出できなくなったとき、他にも国を支えていくものが必要不可欠でしょ」

夕食を食べ終え、ルーティエが淹れたハーブティーを飲み、アーリアナが下がった夜半。ルーティエはユリウスを誘ってバルコニーに出ていた。朝から降る雪は、夜の闇の中でも白い輝きを放っている。

「私としては、オルガ帝国の伝統的な織物や刺繍の技術を活かすことができれば、と考えていて。綿花の生産量をもっと増やし、自国分を賄うだけでなく、他国と貿易できるぐらいの量を収穫できるようにすれば、こんな織物製品をたくさん輸出できるようになるわ」

ルーティエは肩に巻いた織物に目を落とす。ユリウスが贈ってくれた花柄の肩掛けは、毎日大切に使い続けている。質の良いものだということは、長期間使っても全然綻びができてこないことからも明らかだった。

暖炉で暖めた部屋に比べると、外は極寒に感じられる。が、澄んだ空気は気持ちのいいものだった。頬を撫でていく風が、暖炉で火照った熱を冷ましてくれる。

「もちろん問題は山ほどあるし、実現できるまですごく時間がかかると思う。でも、私も自分の能力をこの国のために活かせるように頑張るわ。荒れた土地を、少しずつでも癒していきたい。そして、いつか私の歌がなくても、当たり前のように植物がたくさん芽吹く土地になってほしい」

それが、ルーティエの新しい夢だ。どうかしらと横を見ると、無言で視線を注ぐユリウスの姿があった。その顔は驚いているようにも、ぼんやりしているようにも見える。

「あの、ええと、私何か変なことを言った？」

　ついつい興奮して語ってしまっていたが、もしかしておかしなことを口にしたのかもしれない。恐る恐る問いかけると、ユリウスははっとしたように金を含んだ黒色の目を瞬く。そして、慌てて首を横に動かした。

「いや、そうじゃないんだ。すまない。何て言えばいいのか、こう、胸が詰まって上手く言葉が出てこなくて」

　ユリウスは一つ息を吐き出すと、目尻と口元をゆるやかに和らげる。

「ありがとう、あなたの気持ちがすごく嬉しい。この国のことを真っ直ぐに考えてくれるルーの気持ちが、本当にすごく嬉しい」

　心底嬉しいとばかりに、ユリウスはしみじみとした様子で言葉を紡ぐ。ルーティエの顔には自然と笑みが湧き上がってくる。

　何か言おうと口を開き、しかし、出てきたのは言葉ではなかった。くしゅんとくしゃみを一つこぼすと、ユリウスは部屋の中に入るように促す。

「そろそろ部屋に戻ろう。暖炉の前で体を温めた方がいい」

「もうちょっとだけ、ここにいたいわ。それにほら、こうしていれば暖かいもの」

　隙間なく肩を寄せ合えば、互いの体温が重なって、身を刺すほどの寒さも静まる。そのまま、雪が降り積もる様を見つめた。

「ルーに伝えたいことがある。幼い頃、タンポポ畑で会ったことがあると前に言ったのを、覚えているか？」

「ええ、もちろんよ。あの頃のことは、もう二度と忘れたりしないわ」

「あのとき、俺はあなたに恋心を抱いていた。最初で、そして最後の恋になると思っていた。恋や愛よりも、俺にとっては国の方がずっと大事だったから」

自分がユリウスにとっての初恋の相手だと知り、驚きと同時に喜びが生まれる。

「あなたと接する内に、国や民のことはもちろん大事だが、自分の幸せもちゃんと見付けていきたいと思うようになった。幼い頃の気持ちとは違う。だが、きっと俺はもう一度あなたに恋をして、愛するようになったんだと思う」

真摯に想いを伝えてくれるユリウスに、ルーティエもまた自分の気持ちをちゃんと告げようと思った。

高鳴る胸を抑え、ゆっくりと口を開く。恥ずかしさはあったが、迷いは一切なかった。

「私もあなたに伝えたいことがあるわ。私たちは、多分すごく最悪な形で結婚したと思う。故郷を侵略した国の人間であるあなたを、私は最初激しく憎んでいた。敵だと思っていたわ。愛する日が来ることなど、永遠にないと考えていた」

言葉と共に白い息が闇夜の中に立ち上っていく。音もなく消えていく白い息を眺めながら、ルーティエは己の想いを素直に口にする。

「でもね、いつしか気付けばあなたのことが好きになっていた。愛するようになっていた。

今はちゃんと夫婦として、共に支え合って生きていきたいと思っているわ」

すぐ隣に、触れ合う場所にいる相手に笑いかける。ルーティエの顔には、満面の笑みが咲き誇っていた。それはきっと、あの白バラにも負けないはずだ。

ユリウスの黒みを帯びた金色の瞳が、ほんのわずか、涙の膜で揺れ動いた気がした。優しく、壊れ物を扱うように抱きしめてくれる相手に、ルーティエはこの人と歩む道を選んで本当によかったと思った。

「あなたを愛している、ルー」

瞳を閉じたユリウスの顔が近付いてくる。一瞬体が強張ってしまったものの、すぐに力が抜けていく。怖いとか、嫌だとか、そんな気持ちは一欠片もない。

目を閉じる。恥ずかしさ以上の喜びと愛情に包まれ、ルーティエの心は幸せで埋め尽くされていく。あふれた分が笑みとなって、唇が弧を描いていく。

そっと触れ合った唇は、お互いにとても冷たかった。でも、触れ合った部分から徐々に熱が広がり、体を温めていく。体だけでなく、心もまた温かく満たされていく。

ルーティエは唇を重ねたまま、閉じていた瞳を少しだけ開ける。うっすらと開いた視界の端に、ひらひらと舞い散るものが見えた。

音もなく雪が降る。白い雪が国を覆っていく。白い色がすべてを覆い尽くしていく。

色鮮やかに咲き誇る花も確かに美しい。けれど、静かに世界を白く染めていく雪の花も、とても美しいものだ。ルーティエは小さく笑みを浮かべ、再び目を閉じた。

あとがき

はじめまして、青田かずみと申します。

この度はデビュー作である本書をお手に取っていただき、誠にありがとうございます。

本作品は第十九回角川ビーンズ小説大賞にて奨励賞をいただいた作品を改題、改稿したものとなります。

最初に、この場をお借りして本作品に関わってくださった方々へと、謝意をお伝えさせていただきたいと思います。

読んでくださった皆様方、本当にありがとうございます。数ある作品の中から本作品を選んでいただけたこと、とても光栄であり、お礼の申し上げようもございません。読み終わった後に、ほんの少しでも心に残るものがあれば幸いです。

賞の選考に関わった方々、編集部の皆様を始め読者審査員の方々に深く感謝をいたします。本という形で生み出す機会を与えてくださったこと、幸甚に存じます。

担当様、右も左もわからない未熟者を温かく指導してくださり、本当にありがとうございます。本作品を完成させることができたのは、ひとえに担当様が先導してくださったおかげだと思っております。今後とも何卒ご指導ご鞭撻のほど、お願いいたします。

イラストを担当してくださった椎名咲月先生、厚くお礼を申し上げます。ラフをいただいた際、想像していたとおりの登場人物たちの姿に思わずため息がこぼれました。素晴らしいイラストの数々、今後もずっと宝物にしていきたいと思います。

本作品の出版に携わってくださった皆様方、誠にありがとうございました。

私が小説を書き始めたのは学生の頃になります。それから細々と書き続け、賞に投稿するような日々を過ごしてきました。いつか小説家になりたい、けれど、自分が小説家になれるはずがないと思いつつ、書くことをずっと止めることができませんでした。

今回素晴らしい賞をいただき、本として出版できることが本当に夢のようです。投稿時から内容が変更されている部分が多々ありますが、たくさんの方々のご意見をもらい、更に深みのある作品に仕上がったと思います。

シリアスな場面もありますが、幸せな物語として執筆いたしました。読み終わった後に、読者の皆様方の口元にかすかでも笑みが浮かんでいましたら幸いです。

最後となりますが、本書をお手に取ってくださった方々、また別の作品をその手にお届けできる日が来るように邁進して参りますので、再び出会えた際にはぜひとも読んでくださいませ。

皆様方にまたお目にかかれる日が来ることを、心待ちにしております。

ありがとうございました！

青田かずみ

「とらわれ花姫の幸せな誤算 仮面に隠された恋の名は」の感想をお寄せください。
おたよりのあて先
〒102-8177 東京都千代田区富士見2-13-3
株式会社KADOKAWA 角川ビーンズ文庫編集部気付
「青田かずみ」先生・「椎名咲月」先生
また、編集部へのご意見ご希望は、同じ住所で「ビーンズ文庫編集部」
までお寄せください。

とらわれ花姫の幸せな誤算

仮面に隠された恋の名は

青田かずみ

角川ビーンズ文庫 22940

令和３年12月１日 初版発行

発行者――――青柳昌行
発 行――――株式会社KADOKAWA
〒102-8177 東京都千代田区富士見2-13-3
電話 0570-002-301（ナビダイヤル）
印刷所――――株式会社暁印刷
製本所――――本間製本株式会社
装幀者――――micro fish

ISBN978-4-04-111980-8 C0193 定価はカバーに表示してあります。

◇◇◇

訳あって大叔母の家に引っ越してきたひよりは、
ある日家の竹やぶで式神の青磁を見つける。
彼の仕事である縁切り屋を手伝う中であやかし達と出会い、
自信を持てずにいたひよりを次第に成長させていくが、
それは亡き曾祖父にまつわる因縁に繋がっていき……!?

火・水・風・土の力を持つ砂を操り魔法を使う砂魔法師。
ルーナは才能を認められ、兄のルカとウルビス学園に入学する。
期待に胸を膨らませるけれど、庶民だからと補欠扱い、
さらに何者かに命を狙われて――!?

千年王国の華
転生女王は二度目の生で恋い願う
著◆久浪
イラスト◆トミダトモミ
二百年越しの
恋と陰謀に翻弄される、
中華転生ファンタジー！
第19回
角川ビーンズ小説大賞
奨励賞
受賞作
千年の平和を築いた伝説の女王——の生まれ変わりの少女・花鈴。
庶民らしく過ごすはずが新王に選ばれた弟の
身の危険を知り王宮に乗り込むことに！
そこで偶然隣国の王であり前世の想い人・紫苑と再会してしまい……!?

落ちぶれ才女の幸福
陛下に棄てられたので、最愛の人を救いにいきます
瀬尾優梨
イラスト◆一花夜
全てを失っても、
あなたを助けたい――
最愛の人と奏でる、
奇跡の大逆転劇！
癒やしの曲を奏でる聖奏師のセリア。だが筆頭の座から落ちると、
陛下に棄てられ、幼なじみのデニスと共に城を去ることに。
けれどセリアには、何者かに筆頭の座を奪われたとの噂が。
さらにデニスは裏の顔があるようで!?